STALKER

Sarah Epstein

STALKER

Traduit de l'anglais (Australie)
par Anath Riveline

bayard

Sarah Epstein est autrice et illustratrice. Elle a grandi dans la banlieue de Sydney et vit à présent à Melbourne avec son mari et ses deux garçons. Elle écrit des thrillers psychologiques pour jeunes adultes, dont *Deep Water*, et a remporté un grand nombre de récompenses prestigieuses.

Pour Tony, Hugo et Harvey

Ouvrage initialement publié en Australie
par Walker Books Australia Pty Ltd
Locked Bag 22, Newtown NSW 2042 Australia
sous le titre : *Small Spaces*

18 rue Barbès, 92128 Montrouge Cedex
ISBN : 979-1-0363-5449-6
Dépôt légal : août 2023
Première édition

Loi n° 49-956 du 16 juillet 1949 sur les publications destinées à la jeunesse.

Trigger warnings :
enlèvement, claustrophobie, violences psychologiques.

1

MAINTENANT

Beaucoup de gens ont peur des espaces clos.

Les ascenseurs, les photomatons, les cabines d'essayage. Les labyrinthes végétaux, les toboggans fermés des parcs aquatiques, les cages d'escalier étroites, les dressings. Et franchement, je les comprends. Moi aussi j'évite ces endroits. Même dans ma baignoire, je finis par m'agiter comme un saumon pris dans un filet. Mais parfois, je me dis que l'espace clos que je crains le plus est celui de ma propre tête.

– Tu paniques, la, c'est ça ? me demande Sadie, ma meilleure amie.

Après huit années à me côtoyer, elle sait reconnaître les signes : mes mains tremblent, j'avale ma salive toutes les deux secondes, je piétine et mes yeux cherchent frénétiquement une sortie. Et à plus d'une reprise, elle a su me calmer. Je la considère un peu comme ma négociatrice de crise personnelle en claustrophobie. Pas sûr qu'elle veuille de ce titre, mais c'est comme ça.

– Je ne panique pas.

Sadie réprime un sourire incrédule.

– Mouais. Tu suffoques comme un poisson rouge hors de son bocal. Respire profondément.

Elle ne quitte pas du regard les vingt parfums de glace derrière la vitrine du comptoir.

– Tiens bon encore trente secondes, OK? Tu peux bien faire ça pour moi.

Nouvelle méthode, apparemment, le chantage affectif.

Les yeux fermés, je me concentre sur ma respiration. Je n'ai surtout pas envie de me mettre à hyperventiler au beau milieu du Seaspray. On était pratiquement les seules quand Sadie m'a convaincue d'y entrer, mais un groupe de filles de notre lycée est arrivé tout de suite après nous. Le mélange d'odeurs corporelles et d'huile à la noix de coco s'imprègne en moi comme une tache d'encre sur du sopalin.

– Je t'assure, tout va bien.

Dubitative et préoccupée, elle s'ancre fermement au sol pour résister à la bousculade derrière nous. Elle me protège des autres, ménageant un petit espace autour de moi, malgré les coups de coude et les regards belliqueux qu'elle reçoit. Au plafond, la lampe anti-insectes émet des crépitements funestes et je tente d'ignorer l'air frais du frigidaire à boissons contre le mur.

Respire, Tash.

Contrôle-toi.

L'esprit domine la matière.

Mais si je dois compter sur mon esprit, je suis carrément mal partie.

– Toi et ton cœur d'artichaut, dis-je en grommelant.

Alice – le prénom figure sur son badge –, une rouquine svelte et timide, s'affaire derrière le comptoir. Avec ses cheveux en bataille et son tablier chiffonné, elle me paraît l'exact opposé de mon amie d'origine maorie aux épaules carrées et à l'assurance insolente.

– Tu sais qu'elle préfère sûrement les garçons, n'est-ce pas ?

Sadie feint la surprise.

– Arrête de jouer ta rabat-joie, Natasha Carmody.

J'aurais vraiment aimé être un meilleur soutien, mais ça aurait été plus facile si Alice travaillait dans un endroit vingt fois plus grand. Le Seaspray est un kiosque minuscule et vétuste à l'extrémité de la jetée de Port Bellamy, pile au bout de la promenade. Autrefois, bien entretenu, il attirait les touristes, mais ce n'est plus qu'un triste vestige. Et on peut en dire autant de toute la ville. Les guides de tourisme qualifient Port Bellamy de joyau caché de la Mid North Coast australienne, et vantent ses plages de sable fin à proximité d'immenses parcs nationaux. Je ne serais pas aussi généreuse. Je parlerais plutôt de diamant brut, aux imperfections tellement évidentes qu'on ne voit qu'elles.

– C'est notre tour, après, m'assure Sadie assez fort pour couvrir le brouhaha de nos camarades de classe, qui sont avec nous depuis la primaire, mais à qui on n'adresse pratiquement jamais la parole.

Alice rend la monnaie à la cliente précédente et se tourne enfin vers nous.

– Hello ! lance Sadie, un brin trop enthousiaste, juste avant que Rachael Han la pousse.

– Sorbet framboise en pot, commande-t-elle en tapotant sur la vitre avec un ongle pailleté. Et tu le remplis bien cette fois, j'aimerais en avoir pour mon argent.

Ébahie, Sadie se tourne vers Rachael.

– Euh... Ça te dérange pas de passer devant tout le monde ?

Rachael nous calcule à peine. Je n'arrive pas à croire qu'on était inséparables, toutes les trois, quand elle a déménagé de Melbourne pour venir ici. On l'invitait à notre table au déjeuner, on se disait que ce n'est pas facile de s'intégrer dans une nouvelle école, même si son frère jumeau est tout de suite entré dans le club informatique. Et tandis que Rachael accueillait avec joie le caractère volubile de Sadie, elle tolérait tout juste mes tentatives maladroites de lui faire la conversation. Je me revois à onze ans, impressionnée par ses voyages en avion pour voir ses grands-parents en Corée du Sud, éblouie par ses tenues toujours à la mode, et infiniment reconnaissante qu'elle me pardonne mon côté petite gourde provinciale.

– J'attends depuis des heures, réplique Rachael en coinçant une boucle noire derrière son oreille. C'est mon tour.

– Pardon ? Tu n'étais même pas là quand on est arrivées.

Rachael toise Sadie de la tête aux pieds, depuis son tee-shirt usé des Sex Pistols jusqu'à ses Converses mauves lacées avec un soin chirurgical. Alice sert déjà le client suivant et moi je suis prête à décamper.

Mais Sadie ne fait que s'échauffer. Typique.

– Mmmh, désolée, mais je pense que quelqu'un nous doit des excuses, là, exige-t-elle.

Un grognement s'échappe de ma gorge, parce que je sais comment ça va se terminer. Sérieusement, ça ne lui suffit pas ce qu'on subit en cours ? Il ne reste que quelques jours de vacances et j'avais bien l'intention de me faire la plus discrète possible pour démarrer ma dernière année de lycée. Si je veux prouver à mes parents que je suis capable de me débrouiller seule, j'ai intérêt à éviter les embrouilles.

Et pourtant, je passe mon temps avec la personne la plus bagarreuse de la côte est. J'aurais peut-être dû mieux réfléchir.

Les amies de Rachael se rapprochent, nous encerclant comme des pigeons pendant un pique-nique. Elles attendent que Rachael leur lance des miettes à dévorer.

– Oh, je suis désolée, rétorque-t-elle. J'abuse vraiment. Je n'avais pas vu qu'il y avait une file spéciale pour les gouines et les barges.

Et voilà.

– Génial, dis-je tout bas à Sadie. On part maintenant, Dee ?

Le mot « barge » a sur ma peau l'effet d'un lance-flammes. « Gouine », ce n'est pas top non plus, mais je sais que Sadie s'en fiche. Elle a appris à ignorer la mesquinerie de cette petite ville, trop préoccupée par sa couleur de peau et ses tee-shirts arc-en-ciel. Elle, c'est une poêle en Tefal, tout glisse, rien n'adhère, moi, je suis une éponge, j'absorbe.

– Allons, Rachael, lance Sadie en se penchant en avant, un sourcil relevé. On sait bien pourquoi tu m'as invitée à toutes ces soirées pyjama.

Elle lui adresse un clin d'œil moqueur. Sadie distrait les pigeons autour de nous en s'offrant en pâture. Rachael ne mord pas à l'hameçon. Un sourire glacial aux lèvres, elle fait cliqueter ses ongles sur le comptoir.

– Ah, en parlant de ça...

Elle jette un regard par-dessus son épaule pour vérifier que tout son auditoire l'écoute bien.

– Tash va peut-être pouvoir nous expliquer pourquoi elle a pissé dans son sac de couchage comme un bébé de deux ans.

Hilarité générale. L'humidité du magasin m'enveloppe la gorge et m'étouffe. Mme Han avait fait promettre à Rachael de ne jamais parler de mon petit accident, cinq ans plus tôt. Apparemment, pour elle, les promesses ont une date de péremption.

– Et elle parlait dans son sommeil, continue Rachael en direction de Sadie, mais les yeux sur moi. Elle appelait son ami imaginaire.

La ferme, Rachael. Lafermelafermelafermelaferme.

– Oh Moineau ! Aide-moi, Moineau ! J'ai tellement peur du noir !

Elle prend la voix d'une petite gamine, les poings serrés contre son cou. Moi, j'ai envie de lui coller les miens dans le visage.

Je n'ai jamais dit ça dans mon sommeil. J'en suis sûre !

Mais si c'était vrai ?

Moineau est le dernier que j'aurais appelé à l'aide. Je ne voulais même pas qu'il existe.

Mais si c'était vrai ?

Non.

– T'es irrécupérable, Rachael, lance Sadie.

Sa main dans la mienne, elle m'entraîne vers le rideau en plastique de la sortie, écartant d'un coup d'épaule celles qui se mettent sur son passage. Dehors, l'air marin nous ébouriffe les cheveux.

Je lâche la main de Sadie et remonte la jetée.

– Tash, appelle-t-elle derrière moi. Eh, attends !

Je suis à vif, tout m'irrite : le son de sa voix, le claquement des cordes sur les mâts métalliques, la radio grésillante d'un pêcheur. Un feu de forêt dans un parc national à vingt kilomètres colore le ciel d'une fumée marron. Depuis l'ouest, elle gagne du terrain tel un mauvais présage.

Sadie me rattrape.

– Ça va ? demande-t-elle dans mon dos. Ça y est, t'es sortie. Je t'y emmènerai plus jamais.

Elle pense que le problème, c'est ma claustrophobie. Je me retourne pour lui faire face, en colère.

– On aurait pu laisser Rachael commander son sorbet et c'est tout !

Elle prend un air outré.

– Bien sûr que non ! Tu ne peux pas laisser les gens te marcher dessus. Tu ne peux pas juste te taire et les laisser s'en tirer. La vie, c'est pas comme ça.

Pour moi, si. Plus je passe inaperçue, mieux je me porte. J'ai fini par me débarrasser de l'image qui me collait à la peau depuis l'enfance. Maintenant que je n'ai plus de crises d'angoisse ni de séances chez ma psy, je suis devenue insipide et transparente. Un visage parmi tant d'autres dans les couloirs du lycée. Un visage qu'on oublie aussitôt qu'on l'a croisé. Sadie a le droit de se montrer aussi effrontée et provocante qu'elle veut, elle a le droit de supporter les commérages, mais très peu pour moi.

– T'avais vraiment besoin de parler des soirées pyjama, Dee ?

Elle lève les bras pour s'excuser.

– J'ai pas réfléchi. Si je pouvais revenir en arrière, je le ferais.

– Mais tu ne peux pas. Et maintenant je vais devoir affronter la rentrée avec tout le lycée persuadé que je fais encore pipi au lit.

Je préfère ne pas rappeler ce que Rachael a dit sur Moineau et Sadie est assez intelligente pour ne pas l'évoquer non plus.

– Allons, Tashie. Tu sais que je n'ai pas fait exprès.

Je coince ma sandale entre les lattes en bois.

– Je sais...

– Carmody..., appelle Sadie en m'adressant un regard sérieux. Qui te défend toujours ?

Ronchonne, je lève les yeux vers les nuages à l'horizon.

– Carmody... ?

Je lâche un soupir.

– Toi.

– Comment ? J'ai pas entendu, tu boudes trop fort.

– C'est toi qui me défends toujours.

– Ma petite sœur hétéro.

Elle m'entoure les épaules de son bras et m'attire contre elle.

– Tu peux toujours compter sur moi pour protéger tes arrières. Et pas juste ton derrière, ton devant aussi, et tes petits genoux tordus et ta grosse tête compliquée.

Je grimace.

– Super. Si même ma meilleure amie me croit dingue, comment je pourrais persuader les autres du contraire ?

– Qu'ils pensent ce qu'ils veulent. Ces débiles au lycée se sont fait une idée sur nous, il y a des années, déjà. C'est plutôt tes parents que tu dois convaincre, non ?

Exactement. Je ne pourrai postuler dans une université de Sydney ou Melbourne pour obtenir un diplôme de photographie que si j'arrive à rassurer mes parents. Parce qu'il faudra que je parte étudier loin de chez moi et que je vive sur un campus. Ma mère ne s'en fait pas une joie. Elle ne me fait même pas assez confiance pour remplir le lave-vaisselle. Elle pense que je ne l'entends pas tout déplacer, une fois que je suis dans mon lit.

– Écoute, ma mère a un autre boulot de serveuse pour nous, si ça te dit. Cinquante dollars pour deux heures de travail.

Elle fait des efforts pour se racheter.

Un peu d'argent de poche pour le matériel photo, ça peut toujours me servir. Et j'ai aussi besoin d'un joli book pour présenter mes travaux aux universités. En plus, c'est difficile de dire non à Kiri, la mère de Sadie, qui a travaillé si dur pour monter son entreprise de restauration.

Je m'appuie contre un poteau en bois sur lequel est peint le visage d'un marin bronzé.

– Quand et où ?

Sadie semble visiblement soulagée, ses épaules tombent de quelques millimètres. Malgré son caractère bien trempé, elle ne supporte pas de me voir contrariée.

– Samedi prochain sur Banksia Avenue.

Je siffle, impressionnée. Tous les anciens pavillons en brique de ce quartier ont été remplacés par des maisons modernes et luxueuses, la plupart cachées derrière des portails en bois luisants et de hauts murs bordés de palmiers. Et je ne parle même pas de la vue sur l'océan.

– Apparemment, c'est une grosse soirée, continue Sadie. Une famille qui revient au bercail.

– Tu veux dire qu'ils avaient réussi à partir d'ici et ont décidé d'y revenir ?

– Je sais, dingue, hein ?

Sadie attache ses cheveux bruns au-dessus de sa tête.

– Et ils ne sont même pas locataires, ils ont acheté leur maison. Sur deux étages avec une sorte de fenêtre en forme de hublot marrant. Maman dit qu'elle a une commande pour cent personnes.

– Une famille populaire.

Pour traverser Marine Drive, on attend que des voitures sortent du parking de la plage, après cette belle journée ensoleillée. De l'autre côté de la chaussée, des touristes s'attardent devant le *fish and chips*, leurs tee-shirts mouillés par leurs maillots de bain, et leurs tongs pleines de sable.

– Et je suppose que Rachael a réussi à se faire inviter, dis-je.

– Évidemment, confirme Sadie.

On tourne au coin de la rue et on s'éloigne des magasins.

– Est-ce qu'il y a déjà eu des fêtes à Port Bellamy sans Rachael ? Et c'est sa mère qui a vendu la maison.

On passe par Banksia Avenue. Sadie a raison : sur une affiche d'agence immobilière accrochée au numéro 8,

Francine Han dans un blazer bleu sourit à pleines dents. La maison couleur crème, avec ses volets style colonial et son allée en grès, est restée vide pendant près de huit mois. Désormais, des chaises en rotin décorent la terrasse avec des plantes en pot des deux côtés de la porte d'entrée.

Mon regard est attiré vers le bout de l'allée et la grande porte du garage. Un souvenir se réveille au fond de ma mémoire, sans que j'arrive à l'identifier.

À l'étage, j'aperçois un mouvement derrière la fenêtre-hublot. Quelqu'un a écarté le rideau avant de le refermer aussitôt.

Le souvenir revient.

Encore.

Et encore ?

– Comment tu as dit qu'elle s'appelle, la famille qui a emménagé ici ?

– Je te l'ai pas dit. J'ai vu l'agenda de ma mère sur le mur, continue-t-elle en plissant les yeux pour se rappeler le nom. Ça avait un rapport avec la mer. Waters ou Sailor, quelque chose comme ça.

Autour de moi, tout tourne soudain avant de freiner brusquement. Je parle comme si je marchais sur la pointe des pieds.

– Fisher... ?

– Oui, c'est ça ! Fisher ! Tu les connais ?

J'ai la bouche sèche, je n'arrive plus à articuler.

– Bon, je ferais mieux d'accélérer un peu, lance Sadie. J'ai promis à ma mère que je l'aiderais à préparer des beignets de fruits de mer.

Elle avance jusqu'à l'endroit où nos chemins se séparent et s'aperçoit que je ne la suis pas. Nerveuse, elle fait un pas hésitant en arrière.

– Ça va ? Tu as l'air encore fâchée.

– Non, non. Tout va bien.

– Câlin.

Elle approche, les bras ouverts, et m'enlace, comme je fais avec mon petit frère quand il veut bien. Je fixe du regard le hublot du numéro 8. Le rideau ne bouge plus, maintenant, mais je sais qu'elle est encore là.

Mallory Fisher.

La fille qu'il a prise à ma place.

2

AVANT

The Mid Coast Times / Archives
Section : nouvelles locales
Date : 13 janvier 2008

GREENWILLOW, NOUVELLE-GALLES DU SUD
Portée disparue : Mallory Fisher, six ans.

Selon les autorités locales, Mallory, originaire de Port Bellamy, a disparu de Greenwillow le samedi 12 janvier. Avec ses parents Daniel et Annabel Fisher, elle assistait à la fête foraine sur Summit Road. Mallory s'est retrouvée séparée de son frère de huit ans, Morgan, devant les toilettes à l'extrémité sud du site, peu après quatorze heures.

Un ratissage de la zone a été entrepris avant que la police soit appelée vers quatorze heures quarante-cinq. Les recherches ont ensuite été étendues aux propriétés rurales alentour et aux terres en friche à côté.

Mallory est une enfant ouverte et curieuse qui aurait pu s'éloigner et se perdre. La dernière fois qu'elle a été vue, elle portait une robe d'été à carreaux jaunes et blancs, un cardigan rose à manches courtes et des espadrilles blanches. De type caucasien, elle a des cheveux blonds mi-longs, des yeux bleus et elle mesure environ un mètre douze.

Si vous avez vu Mallory Fisher ou savez où elle se trouve, merci de contacter les autorités.

3

MAINTENANT

Si vous tapez « Mallory Fisher » sur Google, vous tomberez sur les trois mêmes clichés : Mallory à l'école, Mallory avec son frère dans un camping, et une photo rognée et floue d'un repas de famille, un Noël. Les deux premiers ont été donnés à la presse par ses parents pour illustrer l'avis de disparition qui n'a pas circulé très longtemps. Et celui du dîner de Noël a dû être soutiré à un proche, acculé par un journaliste insistant.

Si elle n'avait pas été retrouvée vivante, il y en aurait sans doute eu des dizaines de plus. Mallory, bébé ; Mallory, le jour de ses six ans ; Mallory sur le manège de Greenwillow. Il y aurait eu des simulations de son visage plus âgé, à dix ans, douze ans, adolescente. Cette évolution physique aurait pu remplir toute une page sur Facebook à l'heure où on parle.

Mais Mallory Fisher est sortie en titubant d'un sentier de randonnée, sale et déshydratée, son cuir chevelu en sang là où des touffes de cheveux avaient été arrachées. Mallory Fisher a disparu pendant sept jours, et la gamine de six ans autrefois si bavarde n'a plus jamais parlé. Les avis de disparition ont été retirés et les Fisher ont quitté Port Bellamy pour toujours...

Il a été conclu que Mallory s'était fait kidnapper, probablement sur Old Meadow Lane, la première route qu'elle a croisée quand elle s'est éloignée de la fête foraine. Un crime fortuit : quelqu'un a emporté Mallory, parce qu'elle se trouvait au mauvais endroit au mauvais moment, et parce que l'individu s'est lassé ou a pris peur ou a eu des scrupules, il l'a abandonnée dans le parc national de Barrington Tops. Des suspects ont été interrogés, sans que cela débouche sur aucune arrestation. Des pistes ont été suivies et éliminées et des témoignages jugés invraisemblables écartés.

Y compris le mien.

Je ne sais plus où me mettre quand je pense à ce que j'ai raconté à la police, ce jour-là. Ça m'a semblé pourtant tellement réel à l'époque.

– C'est qui ?

Je referme légèrement mon ordinateur portable, dissimulant les photos de Mallory. Sur le pas de ma chambre, Tim, mon petit frère de neuf ans, se tord le cou pour tenter de voir ce que je regarde.

– Hello, Timber, quoi de neuf ?

Le dos contre le cadre de la porte, il se laisse glisser au sol et gratte une goutte de peinture séchée.

– Maman veut son ordi. Et t'as pas le droit de m'appeler comme ça.

– Quoi, *Timber* ?

– Arrête ! gronde-t-il sur un ton boudeur. Maman dit que t'as plus le droit de m'appeler comme ça.

– Oui, enfin pour maman, j'ai le droit de rien faire. Alors peut-être que pour les diminutifs, tu peux me laisser un peu de liberté.

Tim réfléchit un instant avant de hausser les épaules, convaincu. Lui non plus ne comprend pas trop pourquoi on le prive de son surnom. Quand, bébé, il apprenait à marcher, chaque fois qu'il tombait sur les fesses, je criais « Timber ! » comme les bûcherons pour prévenir qu'un arbre va tomber. Ça le faisait rire à tous les coups, alors on a gardé le surnom. Et ça ne posait aucun problème, jusqu'à il y a deux semaines, quand Tim a eu son nouveau skateboard.

– Ne l'appelle pas Timber quand il tombe, Natasha, a ordonné ma mère. Tu mets l'accent sur ses échecs. Ça va le marquer à vie.

Ce qui se traduit par : « Un enfant à problèmes dans une famille, ça suffit largement, merci. »

– Pas des problèmes, la reprenait Dr Ingrid. Des obstacles à surmonter. Des défis à relever.

– Qu'est-ce que tu regardais ? demande Tim, les yeux sur mon portable.

Je roule mon fauteuil devant lui et il prend un air soupçonneux.

– C'était qui... ?

Je le raccompagne dans le couloir, l'ordinateur sous le bras, quand des cris proviennent d'en bas. Mouse, notre chat tigré à poils longs, saute de mon lit pour nous suivre.

– Eh, pourquoi ils se disputent les parents ?

– Je ne sais pas, répond Tim en tendant le bras vers le portable.

Trop rapide pour lui, je le mets au-dessus de ma tête.

– Tout allait bien avant le coup de fil qu'a reçu papa, lâche-t-il.

On s'arrête en haut des marches.

– Quel coup de fil ?

– C'était une dame, elle a demandé à parler à papa. Elle a dit « c'est tata Ally ». C'est moi qui ai décroché.

Tim lève ses grands yeux bleus vers moi. Son petit visage couvert de taches de rousseur est aussi raffiné que celui de maman. Rien à voir avec mes grosses joues et mes énormes fossettes.

– On a une tata Ally ? demande-t-il.

– Oui, dis-je en mordant l'intérieur de ma joue.

– T'es sûre ? insiste-t-il, incrédule. Jamais entendu parler. Elle est très vieille ? Une espèce de mamie ? Ou une femme hyper riche ?

Je ris discrètement, une oreille toujours tendue vers les voix en dessous de nous. Le ton monte chaque fois qu'Ally débarque dans leur vie.

– Tata Ally a quatre ans de moins que papa, dis-je tout bas. Elle n'est pas vieille. Et encore moins riche.

– Papa est vieux quand même.

– Il a quarante-neuf ans, Tim.

– Il a des cheveux blancs, murmure Tim pour prouver qu'il a raison.

– Parfois, c'est le choc et la peur qui donnent des cheveux blancs.

Tim paraît stupéfait. Il pose les doigts sur ses cheveux blondis par le soleil.

– Ça peut arriver ? Faut avoir vraiment super peur, alors ?

Il taquine l'oreille de Mouse, perdu dans ses pensées, et je regrette de ne pouvoir m'introduire dans son cerveau pour voir les scénarios qu'il s'invente. Une Xbox cassée, le chien des voisins, maman qui passe le peigne à poux dans sa tignasse. Les seules frayeurs qu'un enfant de neuf ans devrait avoir le droit d'éprouver.

La voix de maman se fait plus forte.

– Tu as dit qu'elle serait à Byron Bay jusqu'en février. Bon sang, Richard !

– Quelle importance ? réplique papa. Lui présenter l'évaluation d'une agence immobilière ne la fera pas bouger d'un iota.

– Je sais qu'elle ne bougera pas, *Richard.*

Elle prononce son prénom comme si c'était une insulte.

– C'est bien pour ça qu'il faut faire l'estimation quand elle n'est pas là, poursuit-elle. Pour que l'agente immobilière puisse passer la porte d'entrée. Francine Han a dit que ta sœur lui avait jeté un seau d'eau dessus !

À côté de moi, Tim met la main sur la bouche pour étouffer un éclat de rire. Cette vieille tante fauchée vient probablement de faire un bond dans son estime. Et c'est vrai qu'Ally est plutôt cool dans le genre artiste bohème hippie. La dernière fois que je l'ai vue, elle s'était rasé la tête et s'apprêtait à peindre une grande fresque dans son salon. Mais le problème, c'est que Creek House est aussi la maison de notre père. Et depuis que grand-mère la leur a léguée à sa mort, il y a dix ans, papa veut la vendre.

– Elle ne va pas tarder, annonce-t-il. Essayons de discuter de façon posée et raisonnable.

– Quoi ? Elle vient ici ?

– Ce matin, elle était à Hunter Valley, elle a appelé pour prévenir qu'elle arrivait.

Tim lève les yeux vers moi, sidéré. Je n'avais jamais remarqué qu'on ne mentionne jamais tata Ally en sa présence. Les rares Noëls où elle a fait une apparition, Tim était trop petit pour s'en souvenir. Une année, elle était tellement soûle qu'elle a renversé le sapin et s'est endormie dans sa voiture. Une autre fois, elle a traité papa de connard condescendant et lui a balancé le contenu de son verre à la figure. Dois-je préciser que maman a arrêté de l'inviter ?

Après quelques minutes, on entend une voiture dans l'allée. Les freins crissent alors qu'un pick-up marron pile en pétaradant. Papa grimace. Le pauvre, il l'aime bien, ce vieux tacot avec sa calandre chromée et ses rayures façon années 1970. Ça doit le rendre triste de le voir dans un tel état. Il appartenait à grand-mère, et comme papa l'aidait pour ses livraisons au magasin d'antiquités, il était logique qu'il en hérite. Seulement, de retour d'un de ses voyages, Ally se l'est approprié.

Papa ouvre la porte alors que sa sœur traverse l'allée de notre jardin. Elle entre dans la maison sans hésitation.

– Richard, le salue-t-elle sèchement, en agitant ses cheveux châtains ondulés.

Ils lui arrivent désormais à mi-hauteur dans le dos, ce qui prouve depuis combien d'années je ne l'ai pas vue. Sa silhouette élancée se fond dans une robe aux teintes marron et sur ses bras se bouscule une cascade de bracelets en perles et en cuir.

– Tu es venue avec un de tes petits copains tarés pour m'intimider ? demande papa en faisant un signe de la tête vers la voiture. Ce crétin de PJ ? Ou peut-être Klaus, le décérébré d'Allemand ?

Il laisse la moustiquaire claquer. En jetant un regard par la fenêtre, je vois que quelqu'un fume dans le pick-up.

– Évidemment, Rich, c'est tout moi. J'ai tellement besoin d'un homme pour se battre à ma place. Ça te menace à ce point une femme qui s'affirme ?

– Je ne sais pas. Tu as l'intention de jeter sur moi un seau d'eau ?

– Je ne sais pas. Je devrais ?

L'aisance avec laquelle ils se parlent me rappelle qu'ils ont partagé la même enfance, sous le même toit, avec les mêmes repas et les mêmes programmes télé. Sans cette rancœur qui gâche leur relation, ils seraient probablement très amis.

Mais je sais d'expérience que plus on est proche d'une personne, plus ses critiques sont blessantes.

– Bonjour Ally, salue maman d'une voix glaciale. Qu'est-ce qu'on peut faire pour toi ?

Elle ne l'invite pas à s'asseoir, ne lui propose pas un café.

– C'est plutôt ce que tu peux *arrêter* de faire qui m'amène. Par exemple, arrêter d'envoyer chez moi des pimbêches avec la clé de ma maison.

Tim tente de ne pas montrer la joie que lui procure ce duel. Je fronce les sourcils, un doigt sur les lèvres pour qu'il ne fasse aucun bruit.

– Francine Han est agente immobilière, explique ma mère lentement, comme si elle s'adressait à un enfant. Nous pensions que tu étais à Byron et nous voulions...

– Je sais parfaitement ce que vous vouliez, l'interrompt Ally. Et c'est pour ça que je suis venue récupérer ton double des clés.

– Pardon ? s'indigne maman.

– C'est mon espace privé. Personne n'a le droit d'entrer chez moi sans mon autorisation.

– Pourquoi ? Qu'est-ce que tu as à cacher ?

Le silence qui suit est chargé d'une tension à peine supportable. Je repense à l'été que j'ai passé chez Ally, il y a neuf ans, les chambres interdites et les portes verrouillées, les marches humides qui descendaient vers la cave. On aurait dit la gorge sombre d'une bête prête à me dévorer toute crue. La puanteur des cadres de fenêtre moisis me revient, et je peux presque entendre les craquements et les crissements de la vieille maison. Avec un petit effort, je retrouverais même la sensation des clous du plancher sous mes pieds alors qu'on me traîne d'une pièce à l'autre.

Mon cœur s'emballe, me rappelant que je n'ai pas intérêt à m'y essayer.

– Donne-moi les clés, Rich.

– Sûrement pas. Je possède la moitié de cette maison, tu as oublié ?

– Et tu es décidé à la vendre sans mon consentement.

– On ne te force à rien, se défend papa en soupirant. Tu sais que ça fait des années que je veux vendre ma part. Tu ne peux pas me la racheter, alors il faut qu'on en discute.

– Alors pourquoi as-tu voulu la faire classer au patrimoine national si c'est pour t'en débarrasser ?

– J'ai été contacté par le conseil du comté de Gloucester. Ils sont prêts à acheter la maison et réfléchissent déjà à comment l'utiliser.

– Elle est *déjà* utilisée. Par moi !

– Elle tombe en ruine et aucun de nous deux n'a les moyens d'entreprendre des travaux de rénovation. Nous devons la vendre à quelqu'un qui pourra la remettre sur pied.

– Elle est debout depuis 1820, Rich. Elle ne va pas s'effondrer de sitôt.

– Écoute, je t'ai donné dix ans...

– Alors pourquoi se précipiter maintenant ?

– Tash entre à l'université l'an prochain, explique papa. On devra payer les droits d'inscription et on veut aussi l'aider à acheter une voiture, le moment venu.

Mon frère me regarde. Je hausse les épaules. Je ne savais pas qu'ils voulaient participer aux dépenses. Je me disais que je trouverais un petit boulot de serveuse et paierais en plusieurs fois comme tout le monde. De toute façon, il va tout de même falloir que je le fasse, parce qu'ils n'ont sans doute pas anticipé le coût d'un logement à Sydney ou Melbourne. Ils pensent sûrement à l'université de Newcastle, pour que je revienne à la maison tous les soirs. Pour qu'ils puissent me garder près d'eux.

Et me surveiller.

– Comment va Tash ? demande Ally, soudain curieuse.

Je me crispe et Tim me donne un coup dans les côtes.

– Ça lui fait quel âge ? Seize ans ?

– Dix-sept, corrige papa.

Nouvelle pause embarrassée, teintée cette fois de tout ce que personne n'ose dire.

– Et elle... va bien ?

– Ça va, répond maman. Et ton neveu aussi si ça t'intéresse.

– Bien sûr que ça m'intéresse. C'est vous qui refusez de l'amener à Willow Creek. Il adorerait les buissons derrière la maison, et courir avec Benny.

Tim m'interroge silencieusement en me touchant le bras.

– Son chien, dis-je tout bas.

Il sourit, ravi.

– Et Tash ? demande Ally. Elle fait toujours de la photo ? Un changement de décor pourrait lui donner de l'inspiration. C'est bon pour la créativité. Elle est la bienvenue chez moi quand elle veut.

– Je ne pense pas que ce soit une bonne idée, réplique maman.

– Voyons, Elaine, tu la couves trop. C'est presque une femme, maintenant.

– Baisse la voix, tu veux ! Et tu peux garder ton avis pour toi. Tu ne sais absolument pas de quoi tu parles, en ce qui concerne cette fille.

« Cette fille. »

C'est comme ça que maman m'appelle quand elle se plaint à papa qu'elle ne sait pas quoi faire de moi.

– Et si tu demandais à Tash ce qu'elle veut ? Elle serait peut-être contente d'avoir quelques semaines de répit loin de tes critiques et de tes jugements. Moi, en tout cas, je ne demanderais que ça.

Maman claque la langue et grommelle quelque chose d'inaudible. Le sourire de Tim a disparu, laissant la place à une évidente perplexité.

Je suis reconnaissante à Ally de ce qu'elle vient de dire, mais en même temps, je me méfie de ses paroles. J'ai envie de croire qu'on est liées par la façon dont notre famille nous traite. J'ai l'impression qu'elle me comprend, et pourtant, elle me connaît à peine.

– Bon, je pense qu'on a terminé. Je t'enverrai un mail au sujet de la maison.

– Et les clés ?

– Ce sont mes clés. L'agence immobilière les garde toujours.

– Je veux que tu me les rendes, Rich. Et je ne tolérerai plus les intrusions intempestives pour des petits travaux. Je sais que tu ne le fais que pour m'espionner.

Papa secoue la tête en avançant dans le couloir, poussant sa sœur vers la sortie.

– J'aurais aimé dire que c'était un plaisir de te voir, grand frère, mais ce serait un mensonge.

– Sérieux ? J'aurais pourtant cru.

On croirait des adolescents.

Au même instant, Mouse bondit des jambes de Tim et enfonce une griffe dans son genou, ce qui lui arrache un cri de douleur. Papa et Ally nous découvrent alors, perchés en haut des marches. Papa prend un air affreusement coupable en regardant la cuisine.

Je croise le regard d'Ally, un regard empli de solidarité. Comme si elle savait...

Ce sera notre petit secret, Tash.

... exactement ce que j'ai dans la tête.

Tim se lève et je place un bras protecteur autour de ses épaules pour le retenir auprès de moi. Je ne sais pas pourquoi je fais ça. J'ignore pourquoi je sens le besoin de le maintenir à l'écart d'Ally et de Willow Creek. Après tout, c'est moi qui ai causé des problèmes là-bas.

Alors qu'Ally sort de la maison et que la moustiquaire claque derrière elle, maman nous aperçoit à l'étage. Elle va sûrement inventer une histoire pour couvrir ce qui vient de se passer, ou alors, elle nous grondera pour avoir écouté les conversations.

Non, elle ne fait ni l'un ni l'autre.

Elle tend juste la main.

– Mon ordinateur, s'il te plaît.

Je me penche au-dessus de la rambarde et le lui rends, me rappelant trop tard que j'ai oublié d'effacer de l'historique mes recherches sur Mallory Fisher.

4

AVANT

4 mars 2008

Retranscription de séance, cabinet du docteur Ingrid Ballantine

Psychiatre pour enfants et adolescents

Clinique pour enfants, Newcastle

Patiente : Natasha Carmody, huit ans

IB : Bonjour, Natasha. Contente de te revoir. Je t'ai rencontrée il y a quelques semaines avec ta maman. Tu t'en souviens ?

NC : Oui.

IB : Je suis le docteur Ballantine. Mais tu peux m'appeler Ingrid si tu veux.

NC : D'accord.

IB : Ta mère est partie boire un café dans la pièce d'à côté, pour qu'on puisse discuter toutes les deux. Ça te va ?

NC : Oui...

IB : Tu as quel âge, Natasha ?

NC : Huit ans. Bientôt neuf.

IB : Je vois. Tu penses que tu auras un gâteau ou une fête pour ton anniversaire ?

NC : Euh, je ne crois pas. Je n'ai pas été très sage.

IB : Ah non ? Tu penses que tu n'as pas été très sage ?

NC : C'est maman qui le pense.

IB : Ah oui ?

NC : Oui.

IB : Qu'est-ce qui te fait dire ça ?

NC : J'ai... fait pipi au lit.

IB : Ça arrive parfois.

NC : Ça arrive souvent.

IB : Vraiment ?

NC : Oui. J'arrive pas à m'en empêcher. Et maman a dit : « Ça suffit maintenant. Il faut vraiment que ça cesse. »

IB : Ça te contrarie ?

NC : Beaucoup. Parce que je fais pas exprès.

IB : Ça arrive quand tu dors ?

NC : Parfois.

IB : Et aussi quand tu es réveillée ?

NC : ...

IB : Pourquoi tu penses que ça arrive ?

NC : J'essaie de me retenir, parce que je ne veux pas aller aux toilettes.

IB : Parce que tu es fatiguée ?

NC : Parce que j'ai peur.

IB : Tu as peur de quoi, Natasha ?

NC : Il vient parfois dans le noir.

IB : Qui ?

NC : ...

IB : Est-ce que quelqu'un vient te voir dans le noir ?

NC : Plus depuis un moment. Mais il pourrait revenir. Il m'a dit qu'il me surveillait tout le temps. Si je sors du lit pour aller aux toilettes, il risque de m'attendre dans ma chambre.

IB : De qui parles-tu ?

NC : ...

IB : C'est quelqu'un qui te fait peur ?

NC : Au début, je n'avais pas peur.

IB : Où est-ce que tu l'as vu pour la première fois ?

NC : Chez tata Ally.

IB : Tu es allée rendre visite à ta tante ?

NC : Maman et papa m'ont envoyée chez elle quand Tim est né, parce que maman devait se faire opérer.

IB : Elle a eu une césarienne ?

NC : Oui. Je pense que je suis restée chez tata Ally pendant deux semaines. C'était très long.

IB : Tu avais déjà dormi loin de chez toi sans papa et maman, avant ?

NC : Non.

IB : Ils te manquaient ?

NC : Je ne voulais pas qu'ils soient avec Tim. Je voulais qu'ils soient avec *moi.*

IB : Je comprends. Tu as eu l'impression qu'on te mettait à l'écart ?

NC : J'étais toute seule.

IB : Et tata Ally ?

NC : Elle était occupée. Je n'avais pas le droit d'entrer dans les chambres où elle travaillait. Et elle sortait faire des livraisons et des courses.

IB : Je vois. Alors, tu avais vraiment besoin d'un ami ? Quelqu'un à qui parler ?

NC : Je voulais maman et papa.

IB : Et alors un nouvel ami est arrivé, n'est-ce pas ?

NC : Je ne lui ai pas demandé de venir.

IB : On parle d'un garçon ?

NC : Non.

IB : D'un adulte ?

NC : Non.

IB : D'un bébé ?

NC : ...

IB : Un bébé comme ton petit frère, Tim ?

NC : ...

IB : Un animal ?

NC : Je ne sais pas ce qu'il est.

5

MAINTENANT

Le lycée de Port Bellamy se situe à deux rues seulement de la falaise, mais n'offre aucune vue sur l'océan. Il est constitué de trois bâtiments en brique, le plus ancien construit il y a plus d'un siècle. Même avec ses généreuses étendues de gazon et sous un ciel dégagé, il n'y a rien à faire, c'est déprimant. Quand j'approche, je ralentis presque malgré moi, et les cinq derniers mètres, j'ai l'impression de marcher dans de la boue.

J'envoie à Sadie mon troisième message de la matinée, juste après avoir franchi le portail.

T'es où, kiwi ?

Elle répond à la vitesse de l'éclair : *Presque là, kanga. Trois minutes. Cinq, max.*

C'est la rentrée et elle est déjà en retard. Pourquoi ça me surprend ? Sadie n'est à l'heure qu'une fois sur trois.

Je t'attends sous le gommier, on entrera ensemble.

Et comme ça, je n'aurai pas à affronter seule les couloirs du lycée. Je dois bien avouer que quand elle n'est pas avec moi, Sadie me manque autant que si elle était une partie de mon corps. Au collège, elle séchait les cours un vendredi sur deux, quand sa mère n'était pas chez elle. J'ai compati quand elle s'est fait prendre, mais secrètement, j'étais ravie.

Mon téléphone vibre de nouveau.

Alors, les ragots ? Ça parle de couche-culotte ?

Je souris en lisant le message de Sadie.

Pour l'instant, ça va. Mais la journée vient de commencer.

Sous l'ombre du gommier, en bordure du parking, je pose mon sac à mes pieds, au moment où un SUV noir se gare dans la place juste devant moi. Un grand type aux cheveux gris en sort. Quand il retire ses lunettes, je le reconnais aussitôt et mon estomac se noue.

Daniel Fisher, mon ancien orthodontiste.

Le père de Mallory et Morgan.

Mon cœur se déchaîne en attendant de voir qui va sortir par les autres portières. Ça pourrait bien être Mallory et Morgan, assis *juste là,* derrière les vitres teintées. Je plisse les yeux pour tenter de voir à travers, comme pour me préparer. Dans mes séances avec Dr Ingrid, on n'a jamais envisagé la possibilité que je croise les Fisher et comment ça pourrait me faire régresser.

Je ne suis plus cette fille, je ne suis plus cette fille. Cette gamine abandonnée de huit ans qui se racontait des histoires. Cette gamine qui a rapporté à la police avoir vu Mallory enlevée par un monstre imaginaire.

Je ne peux plus être cette fille-là, sinon je ne quitterai jamais la ville, je n'irai jamais à l'université, je n'aurai pas d'avenir. Je ne peux pas laisser mon esprit s'engluer à nouveau dans les marécages d'où j'ai réussi à m'échapper.

Avant que j'aie le temps de me rappeler les mantras rassurants de Dr Ingrid, la portière côté passager s'ouvre. Un jeune en sort. Il se gratte le cou, en regardant autour de lui. Il a quelques centimètres de plus que moi et une tignasse noire domptée autour des oreilles et sur la nuque. Il porte une montre avec un bracelet en cuir, et le pouce de son autre main est accroché à une boucle de la ceinture de son jean moulant.

Morgan Fisher.

Je pique un fard, comme si on m'avait surprise en train de regarder quelqu'un en sous-vêtements.

Je recule derrière les branches basses du gommier, tandis que Morgan et son père traversent le parking vers l'administration.

Morgan ne me reconnaîtrait jamais, de toute façon, et même s'il y arrivait, il serait carrément déçu. Coiffure sage, taches de rousseur évidentes et tenues austères. Le seul habit un peu cool que j'ai, c'est un tee-shirt vintage du film *E.T.* que j'ai acheté dans une friperie. Mais je ne suis pas assez cool pour oser le porter en public.

– Hello, lance Sadie en me faisant sursauter. Je vais peut-être t'acheter un bavoir tellement tu baves devant ce mec.

Elle coince ses lunettes de soleil sur sa tête et suit du regard les Fisher.

– N'importe quoi, dis-je en croisant les bras.

– Allez, avoue ! Il est beau gosse, surtout les cheveux.

Je plisse les yeux et Sadie les ouvre grands en réponse.

– Sérieux, insiste-t-elle. J'adorerais coiffer les miens comme ça. Allez.

Elle m'attrape par le bras et m'entraîne vers la porte que les Fisher viennent de franchir.

– Attends, dis-je en refusant d'avancer. Tu vas lui demander des conseils sur sa coupe, maintenant ?

Sadie me décoche un sourire en coin et fouille dans son sac. Elle en sort un prospectus pour la boutique de sa mère, *Un Délice de Traiteur.*

– Bonne idée, mais non. Je veux demander à Smiley Janice de glisser ça dans la newsletter du lycée. Elle doit un service à ma mère.

Elle passe son bras sous le mien et me raconte qui elle a vu en chemin vers le lycée, mais malgré les sourires que je lui adresse pour montrer que je l'écoute, je ne parviens pas à me concentrer sur ce qu'elle me raconte.

Tu sais faire. Reste zen. Ça fait des années et les Fisher ne savent pas ce que tu as dit à la police.

Et j'étais une enfant. Les gens pardonnent aux enfants ce genre de choses, non ? Même quand c'est grave ? Même si c'était pour attirer l'attention ?

Je me ronge l'ongle du pouce et évite de poser les yeux sur mon reflet dans le miroir.

– Oh, c'est pour toi, lance Sadie en me lâchant pour se remettre à fouiller dans son sac.

Elle me lance un sac en plastique dans lequel je sens quelque chose de noir et mou. J'aperçois le logo d'*Un Délice de Traiteur* avec son symbole maori de koru, une fronde de fougère enroulée.

– Samedi, c'est une soirée en noir. Maman n'était pas sûre que tu avais ce qu'il fallait.

Je range le polo dans mon sac tout en traînant derrière Sadie qui entre dans le bureau et avance vers le comptoir. Smiley Janice, la plus bourrue des surveillantes d'Australie, est au téléphone. Elle tend sévèrement son index vers nous pour nous signifier d'attendre. Du coin de l'œil, je repère une silhouette sur le canapé sous la fenêtre. Je sais que c'est Morgan. Son père est de l'autre côté du couloir, dans le bureau du principal.

Janice finit son coup de fil sans nous regarder et part dans la pièce voisine. Sadie lève les yeux au ciel et se vautre contre le comptoir. Elle fait un signe de tête à quelqu'un par-dessus mon épaule.

Non, pas juste quelqu'un. Morgan.

– Salut, lance-t-elle.

– Salut.

Je sais que je devrais me tourner, c'est bizarre sinon. Mais je préfère admirer la collection de mini-plantes en pot de Janice.

– T'es nouveau ? demande Sadie.

– Qu'est-ce qui te fait penser ça ?

Sa voix est plus grave que je ne m'y attendais. Depuis le temps, il a forcément changé.

– Alors, pour commencer, personne ici n'arrive à maintenir longtemps ce genre de coupe de cheveux. C'est l'air de la mer, trop humide et salé. Si t'étais du coin, tu y aurais renoncé. Je te donne pas plus de deux semaines avant de tout couper.

– Je vois, ponctue-t-il, un sourire dans la voix. Continue.

– Deuxièmement, tu es pâle. Genre pâleur cadavérique. Tu préfères les librairies aux plages, n'est-ce pas ? Un gars de la ville, ça.

Il rit.

– Pas faux. Mais encore ?

– Troisièmement, ce lycée compte moins de six cents élèves, et je t'ai jamais vu avant. Je déduis donc que t'es nouveau à Port Bellamy.

– Pas exactement, non.

Sadie se redresse, sa curiosité décuplée. Moi, je continue à contempler les petites plantes alignées en rangs d'oignons.

– Je suis né ici et j'ai déménagé à huit ans, explique Morgan. J'habitais avec mes parents à Brisbane, mais ils ont décidé de revenir dans leur ville natale.

– Attends ! lâche Sadie en ouvrant de grands yeux. T'es un Fisher ?

Son changement d'attitude est évident. Je ne peux m'empêcher de tourner la tête pour voir la réaction de Morgan. Les sourcils hyper froncés, il s'empourpre.

– Ouais..., répond-il, clairement anxieux.

– Ma mère s'occupe du buffet pour votre fête, samedi soir. Tash et moi, on sera les serveuses.

Sadie me tape l'épaule en guise de présentation. Pas le choix, je suis obligée de sourire bêtement et de hocher la tête.

Morgan pose les yeux sur moi pour la première fois, et son front se déplisse, comme s'il se souvenait de moi. Il se rappelle peut-être qu'on était assis à côté dans la classe de Mme Sureh, qu'il m'a surprise en train de le regarder, qu'il a louché et qu'on a piqué un fou rire, cachés dans nos livres. Et peut-être qu'il se souvient aussi du jour où j'ai partagé mon déjeuner avec lui. Il m'avait alors remerciée en dessinant un singe qui tient une affiche sur laquelle est écrit « Tash est gentille ».

– Tash Carmody, dit-il en souriant. Waouh ! Ça fait un bail.

– Ouais, carrément.

– Tu habites toujours à côté du vieux hangar à bateaux ?

– Eh oui, dis-je prudemment. Depuis toujours.

Il m'adresse un sourire radieux, et ses larges fossettes se creusent de ses joucs jusqu'à son menton.

– J'habitais à deux rues de là, sur Boronia Avenue.

– Au numéro 11, dis-je sans réfléchir.

– Exact, confirme-t-il en riant, impressionné par ma mémoire.

Visiblement ravi de me parler, il en oublie Sadie.

– Donc, la dernière fois que je t'ai vue, c'était... Mince, j'arrive pas à savoir.

La température de mon corps s'élève brusquement.

– Euh...

Je fais mine de chercher, même si la date est gravée dans mon cerveau comme une cicatrice.

L'étincelle dans ses grands yeux verts s'éteint. Sa bouche se relâche. Pas la peine que je le lui rappelle, il s'en souvient parfaitement.

La dernière fois que je l'ai vu, Morgan était assis à l'arrière d'une voiture de police.

Ses jambes pendaient à l'extérieur, il avait le visage bouffi de larmes. Il était dix-sept heures et la fête foraine touchait à sa fin. Sa sœur avait disparu depuis près de trois heures et la police donnait des consignes à l'équipe de recherche du soir. Les magnifiques chevaux continuaient leur course gracieuse, leurs gueules majestueuses baignées de lumière dans la musique entraînante de l'orgue de Barbarie qui résonnait comme si tout allait bien.

Mais ça n'allait pas du tout.

La fête foraine n'aurait pas dû se poursuivre tranquillement pendant des heures, alors qu'elle venait d'engloutir une petite fille.

Je ne savais pas quoi faire de moi-même devant l'impuissance des Fisher qui avait remplacé leur panique initiale. Piétinant autour d'eux et de l'équipe de recherche, je me demandais si je devais raconter ce que je venais de voir. Quand tata Ally est enfin arrivée pour me ramener à la maison, elle était dans tous ses états. Elle avait entendu sur le parking ce qui venait de se passer.

– J'ai cru que c'était toi, m'a-t-elle murmuré en m'attrapant par les épaules. Cette fille qui a disparu, j'étais sûre que c'était toi.

Elle s'est accroupie et m'a serrée contre elle bien trop fort, une odeur douceâtre de cigarette se dégageant comme toujours de son chemisier. Par-dessus son épaule, je voyais Morgan, assis seul dans le véhicule de la police. Je me suis dégagée de l'étreinte d'Ally pour le gratifier d'un sourire crispé.

– On se voit à l'école ?

– Je ne sais pas comment je l'ai perdue, a-t-il lâché en levant la tête vers moi, apeuré et coupable.

C'est l'image de Morgan que mon esprit a retenue au cours des neuf dernières années. J'ai laissé ma tante m'éloigner de lui, impatiente de quitter les lieux.

Je pensais que je le reverrais.

Je pensais que j'aurais l'occasion de le rassurer : *Morgan, ce n'est pas ta faute. C'est la mienne.*

– Tu commences aujourd'hui ? lui demande Sadie.

– Euh, non, dans deux semaines.

– En dernière année ? continue-t-elle.

Il hoche la tête.

– Cool, on se verra en cours. Au fait, t'aurais pas des sœurs canon que je serais heureuse de rencontrer ?

Le malaise est palpable. Il m'adresse un regard gêné qui me troue l'estomac.

– Elle n'a que quinze ans, répond-il sèchement.

– Eh mec, je plaisantais.

– De toute façon, elle fait l'école à la maison. Et à ce que je sais, elle préfère les garçons.

– À ce que tu sais ? Elle te parle pas de ce genre de choses ?

Il rougit.

– En fait, ma sœur ne parle pas du tout.

Sadie est interrompue par la sonnerie, le retour de Smiley Janice et l'apparition de M. Fisher qui invite Morgan à le rejoindre dans le bureau du principal.

– À samedi, lance-t-elle simplement. On fera de notre mieux pour ne pas renverser de nourriture sur les tapis de ta mère.

– Ouais. Content de t'avoir rencontrée.

Il tourne la tête vers moi, et son visage se radoucit.

– À bientôt, Tash.

– Euh... oui. À bientôt.

Tout en discutant avec Janice, Sadie m'interroge de son regard insistant et curieux, mais je fais comme si je n'avais rien remarqué. Ce n'est que lorsqu'on se dirige vers notre classe qu'elle ne peut plus se retenir.

– Je rêve ou tu craques pour lui, Tashie Tashkins ?

Je plisse les yeux, menaçante, ce qui la fait exulter, alors qu'on se sépare au bout du couloir. Je ne peux rien cacher à Sadie, elle connaît tous mes secrets.

Ou presque.

***

De retour du lycée, je récupère Tim à l'école, ravie qu'il me change les idées en me racontant sa journée. Arrivée à la maison, j'ai réussi à repousser les Fisher tout au fond de mon esprit.

Mais quand maman envoie Tim dans sa chambre sans même lui proposer un goûter, je comprends que ce n'était qu'une simple pause.

– Natasha, il faut que je te parle.

Dès qu'on est seules, elle tourne l'ordinateur vers moi et l'ouvre. Une dizaine d'images de Mallory Fisher jaillissent sur l'écran.

– J'ai vu l'historique de tes recherches...

Je hausse les épaules.

– Tu peux m'expliquer ? demande-t-elle en élevant la voix. On est tous passés à autre chose, non ?

Elle croise les bras, les décroise et pose une main sur le plan de travail. « Le langage corporel est important, disait Dr Ingrid. Il faut que tu aies l'air ouverte et réceptive. »

– Bien sûr, oui, dis-je tout de suite, et les épaules de maman se détendent. C'est rien de... rien de tout ça.

Elle ferme le portable lentement, réfléchissant à la manière de présenter ce qu'elle a à me dire.

– C'est juste que la mère de Sadie a besoin de moi comme serveuse, dis-je avant qu'elle puisse parler. Et j'ai découvert que c'est pour une fête de bienvenue organisée par les Fisher. Tu savais qu'ils étaient de retour ?

Ses lèvres s'écartent légèrement.

– Euh... non, je ne savais pas.

– Ça m'a fait y repenser, c'est tout. À Mallory. Rien de grave.

Maman me dévisage, à l'affût des mensonges glissés entre deux mots. Ça me rappelle quand j'avais huit ans et que mon témoignage a été accueilli par des regards inquiets, persuadés que quelque chose clochait chez moi.

– Mallory Fisher est revenue à Port Bellamy, lâche-t-elle doucement. C'est important que tu te détaches de tout ça.

– Bien sûr, maman. Je ne dirai rien. Je ne suis plus une enfant.

Je fais un pas vers elle et je la sens se raidir.

– Les Fisher ne voudront pas qu'on ravive le passé. Et c'est le mieux pour toi, aussi.

– J'ai dix-sept ans, maman. Tous ces trucs sur Moineau...

Sa nervosité est encore plus évidente.

– C'est terminé. Ne t'inquiète pas.

Dans son regard, je lis à quel point il est vain de le lui dire. Elle n'a jamais cessé de s'inquiéter pour moi.

– Écoute, je ne pense pas que cette mission de serveuse est une bonne idée, lance-t-elle en s'emparant de son portable. J'appelle Kiri, je lui expliquerai...

– Non, fais pas ça !

Il ne faut pas que Sadie l'apprenne comme ça. Elle ne sait rien de ce qui me lie aux Fisher.

Et puis, je veux voir Mallory. J'en ai besoin, surtout après toutes ces années. Pour m'assurer que je peux la regarder dans les yeux et...

Et quoi ?

Je ne sais pas.

Mais si, tu sais.

– Je ne peux pas abandonner Kiri et Sadie à la dernière minute. Elles ne trouveront personne pour me remplacer maintenant.

– Ce serait mieux que...

– Maman, vraiment, dis-je sans hausser le ton, mais avec fermeté. Je ne veux pas en parler. Fais-moi confiance, tout ira bien.

Je perçois une lueur de faiblesse dans ses yeux, ce qui est plus que rare. Cette année, je dois lui montrer que je suis une adulte, et travailler comme serveuse chez les Fisher est un bon point de départ.

– T'inquiète, il n'y aura aucun problème. Je te le jure.

Maman pousse un long soupir et repose son téléphone. Sa main reste un moment en l'air avant de s'emparer du carnet posé à côté.

– Ta tante a appelé pour te parler, annonce-t-elle.

Elle déchire et me tend la première page sur laquelle sont inscrits à l'encre bleue le nom et le numéro d'Ally.

– Qu'est-ce qu'elle veut ?

Pourquoi veut-elle reprendre contact ? Elle était peut-être sérieuse quand elle parlait de m'inviter chez elle, mais est-ce que j'accepterais ? Ma dernière visite remonte à l'été où Tim est né, et juste parce que papa et maman étaient désespérés. Je pense qu'ils l'ont même payée pour me garder pendant ces deux semaines.

– Aucune idée, répond maman, feignant l'indifférence. Ne la rappelle pas si tu n'en as pas envie. À vrai dire, ce serait même mieux si tu ne le faisais pas.

Elle me contourne pour aller dans le salon et ramasse les chaussettes sales de Tim sur le canapé. Quand elle tourne la tête vers moi, je froisse la feuille.

J'attends qu'elle disparaisse dans la buanderie pour glisser la boule de papier dans ma poche.

6

AVANT

– Je ne comprends pas ce que tu essaies de dire, Tash.

Ally approche la carafe de lait et je fais des efforts pour ne pas plisser le nez de dégoût. Ma tante ne boit pas de lait de vache, ça doit être une sorte de boisson au soja avec un goût pas très net. J'en verse sur mes céréales. Les raisins remontent à la surface. J'en noie un avec ma cuillère.

– Explique-moi encore, insiste-t-elle.

Elle met une cigarette entre ses lèvres, puis s'empare d'un briquet en plastique vert d'où jaillit une petite flamme.

– Quelle partie ?

– À partir du moment où tu t'es réveillée dans le noir. On va essayer de rassembler les morceaux.

Rassembler les morceaux ? Ce n'est pas un puzzle. Il y avait quelqu'un dans ma chambre cette nuit. Je ne sais pas pourquoi je dois encore le répéter.

C'est sûrement le tonnerre qui m'a réveillée, ou peut-être une porte qui a claqué à l'étage. Le vent sifflait à travers les fissures de la vieille maison, comme les pneus du pick-up d'Ally. J'ai ouvert les yeux sur les avions et les montgolfières du papier peint. L'espace d'un instant, je ne me rappelais plus où j'étais. C'était la chambre de mon père quand il était enfant, c'est pour ça que je l'ai choisie quand tata Ally m'a dit que je pouvais dormir où je voulais. Je n'aime pas les autres chambres. Cette maison est froide, peu accueillante.

La chambre ne me faisait plus aussi peur que la nuit précédente, parce que j'avais compris d'où venaient les longues ombres. Je savais où étaient les bosses dans le matelas et en me recroquevillant comme il fallait, je ne les sentais même plus. Et en m'endormant, j'ai glissé la main sous l'oreiller pour caresser l'étiquette en satin de la taie. Ça me donnait presque l'impression d'être chez moi.

Mais je n'étais pas chez moi.

Je n'étais jamais venue ici sans papa et maman, avant.

Je ne connais pas vraiment ma tante.

Il a émis un petit son, c'est pour ça que je me suis tournée. Il était si immobile qu'au début je ne l'ai pas vu. J'ai cligné des yeux plusieurs fois pour m'habituer à l'obscurité et j'ai alors remarqué une silhouette sombre devant la fenêtre, qui me bloquait le ruissellement sur la vitre.

Un éclair a brusquement éclairé la pièce. Je l'ai vu, accroupi sur la banquette sous la fenêtre, face au lit. Son visage était caché sous une capuche et ses genoux étaient remontés sur son buste, tel un chat prêt à bondir. Quand un nouvel éclair a allumé le ciel, j'ai aperçu ses pieds nus couverts de terre et d'herbe. Ses orteils osseux s'agrippaient au rebord telles les racines d'un arbre.

Il ressemblait à une gargouille. Toujours figé, toujours à l'affût.

– T'es qui, toi ? ai-je murmuré.

S'il répondait, c'était que je ne rêvais pas.

Il a penché la tête dans ma direction, comme un petit oiseau curieux. Ça m'a rappelé les moineaux perchés sur notre clôture. Maman me laisse les nourrir avec des miettes de pain si je suis assez délicate pour ne pas les effrayer.

J'ai fait attention à ne pas effrayer mon visiteur. Il était bien plus grand qu'un moineau.

– Qu'est-ce que tu as sous ta capuche ?

Il ne l'a pas retirée pour me montrer. Mais il a posé un doigt sur sa bouche.

– Chuuut.

Sa main tremblait comme s'il s'empêchait de rire. Malgré l'obscurité, je voyais ses épaules s'agiter.

– C'est un jeu ? ai-je demandé, pleine d'espoir.

Personne ne jouait avec moi, ici. Tata Ally m'avait dit que les enfants doivent apprendre à s'amuser seuls.

– Oui, a-t-il répondu.

Sa voix éraillée m'a fait penser qu'il avait besoin d'un verre d'eau. Il sentait les chaussettes mouillées qui sèchent sur un radiateur à huile.

– Ferme les yeux et compte jusqu'à cinquante, a-t-il dit. Tu ne triches pas, hein ?

– Je ne triche jamais !

Pour le lui prouver, je me suis rapidement tournée sur le dos et j'ai couvert mes yeux. J'ignore jusqu'où j'ai compté, parce que ça m'a endormie. Je suis peut-être arrivée à trente-cinq.

Ou quarante. Je ne savais pas ce qui allait se passer à cinquante, et je ne le découvrirai jamais. J'ai commencé à rêver de Benny, le labrador de ma tante. Quand je me suis réveillée, c'était le matin. Mon visiteur était parti.

– Tash ? m'interpelle Ally, sa cigarette entre les lèvres.

Elle se penche en avant et agite une main devant mon visage.

– Waouh ! T'étais partie où, petite ?

– Nulle part. Je suis ici.

– Tes parents savent que tu as des absences comme ça ?

– Quoi ? Je n'ai pas d'absences !

Je pose ma cuillère parce que je n'ai plus faim.

– Je pensais juste à mon rêve.

Ma tante me dévisage en s'emparant de sa tasse de café, sur le plan de travail derrière elle. Elle la pose sur la table, à côté du briquet vert, pour y jeter sa cendre.

– Donc tu dis maintenant que ce n'était qu'un rêve ?

– Non, le rêve est arrivé après, quand il m'a dit de compter. On jouait à un jeu. Mais je ne sais pas lequel.

Elle lâche sa cigarette dans la tasse.

– Tu fais souvent des mauvais rêves, Tash ?

– Non, je rêve presque jamais. Et c'était un bon rêve. Je jouais avec Benny.

Tata Ally parle avec une voix calme, mais elle ne cligne pas des yeux, comme si elle était un peu en colère contre moi.

– Je parle de la partie de ton rêve où tu as vu quelqu'un dans ta chambre.

– Ça, c'était pas un rêve.

Ses ongles cliquettent sur la tasse.

– Les yeux peuvent jouer des tours dans la nuit.

– Non, dis-je plus fort.

Maman dit qu'élever la voix est malpoli, mais elle n'est pas ici. Et papa non plus.

– Il était là, sur la banquette sous la fenêtre. Il m'a parlé. Je l'ai entendu. J'ai même senti son odeur.

Ma tante pince les lèvres et passe une main dans ses cheveux courts et frisés.

– C'est ma faute. Je t'ai laissée te coucher bien trop tard. Et avec les coups de tonnerre et les éclairs, ça m'étonne pas que tu aies fait un cauchemar.

– Ce n'était pas...

– C'était un cauchemar, Tash. Je suis venue dans ta chambre, tu n'as pas oublié ? Tu m'as appelée.

Je fronce les sourcils en baissant la tête. Je ne m'en souviens pas.

– Il était accroupi sur la banquette sous la fenêtre. Il était là !

Tata Ally me prend les joues entre ses mains.

– Tash, ma chérie. Je n'ai vu personne.

7

MAINTENANT

Alors que je remonte Banksia Avenue, je ne peux pas me défaire du sentiment que je suis suivie. Je me retourne plusieurs fois pour m'assurer que maman ne roule pas derrière moi. Toute la semaine, elle a réussi à se retenir de parler de la fête chez les Fisher, jusqu'à cet après-midi ; elle a proposé de m'accompagner en voiture. J'ai menti en disant que Sadie venait me chercher à l'angle de la rue (et bien sûr, pas chez moi, pour ne pas risquer qu'elle me dise de la faire entrer et lui demande de me surveiller toute la nuit).

Je relis le dernier message de Sadie.

Prends l'allée pour entrer par-derrière. On a commencé à installer.

Mon regard se pose sur la maison des Fisher près du sommet de la colline, le premier étage baigné du soleil vaporeux de la soirée. L'après-midi a été chaud, mais désormais de longues ombres s'étendent sur la route, promettant une nuit fraîche. Une légère brise soulève les poils de ma nuque et je frissonne un peu. Je consulte ma montre...

Stop.

Est-ce que c'était… ?

Un pas ?

Je jette un coup d'œil derrière moi au patchwork d'allées pavées et de pelouses parfaitement tondues. Une remorque à bateau ici, un camping-car là, quelques cacatoès roses dans un parterre de pissenlits.

J'essuie mes mains poisseuses sur mon pantalon, honteuse d'être tellement nerveuse.

C'est à force de parler des Fisher. À force de penser au passé.

Je me remets à marcher, un peu plus vite à présent, mes chaussures noires en cuir claquant sur le bitume. Le camion d'*Un Délice de Traiteur* est garé à trois allées de moi et le portail du numéro 8 est grand ouvert. La fête ne va pas commencer avant une demi-heure, ce qui veut dire que Sadie et sa mère…

Encore !

Je fais volte-face, tournant la tête à gauche et à droite. L'avenue se moque de moi avec ses murs solides et ses haies rectangulaires, parfaits pour jouer à un, deux, trois, soleil.

Ne pense pas à des jeux.

Ne pense pas à lui.

– Il y a quelqu'un ?

Un des cacatoès s'envole. J'ai beau me sentir ridicule, je ne peux pas m'empêcher d'avoir l'impression qu'on m'épie. Alors que je me retourne pour continuer ma route, je perçois un mouvement. Deux maisons plus bas, deux robustes colonnes en pierre marquent le début de l'allée. Je vois une ombre derrière l'une d'elles.

Merde.

La panique me saisit. Je pique un sprint jusqu'à la maison des Fisher et me cache derrière le camion de Kiri. Le dos appuyé contre le métal, je serre les dents et tends l'oreille.

Mais je n'entends que le sang qui afflue dans mes oreilles.

T'es parano.

Tu penses vraiment que quelqu'un te suit ?

J'attends que mon cœur ralentisse pour bouger. C'est ridicule. Je suis ridicule. J'ai besoin d'une distraction pour empêcher mon esprit de vriller.

À quelques pas de moi, un gros buisson d'azalées frémit sous la fenêtre des Fisher.

Je pense d'abord que c'est mon imagination qui me joue des tours, mais ça recommence. J'ai envie de croire que c'est un chat ou un opossum, seulement, malgré la lumière déclinante, j'arrive à voir les contours d'une personne tapie contre la maison.

Il est revenu.

Impossible.

Vraiment ?

J'ai du mal à déglutir.

Reculant jusqu'à la boîte aux lettres, je cherche des yeux un pieu ou une pierre dans les étendues florales. J'attrape une branche d'arbre cassée. J'espère qu'elle sera assez menaçante si je la tiens correctement.

Je fais un pas vers la maison, le bâton dans la main. Un mélange de peur et de colère m'envahit.

– Sors de là ! dis-je, furieuse.

Le buisson s'agite violemment et un homme apparaît. Je recule, agrippée à mon bout de bois.

Il est trop grand, me souffle la logique. *Ce n'est pas lui.*

Mais bien sûr que non ! Il n'existait que dans ton imagination.

Le jeune homme se redresse de toute sa hauteur.

– Du calme, grommelle-t-il. Je voulais juste prendre quelques photos.

Il lève les bras en signe de reddition, montrant un appareil photo semblable au mien. Il ne doit pas avoir plus de vingt-cinq ans, avec ses joues couvertes d'acné. Il porte une sacoche en bandoulière sur laquelle est fixé un badge avec le logo du *Mid Coast Times.*

– Qu'est-ce que ça veut dire ? Vous êtes journaliste ?

– Photographe, corrige-t-il. À moins que vous vouliez me donner des infos sur la soirée. Vous connaissez Mallory Fisher ? Est-ce qu'elle se rappelle quelque chose sur sa disparition ?

On sursaute tous les deux en entendant une voix derrière nous, sur la terrasse : « Eh ! » C'est Morgan. Il nous décoche un regard assassin, une torche en bambou éteinte dans chaque main.

– Ça va, Tash ? demande-t-il sur un ton radouci.

Je hoche la tête et cache mon bâton derrière mon dos, tandis que Morgan tourne la tête vers le photographe.

– Barre-toi d'ici, vautour. Je suis à ça d'appeler les flics.

– Aucun commentaire à faire ? tente tout de même le gars, en se mettant en marche. Le retour au bercail de Mallory Fisher, ça va faire sensation. Il y aura de toute façon un article dans le numéro de lundi.

– S'il y a une photo, on vous fait un procès pour violation de propriété.

Le photographe répond par un éclat de rire forcé avant de déguerpir. Sans se laisser démonter, Morgan place les torches d'un côté de la terrasse. Il a l'air d'un marin avec son tee-shirt bleu rayé, son pantalon crème et sa coiffure qui défie toujours l'humidité.

– Waouh ! s'exclame-t-il avec un sourire. Tu comptais le frapper avec cette brindille ?

Les joues en feu, je me débarrasse de mon arme.

– Il était déjà là le jour où on a emménagé, explique Morgan. Il se cachait dans sa voiture, sur le trottoir d'en face. Il doit vraiment avoir besoin d'un scoop s'il en est réduit à nous scruter par la fenêtre.

– C'est malsain ! Il essaie de prendre des photos de Mallory ?

– Oui. On aurait dû s'en douter et ne jamais revenir dans la ville où elle a disparu.

– Quoi ? Mais non ! Elle devrait pouvoir se sentir en sécurité. C'est chez elle, ici.

Morgan penche la tête, m'inspectant aussi minutieusement que lundi au lycée.

– Tu pourrais peut-être lui servir de garde du corps. Tu chasserais les paparazzis avec tes bouts de bois.

Je ris et il me gratifie d'un clin d'œil. Je ne sais pas comment on a réussi mais on a repris là où on en était restés en primaire, quand on se souriait à travers la classe. C'est une sensation aussi agréable que réconfortante. Et... étrangement excitante.

– Alors, ça te fait quoi d'être de retour ?

Morgan lève la tête vers l'horizon pour réfléchir à ma question.

– J'aurais aimé dire que c'est comme si on n'était jamais partis. Mais c'est beaucoup plus bizarre que j'imaginais.

– Pourquoi ?

– Les gens marchent sur des œufs avec nous. Ceux qui nous ont connus avant. Ils nous font la conversation poliment, nous posent des questions, mais dans leurs yeux, tu vois leur curiosité. Ils nous regardent d'un peu trop près, comme s'ils cherchaient des indices, tu vois ?

Je vois très bien. Parfaitement même.

– Comme si tu leur cachais quelque chose.

– Exactement. Je n'ai pas l'impression d'avoir eu une conversation authentique avec qui que ce soit depuis notre arrivée... Jusqu'à maintenant.

Il sourit et je me sens un peu étourdie.

– Eh ben, quand tu veux.

– Merci. Je n'oublierai pas. J'appréhende un peu la rentrée. Je déteste être le nouveau au lycée. Alors l'ancien nouveau qui met tout le monde mal à l'aise, c'est encore pire.

– Moi, tu me mets pas mal à l'aise.

Il rit.

– Heureusement. Il faut au moins que j'ai une alliée.

– Tu l'as trouvée, dis-je en baissant les yeux, avant de faire un signe vers l'allée. Allez, je ferais mieux d'aller bosser.

– Moi aussi.

On attend encore un peu avant de se quitter et je me demande s'il sent aussi ce courant entre nous.

Je me ressaisis.

Je suis trop douée pour inventer des choses qui n'existent pas.

***

La première heure de la soirée se passe dans un tourbillon de plateaux et de coupes de champagne. Je ne croise jamais la route de Morgan au cours de mes allers-retours dans la maison. Je n'ai pas vu Mallory non plus, et je regarde régulièrement l'escalier comme si je m'attendais à ce qu'elle fasse sa grande entrée. Mais j'imagine qu'une personne qui ne parle pas ne doit pas particulièrement apprécier ce genre de soirées.

M. et Mme Fisher sont dans leur élément, retrouvant d'anciens amis et en rencontrant de nouveaux. Son bras glissé sous celui de Mme Fisher, Francine Han l'entraîne d'un bout à l'autre de la maison pour lui présenter les gens importants. La mère de Morgan est radieuse dans sa robe de cocktail rose assortie à son rouge à lèvres, et son père, à l'élégant blazer et aux boucles blondes, ressemble à une star de cinéma.

Ce qu'il y a de mieux avec ce boulot, c'est qu'on entend plein de choses sans jamais avoir l'air d'écouter. Tendre un plateau de feuilletés à la viande m'apprend que M. Fisher rouvre son cabinet orthodontique à Newcastle, la semaine prochaine. Récupérer des verres vides me permet de savoir que Morgan est un artiste, mais qu'il ne sait pas encore vers quoi s'orienter. Et servir du punch me renseigne sur leur projet de retourner dans leur maison de vacances à Greenwillow en mars.

Ma main tremble à ce nom, mais j'arrive à ne pas verser une goutte sur la table.

Le service s'interrompt quelques minutes pour laisser le temps aux friands de cuire. On en profite avec Sadie pour faire une petite pause dans la cuisine. Affairée avec un plateau de sandwiches, Kiri s'interrompt une petite seconde pour nous adresser un clin d'œil.

– Maman adore ça, lance Sadie en me donnant un verre d'eau.

Elle tire sur le col de son polo noir, laissant entrevoir son tee-shirt des All Blacks en dessous.

– Tous ces clients potentiels avec leurs portefeuilles plus gros que leurs cervelles.

Kiri fredonne, ses mains agiles à mille endroits en même temps. Elle est toujours souriante et prête à nous glisser un petit mot d'encouragement. En plus de son visage en forme de cœur et ses yeux marron foncé, Sadie a hérité de sa mère sa générosité et son caractère de battante. Cela fait déjà dix ans que le père de Sadie les a convaincues de quitter Auckland pour une vie meilleure en Australie. Il a fini par les abandonner pour partir à Bali avec une des comptables de son bureau. Kiri a dû tout recommencer à zéro dans un nouveau pays. Elle garnit le plateau avec de petites fleurs bleues.

– Elles se mangent, répond-elle à nos mines perplexes.

Sadie ironise en disant qu'elle va bientôt mettre des sauterelles en guise de décoration. Kiri se contente de lui tirer la langue avant de placer le plateau dans ses mains.

– Celui-ci est pour toi, Tash, lance-t-elle, une fois Sadie partie dans la salle à manger.

Elle m'en tend un avec quelques sandwiches, une tarte au citron et une bouteille d'eau.

– C'est pour la fille d'Annabel, Mallory. La pauvre petite n'est pas fan des soirées.

Kiri ignore que je la connais. Sadie et sa mère sont arrivées à Port Bellamy une année après l'évènement de la fête foraine et les Fisher avaient déjà quitté la ville.

– Euh, tu veux que je...

– Lui porte dans sa chambre. Oui, s'il te plaît. Annabel m'a dit que c'était au premier, dernière porte sur la gauche. Passe par ici, c'est un raccourci vers l'escalier.

Elle me montre, au fond de la cuisine, une porte coulissante que j'avais prise pour l'entrée d'un garde-manger.

Je prends le plateau de mauvaise grâce.

– Peut-être que Sadie...

– J'adore ma fille, m'interrompt Kiri en me touchant le coude. Mais la discrétion n'est pas sa qualité principale. Elle risque de lui arracher les oreilles à force de lui parler. Il vaut mieux que ce soit toi.

J'esquisse un petit sourire quand Kiri me remercie.

Bon, tu voulais voir Mallory en personne, c'est l'occasion.

Alors que je longe le couloir étroit vers l'escalier, mes mains sont moites sous le plateau. À chaque pas, les battements de mon cœur s'accélèrent.

Mallory se souvient-elle de moi ?

Est-ce que je réussirai à ne pas la bombarder de questions ?

La dernière porte à l'étage est la seule qui est fermée. De la musique s'échappe d'une chambre sur la droite. Morgan et Christopher, le frère jumeau de Rachael, sont allongés sur le lit en train de jouer à des jeux vidéo. Christopher m'aperçoit et me salue, remontant ses lunettes sur son nez. Exaspérée, je constate que Rachael est là aussi, de l'autre côté de Morgan. Elle me suit du regard, moqueuse, visiblement amusée par mon uniforme et mon plateau.

Accablée par une pointe de jalousie (sérieusement, elle le connaît depuis combien de temps ? Et elle est pratiquement sur lui), je décide de me concentrer sur ma tâche. Je lève le poing, tentée de laisser le plateau par terre et de partir. Des éclats de rire résonnent depuis le salon et je frappe à la porte.

J'entends le cliquetis de la serrure. La porte s'entrouvre et la silhouette d'une fille se dessine contre la lumière dorée d'une lampe. Elle est plus petite que je me la représentais. Je dois baisser les yeux vers elle. Une moitié de son visage est recouverte par ses cheveux blonds, l'autre cachée par la porte.

Un œil bleu et méfiant me scrute à travers ses cheveux.

– Je t'ai apporté à manger, dis-je.

Elle regarde le plateau et revient sur moi.

– Je peux le laisser ici, si tu préfères.

Je me penche pour le poser par terre, mais Mallory ouvre plus grand la porte et me fait signe de le mettre sur le bureau sous la fenêtre-hublot. Quelques cartons de déménagement vides s'empilent à côté, sur un petit carré de papier-bulle fixé au sol.

Des bibliothèques en pin croulent sous des livres aux dos colorés, certains bien rangés à la verticale, d'autres posés au hasard sur les autres. Les murs sont décorés d'illustrations de mondes fantastiques et de jardins foisonnants de secrets. Sur un tableau en liège, Mallory a punaisé des cartes postales de galaxies lointaines et de châteaux médiévaux. Au-dessus de son lit, sur une étagère sculptée, des dragons en peluche côtoient des hiboux et des renards. Des guirlandes lumineuses au plafond complètent l'atmosphère féerique de la pièce.

– Waouh, elle est incroyable ta chambre ! J'adore, dis-je, fascinée par son refuge.

Je me rappelle alors mon rôle et repars rapidement dans le couloir.

– Excuse-moi. Je te dérange pas plus longtemps.

Mallory tire sur la manche de sa chemise trop grande pour elle en me regardant. Je tente de ne pas la dévisager de façon ostensible. Il ne reste pas grand-chose de la fillette souriante placardée sur les avis de disparition, des années plus tôt. Sa peau est terne, ses cheveux tombants. Ses épaules se crispent, sur la défensive, prêtes à affronter un danger.

J'ai envie de la secouer et de lui demander comment elle a disparu. Est-ce qu'elle s'est perdue ? Est-ce qu'elle a été enlevée ?

Est-ce que je l'ai vraiment imaginé, Mallory ?

S'il te plaît, dis-moi que mon esprit ne déraille pas à ce point !

– À plus tard, dis-je plutôt, m'attardant quelques secondes avant de me rappeler qu'elle ne va rien répondre.

Quand je reviens dans la cuisine, Sadie essuie le carrelage à quatre pattes.

– Petite catastrophe. Maman a fait tomber un bocal de mayonnaise, elle est partie au supermarché en acheter un autre.

Je prends une pile de serviettes en papier pour l'aider. Elle ramasse les éclats de verre, tandis que je fais un tas de la substance jaunâtre et grasse. Je fais mine de la lui mettre sur le visage et en reculant, elle tombe sur les fesses. On éclate toutes les deux de rire.

– Mince, finit-elle par dire en se relevant. Maman voulait que je serve ces friands pendant qu'ils étaient encore chauds.

– Je termine de nettoyer. Dis-moi juste où est la serpillière.

– Dans la buanderie peut-être ? C'est là que j'ai trouvé la pelle, explique-t-elle en désignant d'un geste une porte au fond de la cuisine.

Elle hésite.

– Mais c'est un peu encombré là-dedans. T'inquiète, je le ferai quand je reviendrai.

La porte qu'elle m'a indiquée donne sur une pièce sans fenêtre, bordée de placards au-dessus et en dessous d'un plan de travail. Je me crispe, prise d'un léger vertige.

– Je fais vite, dis-je à Sadie pour la rassurer, mais surtout pour me rassurer moi-même. Ça va pas me prendre plus d'une seconde.

J'appuie sur l'interrupteur.

– L'ampoule est grillée. Attends-moi, OK?

C'est absurde. Je me sens comme une gamine apeurée devant une descente en luge. Les poings serrés, je me force à entrer, et je commence à ouvrir les placards.

– Tu te lances des défis, on dirait, plaisante Sadie. Essaie de trouver du produit pour les sols en haut. Il y a un escabeau à côté de la porte.

Je m'avance vers la chaise près de la porte.

– Prends pas ça ! crie Sadie.

Je retire la main, persuadée que je vais me faire électrocuter ou pire.

– Une fois que la porte se ferme, impossible de la rouvrir. J'ai fait exactement comme toi et c'est comme ça que je m'en suis aperçue.

Elle soulève le plateau et s'élance vers le salon. Je fouille aussi rapidement que possible, tentant d'ignorer les placards qui empiètent sur mon espace vital.

Il y a assez d'oxygène, c'est sûr.

Aucune raison de paniquer.

Je trouve une serpillière dans un minuscule emplacement. Alors que je tente d'atteindre un des placards du haut, la pièce plonge dans l'obscurité. Une silhouette dans l'entrée bloque la lumière.

Non.

En reculant précipitamment, je me cogne contre le mur. La serpillière tombe par terre. Mon cœur s'emballe.

Pas lui. Pas ici.

De ma main droite, je cherche le plan de travail tandis que l'intrus s'approche.

Sors d'ici sors d'ici sors d'ici sors d'ici.

– Qu'est-ce que tu as perdu ? demande-t-il, le côté de son visage éclairé.

Morgan.

Je m'appuie contre le mur et libère enfin ma respiration.

– Je... cherchais un seau. Et du produit pour les sols.

Je me penche pour ramasser la serpillière.

– Attend, je vais t'aider.

Je ne m'aperçois de ce qu'il fait que lorsque le filet de lumière rétrécit. La dernière chose que je vois avant que la porte claque, c'est le pied de Morgan sur la chaise qu'il a approchée du plan de travail.

– Mince, attends.

J'entends la poignée qu'il tourne en vain, l'interrupteur sur lequel il appuie plusieurs fois.

– L'ampoule est grillée, dis-je, affolée. Essaie d'ouvrir.

– J'ai l'impression que la poignée...

Il grogne, impuissant. Je tente d'habituer mes yeux à l'obscurité. Je n'arrive à voir que l'ombre des pieds de Morgan qui bougent dans le filet de lumière sous la porte.

La température dans la minuscule pièce monte à pic. Ou c'est juste ma peau. L'air autour de nous est chaud et humide.

Mon air.

– Ça va ? demande Morgan. Tu respires fort. T'as de l'asthme ?

Je m'efforce de contrôler ma voix.

– Je dois sortir.

Je tourne autour de moi, me cogne les genoux dans les placards.

– Tout va bien, me rassure Morgan. Faut juste que je...

La porte bouge, la poignée cliquette. Soudain, quelque chose tombe par terre avec un bruit métallique.

– Aïe, c'est pas bon, lâche-t-il. Eh, t'es pas claustrophobe, au moins ?

Je sens le sourire dans sa voix, la tentative d'humour. Je ne peux pas répondre. Je m'effondre...

– Tu veux qu'on joue à un jeu ?

L'obscurité m'étouffe. Elle s'insinue dans mes narines, me pique douloureusement la gorge.

Je n'arrive plus à respirer.

– Tash ? dit-il en s'approchant de moi. T'es où ?

J'approche les genoux de ma poitrine, je les entoure avec les deux bras.

Fais-toi petite. Pas de bruit.

– Tu ne joues pas comme il faut. Arrête de te débattre.

Mon corps tressaute, mon bras le repousse.

– Waouh, Tash. Qu'est-ce qui ne va pas ?

J'ai le souffle court.

N'oublie pas de respirer.

– T'es en hyperventilation.

La main de Morgan trouve mon épaule. Cette fois, je ne me dégage pas.

– Ralentis un peu tes respirations. Prends une profonde inspiration. Écoute-moi.

Il inspire par le nez puis souffle lentement par la bouche. Sa deuxième main se pose sur mon autre épaule. Il me guide sur cinq nouvelles respirations avant qu'on entende du bruit dans la cuisine. Il presse mes épaules une dernière fois avant de se tourner vers la porte pour avertir de notre présence.

– Eh ! On est enfermés là-dedans. *Y a quelqu'un ?*

Je me concentre sur ma respiration, lente et profonde, lente et profonde. Et une vague de soulagement m'envahit quand j'entends Sadie jurer dans la cuisine. L'instant d'après, la porte s'ouvre et elle apparaît, baignée de lumière.

– Qu'est-ce que tu lui faisais ? accuse-t-elle en me voyant recroquevillée dans un coin.

Elle pousse Morgan pour s'agenouiller devant moi et me prendre dans ses bras.

– Rien ! se défend-il, le regard affolé.

Il recule dans la cuisine pour nous donner plus d'espace.

– On s'est retrouvés enfermés, Tash a paniqué, j'essayais de l'aider...

Sadie m'aide à me relever.

– Toi et les espaces fermés, hein, ma belle ?

Je ne sais pas ce qu'elle lit sur mon visage, mais elle arrête tout de suite de plaisanter. Morgan revient avec un verre d'eau.

– De nouveau le Moineau ? murmure Sadie.

Je hoche la tête, honteuse.

– C'est quoi le Moineau ? demande Morgan, nous regardant toutes les deux à tour de rôle.

Sadie plisse les yeux vers lui.

– Eh, c'est ta maison, ici. Tu savais pas que la poignée marche pas ?

Le doute s'insinue en moi.

Sadie a raison. Pourquoi a-t-il déplacé la chaise ?

– J'ai oublié, assure-t-il en se tournant vers moi, contrit. Ça fait que deux semaines qu'on habite ici. Je suis désolé...

Sévère, Sadie lui prend le verre des mains. Elle me le tend mais je refuse.

– Ça va, dis-je d'une voix que j'arrive à maintenir relativement assurée.

Sadie n'a pas l'air convaincue. Je me tourne vers Morgan.

– T'as pas à t'excuser. C'était un accident.

– C'est bon, je m'occupe d'elle, lance Sadie en direction de Morgan, aussi rude qu'efficace. Tout va bien, ajoute-t-elle, se rappelant qu'elle travaille ici pour sa mère. Allez, retourne faire la fête.

Morgan m'interroge des yeux et je hoche la tête pour le rassurer. En soupirant, il retourne sans entrain dans la salle à manger.

Une fois qu'on est seules, Sadie tire un tabouret de bar de sous le plan de travail et me colle le verre d'eau dans la main.

– Assieds-toi. Bois. Discute pas.

Je lui adresse un salut militaire et elle me tire l'oreille avant de repartir dans la buanderie. Elle ouvre tous les placards pour trouver un seau. Alors que j'approche le verre de mes lèvres, une fesse sur le tabouret, mes yeux se posent sur la porte coulissante dans le fond de la cuisine.

Mallory est dans l'entrée.

Je sursaute et bois de travers. Je suis alors prise d'une violente quinte de toux.

Sadie sort la tête de la buanderie.

– T'es sérieuse, Carmody ? Il se passe quoi, maintenant ?

– Ça va, dis-je en toussant et en lui montrant Mallory.

Sadie tourne la tête.

– Elle m'a fait...

Je m'interromps en suivant le regard de Sadie.

Il n'y a rien dans l'embrasure de la porte.

Mallory a disparu comme si elle n'avait jamais été là.

8

AVANT

11 mars 2008

Retranscription de séance, cabinet du docteur Ingrid Ballantine

Psychiatre pour enfants et adolescents

Clinique pour enfants, Newcastle

Patiente : Natasha Carmody, huit ans

IB : Tu veux qu'on parle de Tim ?

NC : D'accord.

IB : Ta maman et ton papa doivent être très occupés avec un nouveau bébé. Il est tout petit et ne peut rien faire tout seul, n'est-ce pas ? Alors ta maman et ton papa doivent s'occuper de lui. Les bébés, ça demande beaucoup de travail.

NC : Ouais.

IB : Et il va grandir un peu plus tous les jours, n'est-ce pas ? Ta maman et ton papa doivent s'occuper de lui, en plus de toi. Qu'est-ce que tu ressens ?

NC : S'ils ne s'occupent pas de lui, il va mourir de faim.

IB : C'est vrai. Ta maman et ton papa doivent partager leur temps pour s'occuper de vous deux.

NC : Je sais.

IB : Tu avais ton papa et ta maman pour toi toute seule, avant. Tu dois sûrement attendre maintenant qu'ils finissent avec Tim pour pouvoir être avec toi.

NC : Ouais. Et maman est tout le temps fatiguée. Elle ne veut plus jamais faire des dessins ou de la pâtisserie avec moi.

IB : Ça te rend triste ?

NC : Avant on faisait des choses ensemble. Et Tim pleure beaucoup, il nous réveille toutes les nuits, il fait beaucoup de bruit. Mais parfois, ça m'arrange.

IB : Qu'il te réveille ? Pourquoi ?

NC : Je fais des cauchemars. Il me sauve.

IB : Tim te sauve ?

NC : Parfois je reste coincée dans mes cauchemars, j'arrive pas à en sortir. Les pleurs de Tim me réveillent.

IB : Ils parlent de quoi, tes cauchemars ?

NC : Je me souviens pas toujours.

IB : Tu te souviens de certains ?

NC : Oui. J'étais enfermée dans une boîte et il faisait noir. Je ne pouvais pas respirer.

IB : Tu avais peur ?

NC : Très ! Je frappais la paroi avec mes poings, je poussais, je tapais des pieds, je n'avais plus de place ! Le dessus de la boîte était juste ici, contre mon dos.

IB : Je vois. Et si tu t'allongeais de nouveau sur le canapé ? Détends-toi, oui comme ça. Je vois que les rêves t'inquiètent.

NC : Personne ne m'aide. Même quand j'appelle maman et papa, ils ne viennent pas.

IB : Je vois.

NC : Maman dit qu'elle est fatiguée à force de se lever pour Tim et qu'elle doit vraiment dormir. Elle dit que je dois arrêter de l'appeler. Elle dit que je fais ça pour attirer l'attention.

IB : Ta maman a dit ça ?

NC : À papa. Je l'ai entendue. Elle dit que je fais mon numéro.

IB : Tu sais ce que ça veut dire « faire un numéro » ?

NC : Pas vraiment. Je sais ce que ça veut dire attirer l'attention. C'est quand tu veux que tout le monde te regarde et s'occupe de toi.

IB : Tu penses que tu fais ou que tu dis des choses parfois pour attirer l'attention de ton papa et de ta maman ?

NC : Parfois, peut-être.

IB : Quel genre de choses ?

NC : Je dis « pardon, maman » avant de lui poser une question.

IB : Tu lui racontes s'il t'est arrivé quelque chose de désagréable ? Pour qu'elle t'écoute et te fasse un câlin ?

NC : Oui, mais elle me fait pas de câlin. Elle dit que je dois arrêter d'inventer des histoires.

IB : Tu inventes des histoires parfois ?

NC : Je ne suis pas sûre...

IB : Non ?

NC : Non, parce qu'il y a des choses qui se sont vraiment passées, et personne m'a crue, alors maintenant je me dis qu'elles étaient peut-être pas vraies. Mais je les ai pas inventées.

IB : Tu as dit tout à l'heure que si ta mère ne s'occupe pas de Tim, il pourrait mourir de faim. C'est une expression d'adulte, ça. « Mourir de faim ». Où est-ce que tu l'as entendue ? C'est ta mère qui l'a dite ?

NC : Non. C'est lui qui me l'a dite.

IB : Ton père ?

NC : Non, lui.

IB : Ton visiteur, chez ta tante Ally ?

NC : Oui. Il dit de méchantes choses parfois.

IB : Quoi, par exemple ?

NC : Il a dit que si je faisais pas ce qu'il me demande, il m'enfermerait dans une boîte et personne ne me trouverait et je mourrais de faim.

IB : Ce n'est pas gentil du tout. Pourquoi penses-tu qu'il a dit une chose pareille ?

NC : Parce qu'il voulait que je fasse des choses.

IB : Quel genre de choses, Natasha ?

NC : Je ne dois pas vous le dire.

IB : Pourquoi ?

NC : Il ne veut pas que les adultes l'apprennent.

9

MAINTENANT

La nouvelle de ma crise de panique chez les Fisher a fait le tour du lycée en moins de trente-six heures. À présent, tout le monde se souvient des fois où j'ai flanché en public. Un gars dans la séance de tutorat du lundi a murmuré « drama queen » dans mon dos. Et ensuite, la semaine s'est empirée. Le mardi, les groupies de Rachael ont poussé des gémissements plaintifs quand je me suis foulé la cheville sur le terrain de basket. Et le vendredi, un groupe de garçons de troisième année m'a carrément demandé si j'étais « la cinglée qui a peur du noir ».

Même maintenant, une semaine après l'incident de la buanderie, je deviens cramoisie en y repensant. Pas étonnant que Rachael ait répandu la nouvelle, le commérage est son moyen de pression au lycée. Plus elle se montre cruelle, plus elle rappelle à tous qu'il vaut mieux rester dans ses petits papiers. Comme elle n'obtient pas des notes aussi bonnes que son frère et qu'elle n'a pas hérité de l'éloquence de sa mère, elle joue de son seul talent, l'art de la manipulation.

De la part de Rachael, plus rien ne me surprend. Mais je ne peux pas m'empêcher de me sentir trahie. Morgan n'aurait pas dû le dire à Rachael, même s'il ne la connaît pas encore et qu'il n'avait aucune idée de la manière dont elle exploiterait l'information. C'est comme si, dans mon esprit, à cause de ce sandwich qu'on a partagé en primaire, Morgan me devait allégeance.

– Tu vas manger ça ? demande Tim, penché sur la table de la cuisine.

Je baisse les yeux alors qu'il a déjà posé les doigts sur le dernier pancake. Le samedi matin, on mange en général des céréales, aux deux extrémités du canapé, mais aujourd'hui, on déjeune à table.

– Pas maintenant que t'y as mis tes germes, dis-je en poussant mon assiette vers lui.

Il soulève son butin avec un sourire malicieux débordant de sirop d'érable et je suis prise d'un élan d'affection.

– Quel dommage, plaisante-t-il en ouvrant grand la bouche pour enfourner le pancake.

Du sirop lui coule sur le menton et tache son tee-shirt. Il est dégoûtant ! Je plonge les doigts dans mon verre d'eau et l'éclabousse.

– Sérieusement, Natasha, me gronde maman en entrant dans la cuisine.

Elle dépose deux sacs de courses sur le plan de travail.

– J'ai vraiment du mal à savoir qui est l'enfant entre les deux. Non, mais sérieusement.

Elle claque la langue, impatiente, en regardant les gouttes sur la table. Elle décide alors d'inspecter la cuisine, à l'affût d'une catastrophe dans l'évier, d'une poêle rayée sur la cuisinière, de farine et de lait renversés partout entre nous deux. Ce qui me rend encore plus fière quand elle découvre que la cuisine est nickel. J'ai presque envie de croire qu'elle me félicite intérieurement.

– Il va falloir tout réarranger là-dedans, dit-elle plutôt en ouvrant le lave-vaisselle.

Ma chaise grince quand je me lève pour débarrasser. Complice, Tim lève les yeux au ciel et je tente de lui répondre avec un sourire.

– Il va falloir qu'on sorte acheter des chaussures, aujourd'hui, lance maman.

Les bocaux et les conserves se heurtent dans le placard tandis qu'elle les aligne soigneusement.

– Vous avez tous les deux besoin de nouvelles baskets. On ira à Watergardens dès que Tim aura changé de tee-shirt.

– J'avais l'intention d'aller au vieux moulin pour prendre des photos, dis-je.

J'ai l'impression que ça fait des mois que je n'ai plus fait de photos, même si en réalité ça fait quelques semaines seulement.

– La lumière n'est pas bonne en milieu de journée.

– C'est le seul moment que j'ai, moi, Natasha. Je dois aller chez Gayle Simpson cet après-midi pour organiser la collecte de fonds pour l'école. Dieu sait quand j'aurai le temps de coudre les étiquettes de Tim sur ses affaires avant le barbecue de ce soir.

– Je peux emmener Tim acheter des chaussures cet après-midi, pendant que tu es chez les Simpson. Comme ça, tu couds les étiquettes maintenant et moi, je vais au moulin.

Tim hoche la tête, ravi. Si on n'est que tous les deux, il sait que je lui prendrai un donut et que je le laisserai dépenser un peu de son argent de poche dans les jeux d'arcade. Sans elle, on va pouvoir s'amuser.

Maman ne fait même pas semblant d'y réfléchir.

– Non, on y va maintenant. Monte mettre un autre tee-shirt, Tim. On se retrouve devant la maison.

Il pousse un grognement excédé et gravit l'escalier de mauvaise grâce. Je passe la bandoulière de mon sac par-dessus mon épaule, en boudant aussi clairement que possible. Penchée à l'entrée de la maison, elle ne remarque aucune de nos protestations.

– Qu'est-ce que... ?

Elle se redresse rapidement et recule.

– Beurk !

– Qu'est-ce qui se passe ? dis-je en approchant.

Je regarde par-dessus son épaule. Une petite chose gris et marron gît au milieu de notre paillasson.

– Saleté de chat, grommelle maman en agitant ses clés nerveusement. Rends-moi service et jette ça avant que Tim ne le voie.

Elle fait un pas bien trop grand pour passer au-dessus et je peux enfin m'approcher.

C'est un petit moineau mort.

Tim a neuf ans, ce genre de truc dégoûtant, c'est sa raison de vivre. La seule qui fait des histoires ici pour un animal mort, c'est elle. C'est une phobie, je suppose. Ça fait toujours rire papa, de la voir se hisser sur le canapé et appeler à l'aide plutôt que de tuer un insecte avec une chaussure. Il est aussi très amusé de voir comment je peux me débarrasser d'une araignée ou d'une souris morte, alors que je suis incapable de rester dans une voiture pendant qu'elle passe sous les rouleaux de nettoyage.

Mais on ne choisit pas ses peurs.

Ce sont nos peurs qui nous choisissent.

Je m'accroupis et bouge le moineau délicatement avec le doigt pour vérifier qu'il n'est pas simplement assommé. Tim descend l'escalier derrière moi. Je me redresse et lui cache le cadavre.

– Le préféré de maman, dis-je amusée en voyant son tee-shirt noir de Dark Vador. Tu sais qu'elle va te faire remonter pour en changer.

– Pas le temps, réplique-t-il, coquin.

Je ricane en le regardant foncer vers la voiture.

Une fois la voie libre, je pars chercher un sac plastique dans lequel j'enfourne la main, comme dans un gant. Je ramasse le moineau et remarque que sa tête penche sur le côté à un angle improbable.

Est-ce qu'un chat peut faire ça ? Tordre le cou d'un oiseau jusqu'à ce qu'il casse ?

Et l'évidence me saute alors aux yeux : le moineau n'a aucune marque de blessure, pas une goutte de sang, pas une plume déplacée, aucune griffure ou morsure de Mouse.

Quand je le pose dans la poubelle devant la maison, au milieu de tous les sacs, je constate un détail encore plus déconcertant.

Il est encore chaud.

***

Une heure plus tard, j'y pense encore dans les allées de Watergardens. J'ai presque réussi à me convaincre que le moineau s'était tordu le cou en fonçant dans la moustiquaire. Ça arrive tout le temps que les oiseaux se cognent sur des vitres, celui-là aussi a pu se tromper de trajectoire.

Malgré tout, une pensée obsédante alimente ma paranoïa : est-ce une simple coïncidence qu'un moineau mort atterrisse sur mon paillasson moins de deux semaines après que Rachael parle de mon ami imaginaire à ses copines ? Ces filles seraient prêtes à tout pour lui plaire. Rachael peut me harceler sans même avoir à salir ses doigts parfaitement manucurés.

– Personne ne porte ça, se lamente Tim à qui maman propose une paire de tennis blanches.

Mécontent qu'elle le traite comme un bébé, il refuse trois autres paires qu'il aurait sûrement aimé porter. Maman ignore délibérément sa quête d'indépendance, et c'est de ma faute. À l'âge de Tim, j'étais totalement imprévisible, ingérable. Maman n'avait d'autre choix que de prendre le contrôle.

Seulement, Tim n'est pas instable comme je l'étais, il est réfléchi et raisonnable. Rien dans son comportement ne laisse penser qu'on ne peut pas lui faire confiance. J'attire maman pendant que Tim boude à côté des chaussettes de sport.

– Et si je l'emmenais déjeuner ? Tu fais toutes les autres courses que tu as sur ta liste et on se retrouve dans une heure.

Et je retournerai avec lui au magasin de sport pour qu'il choisisse les tennis qu'il veut, mais ça je m'abstiens de l'ajouter.

Maman accepte avec un soupir de soulagement. Je suis heureuse d'avoir trouvé un moyen de l'aider. Et surtout, elle me fait confiance.

Tim retrouve sa joie de vivre dès qu'on s'éloigne d'elle. On commence par les jeux vidéo avant de monter au food court. Encore absorbée par le jeu de super méchants, je manque de peu de rentrer dans un client au comptoir d'un café.

Je mets quelques secondes à comprendre que c'est lui qui s'est mis intentionnellement sur ma route.

– Eh, salut Tash !

Je le contourne, reconnaissant alors ses grands yeux verts et sa chevelure en bataille. Morgan agite maladroitement sa main devant mon visage.

– Oh, salut, dis-je en me figeant net.

Tim s'arrête un peu plus loin, quand il s'aperçoit que je ne suis plus à côté de lui.

– Comment tu vas ? demande Morgan en se balançant sur les talons. Tu sais, je me suis dit qu'on aurait dû s'échanger nos numéros de téléphone, samedi dernier. Je voulais prendre de tes nouvelles, après... Enfin, tu sais, après la fête.

Il parle si vite que je ne suis pas sûre d'avoir tout compris.

– Tu veux mon numéro ?

– Euh, ben oui. Si tu veux bien. Enfin, là, t'as l'air de trouver ça bizarre.

– Non, c'est juste...

Je regarde par-dessus mon épaule. Tim contemple la vitrine d'une boulangerie. Je baisse la voix.

– Ça m'arrive de péter un câble, t'as remarqué, non ?

Morgan sourit et se penche vers moi pour murmurer à mon oreille.

– On a tous des bugs, non ? Les gens un peu perchés, c'est mes préférés.

Je l'observe un moment, les sourcils froncés. Est-ce qu'il parle de sa sœur ?

Il croise mon regard et rougit.

C'est de moi qu'il parle. Je suis sa personne préférée ?

– Je suis désolé, lâche-t-il, me croyant offensée par son commentaire. Je ne voulais pas dire que t'étais... genre barge. Bon, je m'enfonce, on dirait.

S'il savait à quel point il a raison.

– On peut tout effacer et recommencer ?

Je ris.

– C'est fait.

Morgan me parle de sa semaine, des courses pour les manuels scolaires, l'uniforme et les fournitures. Il me raconte le cours de BD en ligne auquel il s'est inscrit et comment il a échappé au rangement des cartons à la maison, en allant peindre les murs du cabinet d'orthodontie de son père.

– Bon sang, désolé, j'ai pas fait une seule pause. Je suis barge, hein ?

– T'as vraiment besoin de ce café ?

– Sans doute que non, réplique-t-il en souriant. J'ai pas beaucoup dormi cette nuit, j'ai joué avec Chris Han.

– Ah oui, vous êtes potes ?

– Oui, je crois. Il est plutôt sympa. Différemment de mes amis de Brisbane.

– En quoi ?

– Chris est assez calé en informatique et c'est un artiste, comme moi. La plupart de mes potes à Brisbane étaient plutôt dans les sports automobiles ou le foot. On a beaucoup déménagé, j'ai toujours essayé de m'adapter et de me fondre dans la masse.

– Je ne savais pas que vous aviez tellement bougé.

– C'est maman, elle tient pas en place. J'ai l'impression que quand on était dans le Queensland, elle n'avait qu'une envie, c'était de retourner à Port Bellamy.

– Ça doit être dur de changer tout le temps de lycée.

– Ouais. J'ai appris à avoir des activités déplaçables, genre le dessin et les films d'animation. Mes parents m'ont payé plein de cours en ligne.

– J'en ai fait aussi pour la photo.

– Ah oui ? J'adorerais voir tes travaux.

Il regarde par-dessus mon épaule Tim qui se sert des échantillons gratuits de gâteaux.

– Et c'est qui, lui ? Avec le tee-shirt cool.

Au moment où j'ouvre la bouche pour présenter Tim à Morgan, la serveuse appelle son nom.

– Ton café est prêt, dis-je.

– On dirait, confirme-t-il en tournant la tête.

Mais il ne bouge pas. Je ressens de nouveau ce courant entre nous. La serveuse répète son prénom, plus fort, cette fois.

– Bon, je vais le prendre.

– On se voit au lycée, lundi ?

– Ouaip, répond-il en courant chercher sa commande.

***

Tim choisit un burger, avec supplément oignons frits et cornichons. Inévitablement, la moitié finira sur son short. Il faudra que je pense à prendre plus de serviettes avec mes sushis.

– Reste ici, OK? Tu bouges pas, dis-je à Tim en débouchant sa bouteille d'eau.

Il est occupé à lécher le ketchup qui a coulé sur son poignet.

– Je vais m'acheter des sushis. Tu m'attends ici, d'accord ? Tim ? Tu m'entends ?

– Hmmm.

Son attention est attirée par les panneaux des magasins et les pancartes qui tournent.

La circulation est dense autour des restaurants et je dois jouer des coudes pour me frayer un passage. Quand j'arrive au japonais, je vois toujours Tim à travers la foule. Il y a cinq personnes devant moi, dans la queue. Pour passer le temps, je contemple la vitrine d'une librairie, et ensuite des flamants roses en plastique d'une boutique de déco. Sadie les trouverait sûrement cool. Je tourne la tête vers le reste de l'étage et m'arrête brusquement sur une silhouette devant les escalators.

Qui me regarde.

Ce n'est pas juste un gars lambda en pull avec la capuche sur la tête. Les gens passent à côté de lui, le contournent, mais ils ne semblent pas le voir.

Moi, je le vois.

Comme si j'avais zoomé sur lui avec mon objectif et que tout le reste était flou.

Il a les mains enfoncées dans les poches de son baggy. Sa silhouette rachitique flotte dans son pull. Il a la tête penchée sur un côté, méfiant. Sur ses gardes. L'ombre de sa capuche cache le haut de son visage et ses lèvres dessinent un rictus que j'ai trop souvent vu dans mes cauchemars.

– Tu veux qu'on joue à un jeu ?

Je ferme les yeux de toutes mes forces.

Arrête ça, Tash. Ce n'est pas lui.

Je prends une profonde inspiration. Je souffle doucement. Quand j'ouvre les yeux, il n'est plus là

Je jette un coup d'œil à notre table, Tim se barbouille gaiement le visage avec son hamburger. Les doigts sur les tempes, j'imprime de grands cercles jusqu'à avoir mal derrière les yeux.

Pourquoi ça recommence ?

Autour des escalators, la même agitation que d'habitude : des gens avec des caddies, d'autres sur leurs portables, des gamins dans les bras de leurs parents. J'essaie de me concentrer sur le menu des sushis, décidée à ne pas tourner la tête.

Mon instinct prend le dessus et je ne peux plus m'empêcher de regarder partout. Et je perds ma place dans la queue.

Mes yeux scrutent les lieux, les personnes. Je cherche, je guette, j'inspecte.

Et je le vois.

À quelques mètres de moi, à moitié caché derrière une colonne.

Mon cœur explose dans ma poitrine.

Comment ça se fait ? Je m'étais débarrassée de lui !

Comment est-ce qu'il peut être ici ?

C'est un cauchemar. Je décide d'avancer vers lui.

Il part en courant quand il me voit approcher. Je me bats contre la foule, percutant des épaules, lançant des excuses, essayant de ne pas perdre des yeux le pull noir qui veut m'échapper.

Il y a de plus en plus de monde quand j'arrive sur le parvis. Je regarde à droite et à gauche, à sa recherche.

Rien. Pas la moindre trace.

Des larmes de frustration inondent mes joues. Après toutes mes séances avec Dr Ingrid, je n'arrive pas à croire que j'en suis encore à me demander ce qui est réel et ce qui ne l'est pas.

Me sentant ridicule, je retourne dans le food court, mon appétit complètement éteint. Il est presque l'heure de retrouver maman, l'heure de se ressaisir et de sourire, d'être normale.

En revenant vers notre table, je me dis que je me suis trompée de chemin.

C'est impossible.

C'est bien là que j'ai laissé Tim.

Trébuchant sur les pieds des chaises, je continue à avancer, paniquée. Le hamburger de Tim à moitié mangé est posé sur son papier d'emballage, sa bouteille d'eau est couchée et son contenu se déverse par terre. Et Tim...

Tim n'est plus là.

10

AVANT

The Mid Coast Times / Archives
Section : nouvelles locales
Date : 19 janvier 2008

PORT BELLAMY, NOUVELLE-GALLES DU SUD – La fillette de six ans portée disparue pendant six jours, retrouvée en vie.

La police a confirmé que Mallory Fisher, qui avait disparu de la fête foraine de Greenwillow samedi dernier, a été retrouvée hier à côté d'un sentier de randonnée à quarante kilomètres de là où on avait perdu sa trace. Vers seize heures, elle a été aperçue par des randonneurs alors qu'elle tentait de remonter un lit de ruisseau à sec, dans le parc national de Barrington Tops.

Brandon Elliot, un étudiant de dix-neuf ans, qui se promenait avec ses parents dans la région, a déclaré avoir entendu des gémissements qui l'ont fait penser à un animal blessé.

En se penchant, il a vu une petite fille qui s'efforçait de se hisser sur la pente raide. Il n'a pas pu confirmer qu'elle portait la robe jaune dans laquelle elle avait disparu, parce qu'elle était trop sale. Il a rapporté, en revanche, qu'elle n'avait ni chaussures ni gilet. Elliot a également affirmé qu'elle était couverte d'égratignures. Il lui semblait qu'« elle avait perdu des touffes de cheveux. Elle était assez mal en point. »

Mallory souffrait d'hypothermie légère, de déshydratation et de nombreuses écorchures. Elle a été emmenée à l'hôpital John Hunter à Newcastle où, d'après son père, Daniel Fisher, elle est dans un état stable, mais « très troublée et épuisée ».

On ignore combien de temps Mallory a erré dans le parc national de Barrington Tops. La police pense qu'elle a pu être détenue dans un autre lieu précédemment. Son état de santé général laisse penser qu'elle n'a pas pu être dehors pendant toute la période de sa disparition. L'inspecteur John Malcolm a également déclaré que « la nature de ses blessures indique qu'elle a été en contact avec une ou plusieurs personnes ». Il ne s'est pas avancé sur l'hypothèse d'un ravisseur en fuite. Il a tout de même confirmé qu'une brigade canine ratissait la région.

« Maintenant que Mallory a été retrouvée saine et sauve, nous allons concentrer notre enquête sur les circonstances de sa disparition et le lieu de sa réapparition », précise-t-il.

Il a confirmé que ses enquêteurs espéraient parler à Mallory aujourd'hui, mais leur priorité est le bien-être de l'enfant.

« À ce qu'on a pu constater, Mallory doit se remettre de ses blessures et de son exposition prolongée aux intempéries. Nous devons nous assurer qu'elle va bien avant de l'interroger. »

La police encourage les éventuels témoins à se présenter aux enquêteurs.

11

MAINTENANT

Ça n'a pas recommencé.

C'est impossible... impossible.

Affolée, je fais le tour de la table, et je me mets à crier.

– Tim ?

Je tourne sur moi-même.

– *Tim ?*

Autour de moi, les gens me regardent curieusement. Mes cris ne portent pas très loin, rapidement absorbés par le brouhaha du centre commercial.

Pourquoi est-ce que j'ai laissé Tim tout seul ? Pourquoi est-ce que je suis allée chasser un fantôme ?

Parce que Moineau le voulait. Tu as laissé Tim à sa merci pour qu'il puisse l'enlever, tout comme il a enlevé Mallory.

Les yeux fermés, j'enfonce les ongles dans mon cuir chevelu.

Non.

Moineau était le fruit de mon imagination. Une construction créée par une petite fille en manque d'attention, m'a expliqué Dr Ingrid. Moineau n'est pas monté dans ma chambre chez tata Ally, il ne m'a pas enfermée dans un coffre, ni enlevé Mallory à la fête foraine. Peu importe si je pense me souvenir de tous ces évènements, je sais maintenant que je les ai inventés.

– Excusez-moi, dis-je à une vieille dame à la table voisine. Vous avez vu un petit garçon assis ici ? Cheveux blonds, tee-shirt noir avec Dark Vador ?

– Oui, bien sûr.

Elle pose son café et me regarde par-dessus ses lunettes.

– Il mangeait vraiment salement, il en mettait partout. Et son ami est arrivé et il l'a emmené avec lui.

Je sens ma poitrine se serrer.

– Son ami ?

– Oui. Ils sont partis par là.

Elle montre la direction opposée au food court.

– Le garçon était ravi de partir avec lui. Son ami avait l'air vraiment gentil.

Bien sûr, c'est comme ça qu'il opère pour obtenir ce qu'il veut.

Je referme les yeux.

– *Arrête,* dis-je tout bas.

Quand j'ouvre les paupières, la vieille dame me dévisage. Je grommelle un merci avant de reprendre mes recherches, totalement étourdie, d'un bout à l'autre du food court. Arrivée aux jeux vidéo, je sais que c'est peine perdue. Je vais devoir appeler ma mère.

Elle répond à la troisième sonnerie.

– Vous avez fini de manger ? J'arrive d'ici cinq minutes.

– Maman, j'ai perdu Tim ! Il était à une table et je suis partie m'acheter à manger. Quand je suis revenue, il n'était plus là. J'ai cherché partout. Je ne sais pas où il est.

– Natasha, parle moins vite. Qu'est-ce qui se passe avec Tim ? Où est-ce qu'il est ?

– C'est ce que je te dis ! Je l'ai laissé avec son hamburger et quand je suis revenue, il n'était plus là.

J'ai le vertige, je vais vomir, je le sens.

Pas de réponse. Un instant, je pense qu'on a été coupées.

– Maman ? T'es là ?

Quand elle répond, sa voix est glaciale.

– Tu veux dire que tu as laissé Tim seul ?

C'est ma faute, on le sait toutes les deux.

– Une minute seulement. Le temps de me chercher des sushis.

Dans tous ses états, elle me crie qu'elle se fiche de savoir où j'étais. Je n'étais pas avec Tim, je ne m'occupais pas de mon petit frère. Fin de l'histoire.

– Je vais à l'accueil, au premier étage, lance-t-elle. On va lancer un appel dans le centre commercial. Rejoins-moi là-bas.

Redoutable d'efficacité, comme toujours, ma mère est parvenue à faire diffuser un message, avant même que j'arrive aux escalators.

– Tim Carmody, ta mère t'attend à l'accueil, au premier étage. Tim Carmody, s'il te plaît, viens retrouver ta mère à l'accueil, au premier étage.

Juste « ta mère ». Pas ta sœur, l'écervelée qui t'a perdu.

En approchant de ma mère, je suis couverte de sueurs froides. Occupée à discuter avec deux vigiles à talkies-walkies, elle me fait de grands signes quand elle m'aperçoit. Les hommes en uniforme noir coordonnent leurs recherches. Le sentiment de déjà-vu me saisit à la gorge.

Je leur répète ce qui s'est passé, omettant à dessein la partie où j'ai poursuivi mon « ami » imaginaire. Je parle de la vieille dame à la table voisine.

– Elle vous a donné une description de celui que Tim a suivi ? m'interroge un des gardes. Il ressemblait à quoi ?

– Je... je ne lui ai pas demandé, dis-je, choquée par ma propre bêtise.

Je ne lui ai pas demandé, parce que je sais à quoi ressemble Moineau.

À côté de moi, ma mère pousse un soupir, et l'équipe de sécurité se dépêche de se mettre au travail. Je m'écroule sur un banc et me penche en avant, les coudes sur les genoux pour empêcher mes jambes de trembler. Je ne peux pas regarder ma mère en face, et de toute façon, elle ne se préoccupe pas de moi. Elle harcèle la dame à l'accueil pour qu'elle fasse une nouvelle annonce et lui demande combien de temps il faudra attendre avant d'appeler la police.

De la musique s'échappe d'un magasin de vêtements. Un groupe de jeunes passe à côté de moi, parfaitement insouciant. Tête baissée, je fixe des yeux mes chaussures.

Qu'est-ce que j'avais dans la tête ? Laisser Tim seul était totalement irresponsable. Même si je n'avais pas imaginé voir Moineau, comment est-ce que j'ai pu croire qu'il n'y avait aucun problème à laisser un petit gars de neuf ans seul dans un centre commercial où tellement de dingues circulent ?

Je jette un coup d'œil à ma mère, dont le visage trahit la profonde inquiétude. Elle croise mon regard et je perçois une ouverture pour me rapprocher d'elle et la soutenir. Je me lève péniblement, la main tendue vers son coude. Son portable vibre dans son sac. Pour répondre, elle se penche sur le comptoir de l'accueil, ce qui lui donne une excuse pour se détourner de moi. Voilà à quoi j'ai eu droit toute ma vie : ses épaules de dos, ses bras croisés et le bout de son menton.

Le temps passe au ralenti. De nouveaux messages sont diffusés. Un des vigiles revient aux nouvelles sans rien à rapporter. Ma mère écrit à mon père pendant que je fais les cent pas, inutile et impatiente.

Et soudain, j'entends des pas rapides sur le sol ciré.

Et la voix de Tim.

– Tash, je suis là ! Ici !

Je me tourne aussitôt et le vois courir vers moi. Je remarque à peine la personne qui l'accompagne. Tout ce que je vois, c'est Tim qui s'élance dans ma direction, soulagé et coupable à la fois... et maman qui l'intercepte.

– Merci mon Dieu ! lâche-t-elle en l'enlaçant. Où est-ce que tu étais passé ? Je me faisais un sang d'encre !

Tim essaie de se dégager, honteux de cette effusion de joie en public. Il me cherche du regard.

– Je m'étais sali en mangeant, je voulais me nettoyer. On t'a cherchée, mais on ne te trouvait pas.

Je pâlis en entendant « on ». Je suis son regard et découvre Morgan à côté de l'accueil. Il m'adresse un sourire embarrassé. Sa présence éveille une pointe de soupçon dans le fond de mon esprit.

– Je suis vraiment désolé, dit-il en regardant tour à tour ma mère et moi. On ne voulait pas vous inquiéter.

L'espace d'un instant, aucune de nous deux n'arrive à articuler une réponse.

– Où est-ce que tu l'as emmené ? demande ma mère. Et pourquoi ?

– Mon hamburger est tombé sur mes genoux, explique Tim en montrant une tache encore légèrement rouge sur son short. J'ai essayé de retirer le ketchup, mais j'ai renversé ma bouteille d'eau.

Quand ses yeux se posent sur moi, j'y lis de la honte mêlée à des reproches.

– Je ne te trouvais pas.

– Je faisais la queue pour les sushis, dis-je, le regard de maman pesant des tonnes sur moi. Je t'avais montré où était la queue.

– Non, t'y étais pas, assure Tim fermement. On t'a cherchée mais tu n'y étais pas.

Il se tourne vers Morgan pour qu'il confirme. Maman fronce les sourcils. Elle ne le connaît pas. Elle n'a aucune idée de ce qui l'attend.

Morgan se racle la voix et approche.

– Désolé, Tash, j'étais dans le coin et je l'ai vu en train d'essuyer la table, dit-il avant de se tourner vers moi. La moitié de son repas était sur ses genoux et il avait l'air en panique.

Tim piétine, embarrassé. Morgan lui adresse un clin d'œil.

– Attends, vous vous connaissez, tous les deux ? demande maman.

– Je suis un ami de Tash, répond Morgan.

Il ne développe pas et je le remercie des yeux, même s'il ignore que mentionner le nom des Fisher à cet instant empirerait encore la situation.

– Vous n'avez pas entendu les annonces ? interroge maman, les yeux plissés. Pourquoi ne pas l'avoir ramené tout de suite ?

L'idée m'a également traversé l'esprit.

– On était aux toilettes, lance Tim. J'ai retiré mon short pour le laver au robinet.

– Tu as retiré ton short, répète maman, la mâchoire crispée.

– Non, non, non, se défend Morgan en levant les mains. Tim était dans la cabine. Il m'a passé son short sous la porte pour que je le lave. Personne ne l'a vu.

Il me lance un SOS silencieux, alors que maman le toise de la tête aux pieds.

– J'ai mis le short sous le sèche-main, ajoute-t-il. Avec la soufflerie, on n'a rien entendu, à part le dernier message, il y a cinq minutes. Et on est tout de suite venus te retrouver, termine-t-il en me jetant un nouveau coup d'œil.

– Dans la queue pour les sushis, ironise ma mère, qui ne cache pas son scepticisme. Où tu étais supposée patienter.

Morgan prend un air désolé et intrigué. Je vais devoir avouer que je ne suis pas restée là où j'avais dit pour une raison complètement dingue. Et même si Morgan va sûrement penser que je suis folle et que maman va direct appeler Dr Ingrid, je m'inquiète avant tout pour Tim. Il va finir par se dire qu'il ne peut pas compter sur moi.

Des gouttes de transpiration perlent sur ma lèvre supérieure, alors que j'essaie de formuler des excuses.

– Je ne sais pas, je...

Morgan attend que je continue, examinant tour à tour ma mère et moi.

– Oh, mais..., lâche-t-il en claquant des doigts. Il y a bien deux japonais, ici, non ? On a dû se tromper de restaurant.

– Euh, oui. Exact.

– Ça ne change rien au fait que tu dois être plus attentive, Natasha, me réprimande maman. Si tu étais restée à table avec Tim, rien de tout cela ne serait arrivé. C'est totalement irresponsable.

Elle se tourne pour prévenir l'accueil qu'ils peuvent arrêter les recherches. Je prends Tim dans mes bras et dépose un baiser rapide sur son front.

– Je suis désolée, Timber. Je n'aurais pas dû te laisser seul. Je te promets que ça ne se reproduira plus.

Il hausse les épaules, déjà ailleurs, son attention attirée par un nouveau magasin de jeux vidéo.

Alors que ma mère téléphone à mon père, Morgan me prend de côté. Bien que je sois totalement lessivée après cet incident, je ressens un picotement agréable sur ma peau là où ses doigts me touchent.

– Ça va ?

– Si on fait abstraction du fait que ma mère me pense nullissime, ça va, je vais survivre.

– T'en fais pas, je t'ai volé la vedette dans cette histoire.

– Merci, Morgan.

Je ne précise pas pourquoi, mais j'espère qu'il comprend. L'expression de son visage m'indique qu'il est conscient du service qu'il m'a rendu et pas juste en s'occupant de Tim.

– Tu sais, si tu m'avais donné tout de suite ton numéro, rien de tout ça serait arrivé, plaisante-t-il.

Ses mots me donnent le tournis. Est-ce qu'il insinue qu'il a pris Tim exprès ? Pour attirer mon attention ?

Il ouvre grand les yeux en me voyant froncer les sourcils.

– Je... je voulais juste dire que j'aurais pu t'appeler quand je suis tombé sur Tim. Et rien de tout ça...

Il tend la main vers l'accueil.

– ... ne serait arrivé.

Bon sang, Tash. Ressaisis-toi.

– Bon, lance maman en revenant vers nous et en prenant Tim par la main. Il est temps de rentrer.

Tim se dégage alors qu'elle procède à une nouvelle inspection complète de Morgan.

– Merci pour votre aide...

Elle penche la tête, attendant qu'il se présente.

– Euh, Morgan, dit-il en sortant la main de sa poche, hésitant à la lui tendre.

Elle ne fait aucun pas vers lui pour la serrer, alors Morgan la replace, gêné, sur sa hanche.

– D'accord, merci Morgan.

Elle affiche une mine parfaitement courtoise. Elle remercie le personnel du centre commercial et entraîne Tim vers le parking. Je les suis et Morgan m'accompagne.

– Si tu veux parler de ce qui s'est passé aujourd'hui, je suis là, OK? propose-t-il tout bas.

Il sait que je ne faisais pas la queue au japonais et il sait que je l'ai laissé mentir à ma mère pour me couvrir.

Je lui dois la vérité, c'est sûr, mais je ne sais pas comment la présenter sans passer pour une cinglée.

– Ça fait vraiment peur d'avoir un proche qui disparaît quand il était sous ta surveillance, continue-t-il en enfonçant les mains dans ses poches.

Ça m'arrête net. Morgan fait un autre pas, avant de se figer, lui aussi. Il regarde par-dessus son épaule, l'air tellement sincère que j'ai envie de tout lui raconter.

Mais je me dégonfle.

– Mallory ne t'en veut pas, n'est-ce pas ? dis-je en avançant vers lui. Je veux dire, c'est pas ta faute si elle a été attirée par quelqu'un à côté des toilettes.

Il fronce les sourcils.

– Personne ne m'a ouvertement fait de reproches, non.

La ride entre ses yeux se creuse encore. Mon cœur s'emballe.

– Pourquoi t'as dit que Mallory a été enlevée à côté des toilettes ? La police a dit qu'elle avait dû s'éloigner et que quelqu'un l'avait enlevée sur une des routes qui partent de Greenwillow.

– Oh non, mais oui, t'as raison. Je me suis trompée. Ça fait si longtemps, j'ai oublié.

Morgan m'observe un moment. Ses traits se font plus durs. Je crains qu'il devienne insistant et qu'il me demande plus de détails, me contraignant à lui parler de mon témoignage sur mon fantôme qui aurait kidnappé sa sœur.

– Écoute, je dois y aller, dis-je en faisant un signe de la tête vers ma mère et Tim qui ont disparu par une des sorties.

Il vaut mieux que je fasse pas attendre ma mère, après tout ça. Merci encore. Désolée de t'avoir mêlé à mon mélodrame.

– Pas de problème. Dis à Tim que c'était sympa de passer un peu de temps avec lui. Et j'espère que ta mère te prendra pas trop la tête avec cette histoire.

C'est peut-être parce qu'il ne me demande pas d'explication, ou qu'il est vraiment adorable avec sa dent de devant fendue, mais Morgan me donne envie de me montrer plus honnête avec moi-même.

Alors pourquoi je mens à tout le monde en disant que les séances avec Dr Ingrid ont marché ? Est-ce parce que je ne suis pas d'accord avec son diagnostic de départ ? Ou est-ce que j'ai trop envie d'être normale pour admettre que Moineau n'est qu'un délire ?

Je sais que ça ne tourne pas rond chez moi : voir Moineau aujourd'hui en est la preuve. Le pire que je pourrais faire, c'est entraîner quelqu'un d'autre dans ma folie, et surtout un Fisher. Je sais que je devrais parler à mes parents. Je sais que je devrais reprendre rendez-vous avec Dr Ingrid sans attendre le mois de juin.

Mais il n'en est pas question.

Je préfère réfléchir à un moyen de faire parler une petite muette.

12

AVANT

28 mars 2008

Retranscription de séance, cabinet du docteur Ingrid Ballantine

Psychiatre pour enfants et adolescents

Clinique pour enfants, Newcastle

Patiente : Natasha Carmody, neuf ans

IB : Tu m'as l'air un peu différente de la dernière fois, Natasha.

NC : J'ai eu neuf ans, il y a deux semaines. Et je me suis fait couper les cheveux aussi.

IB : Ça te grandit. Tu as fêté ton anniversaire avec des amis ?

NC : Juste papa et maman. Et Tim.

IB : Est-ce que...

NC : Je n'ai pas vraiment d'amis.

IB : Ah non ? Tu ne joues pas avec tes camarades de classe ?

NC : Avant, oui, mais ils ne veulent plus jouer avec moi.

IB : Pourquoi, selon toi ?

NC : Ils me traitent de monstre et d'autres insultes comme ça. Un d'eux m'a dit que j'étais schizo.

IB : Schizo ? Qu'est-ce qu'ils veulent dire par là ?

NC : Mmm, je suis pas sûre. Je me suis retrouvée enfermée dans la remise, et j'ai eu très peur. J'ai pleuré, crié, tapé sur la porte. Et maintenant ils pensent que je suis bizarre.

IB : Un peu comme dans le rêve dont tu m'as parlé, où tu étais enfermée dans un coffre. C'était aussi effrayant ?

NC : ...

IB : Tu te sens parfois seule à l'école ?

NC : Euh... pas vraiment. Je sais pas.

IB : Est-ce que tu as l'impression que ton institutrice et tes camarades ne font pas assez attention à toi ?

NC : C'était un accident. J'ai poussé la cale sans faire exprès en allant chercher les pinceaux pour Mme Brooks.

IB : D'accord.

NC : Et elle a dû aller dans la salle des professeurs pour récupérer la clé. J'étais coincée à l'intérieur, je ne pouvais plus respirer, j'ai eu vraiment très peur. Je tapais et je pleurais. Les autres se sont moqués de moi quand elle a ouvert la porte.

IB : Oh, je vois.

NC : Je me suis dit que c'était peut-être... [inaudible]

IB : Tu peux parler plus fort, Natasha ? Je ne t'entends pas quand tu te caches le visage dans le coussin.

NC : ...

IB : Tu as dit « c'était peut-être »... ?

NC : Lui.

IB : Un des garçons de ta classe ?

NC : Non, *lui.*

IB : Ton ami qui vient te rendre visite ?

NC : Ce n'est pas mon ami. Il est méchant.

IB : Il est venu te rendre visite à l'école, avant ça ?

NC : Non. Enfin, une fois, j'ai cru le voir dans la bibliothèque, mais je pense que c'était mon imagination. Quand j'ai couru derrière lui dans les allées, je n'ai vu personne et je me suis fait punir par M. Halliwell parce qu'on n'a pas le droit de courir.

IB : Ah. Donc c'était peut-être ton imagination, après tout.

NC : Ouais.

IB : Est-ce qu'il y a eu d'autres fois où tu as cru voir quelque chose, mais ce n'était que ton imagination ?

NC : Euh... peut-être.

IB : Est-ce que tu te rappelles avoir dit à tes parents que tu avais vu la petite fille se faire enlever à la fête foraine ?

NC : Ouais. Ça s'est passé vraiment, j'ai pas imaginé.

IB : OK, revenons à cette journée, d'accord ? Et à la petite fille qui a disparu.

NC : Elle s'appelle Mallory.

IB : Oui, c'est bien ça, Mallory Fisher. Tu l'as vue avec qui ?

NC : Morgan. C'est son frère. Il va à l'école avec moi. Enfin, il n'y va plus, ils ont déménagé.

IB : Et c'est lui que tu as vu avec Mallory, ce jour-là ?

NC : Je les ai suivis aux toilettes.

IB : Et ta tante était avec toi ? Quand tu es allée aux toilettes ?

NC : Non. Elle avait quelque chose à faire, alors elle m'a laissée. Je devais la retrouver au guichet à la fermeture.

IB : Tu étais toute seule dans la fête foraine ?

NC : Mmmm.

IB : Je me souviens que tu m'as dit que quand tu te sentais seule, ton ami venait te rendre visite. Tu te souviens que tu m'as dit ça ?

NC : Oui. Mais ce n'est pas mon ami. Et il était là, oui. Mais je ne lui ai pas demandé de venir.

IB : Il semble que tu as un lien spécial avec lui. Peut-être qu'il vient quand tu as besoin de lui ? Qu'est-ce que tu en penses ?

NC : Non ! Je n'ai pas besoin de lui, je ne l'aime même pas. Il a été très méchant avec moi à la fête foraine, il m'a attirée dans une boîte. Et il m'a enfermée à l'intérieur !

IB : Une boîte en carton ?

NC : Non.

IB : Un coffre ?

NC : Oui, c'est ça !

IB : Comme celui de ton rêve ?

NC : Ce n'était pas un rêve, il l'a vraiment fait, il m'a enfermée à l'intérieur.

IB : Ton ami ?

NC : *Ce n'est PAS mon ami !*

13

MAINTENANT

Assise sous la jetée de Port Bellamy, j'attends patiemment que le soleil dissipe le brouillard. L'aube est tranquille et silencieuse, malgré le léger vent qui souffle sur l'herbe, et le grondement au loin des canots pneumatiques qui partent pêcher.

Alors que le soleil se lève dans le ciel, je prends quelques photos avec mon reflex, même si j'ai largement assez de clichés de la mer pour mon book. J'ai de moins en moins de likes sur Instagram, ce qui ne fait que prouver ce que je sais déjà : ces images de cartes postales n'intéressent personne. Ce n'est pas avec ça que je vais faire la différence à l'université. Il va falloir que je trouve quelque chose de plus personnel.

Et mon manque d'entrain, ce matin, n'aide pas non plus. L'atmosphère est tendue à la maison, depuis l'incident du centre commercial. Maman m'adresse à peine la parole.

Elle ne se prive pas de parler à papa, en revanche.

– Je pensais qu'elle avait grandi et dépassé ce stade. J'espérais que ce comportement imprévisible était derrière elle, lui a-t-elle dit la veille, dans la soirée.

Je les écoutais depuis l'escalier, pendant qu'ils débarrassaient après le dîner.

– Je ne sais pas, Rich. Comment va-t-elle faire après le lycée, si on ne peut lui confier aucune responsabilité ?

– C'est sûrement plus complexe que ce qu'on pense, a répliqué papa. Tout ce qu'on peut faire, c'est avancer au jour le jour. Elle n'arrive manifestement pas à dépasser ça aussi facilement qu'on aurait pu le souhaiter.

– Alors quoi ? Tu penses que c'est toujours de la jalousie ? Tu penses qu'elle a laissé Tim seul, exprès, pour voir ce qui pourrait lui arriver ?

J'ai dû me mordre la lèvre en entendant ça. Comment ma mère peut-elle penser que je mettrais Tim délibérément en danger juste « pour voir ce qui pourrait lui arriver » ?

Rester loin de maman est pour moi le seul moyen de ne pas lui dire des choses que je risque de regretter plus tard. Si on pouvait ne plus se croiser pendant quelques jours, ça pourrait nous donner l'occasion de nous calmer un peu.

Mon portable vibre. Un mail du lycée pour nous prévenir que les salles informatiques ont rouvert. J'ai une carte mémoire pleine d'images à éditer, je le ferai dans la semaine. Je remets mes chaussettes et mes chaussures et époussette le sable de mon uniforme. Je sens une bosse dans ma poche de blazer et j'en sors une boule de papier.

Le numéro de téléphone de tata Ally griffonné par maman.

***

Je tourne et retourne le papier dans ma main pendant les dix minutes de mon trajet vers le lycée. Arrivée sur le campus, je décide d'appeler avant de changer d'avis.

Sur l'escalier désert, je prends une profonde inspiration avant de composer le numéro de ma tante. Elle répond au bout de six sonneries en grommelant un juron.

– Ally ? C'est Tash.

Dans le silence qui suit, je l'entends bâiller.

– Tash ? Oh, bonjour ma chérie.

Sa voix est plus grave au téléphone, presque enrouée.

– Je suis contente de t'entendre. Je n'étais pas sûre que tu aurais mon message. Tu sais, ta mère...

Ouais, je la connais, c'est bon.

– Désolée d'avoir mis du temps à te rappeler, dis-je.

– Pas de problème, j'ai eu ton âge, moi aussi. Il se passe tout le temps plein de choses. Écoute, je voulais te parler du deuxième week-end de mars.

– Oui...

– Ça te dirait de venir ici quelques jours ?

Après ma visite quand j'avais huit ans, je n'ai plus eu envie de retourner dans la maison de Willow Creek, avec sa façade en stuc plus craquelée que le visage peinturluré d'un clown maléfique. Je me souviens de l'humidité pénétrante, de l'odeur de moisi, des ombres angoissantes qui grandissaient derrière mon dos quand le soleil se déplaçait dans le ciel. Et mes questions sur ce qui s'est réellement passé dans cette maison m'ont toujours terrifiée. Si j'ai tout imaginé, ça veut dire que j'étais une enfant perturbée qui se parlait à elle-même, qui voyait des choses qui n'existaient pas.

Et si je n'ai rien inventé, c'est encore pire.

Seulement, retourner à Willow Creek sera peut-être l'occasion de m'éloigner un peu de ma mère et de lui montrer que je n'ai pas besoin de sa présence permanente pour m'en sortir. Et me retrouver dans cette vieille maison pourrait m'aider à comprendre ce que j'y ai vécu, à faire le tri entre ce qui était réel et ce qui ne l'était pas.

– Euh, OK. Pourquoi pas ? Je pourrais prendre mon appareil photo.

– Parfait. La lumière ici est magnifique le soir. Tu ne t'en souviens probablement pas, ça fait si longtemps.

Je suis presque tentée de m'excuser pour ce que j'ai dit et fait. À cause de tout ça, mes parents ont conclu qu'elle avait été incapable de s'occuper de moi et de me faire me sentir en sécurité. Mais c'est de l'histoire ancienne. J'ai dix-sept ans, maintenant, et tout est différent. Ally et moi, on sait que je ne suis plus cette gamine.

– Tu te souviens de Benny, n'est-ce pas ? demande Ally. Le gros balourd se maintient malgré les années. Il pense toujours qu'il est un jeune chiot.

– Oui, bien sûr que je me souviens de lui.

– Donc si je te laisse seule avec lui pendant deux nuits, ça ne te dérange pas ?

Contrariée, je passe le portable sur mon autre oreille.

– Tu ne seras pas là ?

– Non, chérie, je serai à une retraite de yoga, les chiens ne sont pas autorisés.

Je rougis, au comble de l'embarras. Et dire que je pensais que ma tante m'invitait pour passer du temps avec moi.

Bon, mais ce n'est pas si grave, après tout. J'aime les chiens et j'aurai une maison rien que pour moi, sans parents, pendant deux journées. Si maman et papa voient que je suis capable de survivre seule, ça jouera en ma faveur quand je leur parlerai de l'université.

– Benny est très facile à vivre, il dort pratiquement tout le temps. Une petite balade par jour et c'est le plus heureux des toutous. Pas vrai, mon beau ?

J'entends le cliquetis métallique de son collier et je l'imagine allongé sur le lit à côté d'elle.

– Alors, qu'est-ce que tu en dis ? Tu veux échapper à tes pots de colle de parents pendant deux jours et être complètement libre ?

C'est sûr que présenté comme ça...

– Ouais, d'accord. Ça me va.

À peine les mots sortis de ma bouche, je regrette de ne pouvoir les ravaler. Alors qu'Ally me promet de m'envoyer un message avec les détails, je réponds oui en pilote automatique à tout ce qu'elle me dit et raccroche gaiement. J'essaie de me convaincre que c'est pour le mieux, que j'ai besoin de cette pause loin de maman, que c'est l'occasion de prouver mon indépendance. Quelle différence qu'Ally soit là ou pas ?

Enfin, bien sûr, ça en fait une.

Je serai seule dans la maison de Willow Creek.

***

Je passe l'heure du déjeuner à tenter de convaincre Sadie de m'accompagner à Willow Creek. Je présente le week-end comme une excursion entre filles, même si ce n'est pas trop notre truc.

– Ma mère a deux soirées de travail de suite, ce week-end-là. Je ne peux pas la lâcher.

– Je comprends.

Les yeux sur mon sandwich, je sens que j'ai perdu mon appétit.

– Et en plus, je croyais qu'il te faisait flipper, cet endroit. T'es sûre que t'as envie d'y retourner ? demande Sadie, embêtée pour moi.

– J'étais une gamine avec trop d'imagination. Ça ne peut pas être si terrible, non ? C'est juste une vieille maison.

Sadie n'a pas l'air convaincue.

– Et ta tante ? Pourquoi elle réapparaît tout d'un coup ?

– Comment ça ?

– Vous en entendez plus parler depuis des années, et soudain elle revient, super sympa, explique Sadie, visiblement intriguée. Qu'est-ce qu'elle veut, d'après toi ?

– Que je garde son chien, dis-je en riant. Tu peux clore l'affaire, Sherlock.

On continue notre repas en silence à regarder les autres lycéens.

– Eh ! s'exclame Sadie. Tu avais remarqué que ton stalker a commencé les cours cette semaine ?

– Quoi ?

– Jean moulant.

– Il s'appelle Morgan, dis-je en rougissant. Et pour ta gouverne, ce n'est pas un stalker.

– D'accord, alors selon toi, c'est quoi un gars qui vous suit, ton frère et toi, dans un centre commercial ?

– Il ne nous suivait pas, c'était une coïncidence. On s'est croisés par hasard.

– Et c'est par hasard qu'il s'est pointé juste au moment où Tim s'arrosait le short de ketchup ?

Je remets mon sandwich dans son emballage et croise les bras.

– Qu'est-ce que tu essaies de dire exactement ?

– Il vous surveillait peut-être depuis le début. Il cherchait peut-être l'occasion de jouer les héros.

– Ce serait horrible, parce que...

– Je dis pas du tout que c'est *horrible*. Je dis juste que c'est évident.

Sadie sort de son sac une banane.

– Je comprends vraiment pas où tu veux en venir.

Elle lève les yeux au ciel en épluchant son fruit et en s'assurant qu'elle a retiré l'extrémité.

– Voyons, Carmody, pour une fille aussi intelligente, parfois t'es vraiment longue à la détente. Il t'aime bien !

J'ouvre de grands yeux vides.

– Mais c'est évident ! Il cherche tout le temps un prétexte pour venir te parler ou t'aider.

– Je l'ai vu genre trois fois, Dee.

– Ouais, et à deux de ces occasions, il s'est mis en mode sauveur, chevalier servant, à votre service, milady.

– N'importe quoi !

– Je t'assure. Et il n'est pas discret.

Sadie s'appuie sur le mur en brique derrière elle.

– Fais attention, OK? Je ne suis pas encore sûre de lui faire confiance.

– Tu ne le connais même pas.

– Justement.

Depuis son arrivée au lycée, je n'ai que le cours d'anglais en commun avec Morgan, et je ne suis pas sûre qu'il ait remarqué ma présence. Dès qu'il est entré dans la salle, la veille, Christopher Han lui est tombé dessus. Christopher semble ravi d'avoir trouvé quelqu'un qui partage son obsession pour les films de zombies et George R. R. Martin. Je n'ai pas l'impression que Morgan m'ait vue, vautrée sur la table du fond.

– Donc, je préviens maman que tu ne seras pas libre le deuxième week-end de mars, lance Sadie, alors que la sonnerie retentit. Au pire, on appellera Lily, la voisine. Même si elle est plus lente qu'une motte de terre et à peu près aussi intéressante.

Je me force à rire, de plus en plus dépitée à l'idée de me retrouver seule à Willow Creek. Je dois me rappeler que c'est une occasion en or, même peut-être un tournant dans ma vie.

Alors qu'on se sépare en bas de l'escalier, Sadie me tapote l'épaule.

– Fais attention au stalker, OK?

Exaspérée, je me contente de lui sourire avant de la quitter.

Quand j'arrive à l'étage, Morgan est devant la salle d'arts plastiques avec Rachael.

– Salut, Tash ! Je commençais à me dire que tu avais menti et que ce n'était pas ton lycée.

– Eh si. Apparemment, on n'a pas beaucoup de cours en commun.

– Vous n'êtes pas dans le même cours d'anglais, avec mon frère ? intervient Rachael, en jetant ses longs cheveux noirs par-dessus son épaule.

Morgan m'adresse un regard intrigué. Je serre les dents, décidée à ne pas laisser Rachael me ridiculiser en public encore une fois. Pas devant Morgan.

– Tu pars toujours à Greenwillow en mars ? je demande.

– Ouais, me répond Morgan. Comment tu sais ?

– Ta mère en a parlé à la soirée, je crois. Je serai dans la maison de ma tante à Willow Creek, le deuxième week-end de mars.

– Vraiment ? lance-t-il, son visage s'éclairant. C'est génial ! On pourra se voir ! Enfin, si tu veux.

L'idée me rend heureuse, presque autant que le sourire de Morgan et la mâchoire crispée de Rachael.

– Bien sûr ! Alors... on échange nos numéros ?

Morgan rit de bonheur en sortant son portable.

– Qui te le propose depuis un moment ?

Notre prof d'art apparaît dans un nuage de perles colorées et un parfum de thé vert. Je suis Morgan à l'intérieur. Rachael est déjà assise. Sur chaque table, on peut s'installer à trois, mais elle a étalé ses affaires, afin de ne laisser de place qu'à Morgan. Seulement, il n'a rien remarqué, s'assoit à côté d'elle et m'invite à m'asseoir à côté de lui.

Mme Liotta nous donne la consigne de notre nouveau projet d'art : un paysage de rêve avec des techniques mixtes.

Je devrais être hyper enthousiaste mais je n'arrive pas à me concentrer sur autre chose que la proximité de Morgan et les frottements accidentels de son genou sur ma cuisse.

– Pour vous faciliter la tâche, vous allez travailler par groupes de trois, avec les camarades de votre table, explique Mme Liotta en regardant par-dessus le cadre rouge de ses lunettes.

Au même instant, Rachael et moi, on échange un regard affolé. C'en est presque comique.

– Aucune interprétation n'est erronée, continue Mme Liotta. Et je vous encourage à explorer différentes techniques. Le plus important, c'est que les groupes de trois se mettent d'accord sur la manière d'envisager l'œuvre. Toutes les idées doivent s'intégrer dans une cohésion collaborative commune.

Rachael lève la main avant même que la prof termine sa présentation.

– Oui ?

– J'aimerais changer de partenaires. Je crains un conflit d'intérêts si on travaille ensemble, Tash et moi.

Mme Liotta penche la tête, ses lèvres fuchsia se tordent.

– Dois-je comprendre que le *conflit* réside dans votre *intérêt* commun pour votre nouveau camarade ?

Toute la classe se met à pouffer. Je n'ai pas le courage de tourner la tête vers Morgan et Rachael, mais je sens que Morgan se dandine, mal à l'aise, sur son tabouret.

Rachael tente de se justifier mais Mme Liotta l'interrompt aussitôt.

– Je suis sûre que vous parviendrez à surmonter vos différends, conclut-elle.

– Mais je…

– Ça suffit, Rachael. Je me souviens que Natasha et vous étiez de bonnes amies il y a quelques années. Vous n'aurez qu'à creuser un peu et retrouver ce qui vous rapprochait. Je ne fais aucun échange de groupe.

Nos regards se croisent une nouvelle fois. On ne retrouvera jamais ce qui nous rapprochait, c'est mort et enterré. Mme Liotta se détourne et se cache derrière son journal.

Morgan tapote sa feuille avec son stylo.

– Alors, des idées ?

– Pas encore… On lance des idées ?

On parle pendant vingt minutes d'*Inception*, des rêves lucides et même des *Griffes de la nuit*, même si Morgan doit me raconter l'intrigue, parce que je ne suis pas particulièrement fan des films d'horreur.

– Comment ça s'est passé avec ta mère dimanche, après l'affaire du centre commercial ? demande Morgan. Elle était encore fâchée quand vous êtes rentrés à la maison ?

Je jette un coup d'œil à Rachael, de l'autre côté de Morgan. Elle est penchée sur son carnet, mais je baisse tout de même la voix.

– Elle me parle pratiquement plus. Je ne pense pas gagner le prix de Fille de l'année.

– Sérieux ? C'est dur, commente Morgan avec un sourire compatissant. Je suis vraiment désolé de t'avoir causé des ennuis.

– Ce n'est pas ta faute, je peux m'en prendre qu'à moi. J'aurais dû rester dans la queue des sushis.

– J'imagine que tu as une bonne raison de le lui avoir caché.

Rachael tourne alors légèrement la tête. Sans nous regarder, elle grommelle :

– Tash s'est jamais bien entendue avec sa mère.

Ça me rappelle ce que vient de dire Mme Liotta : avant, je me confiais beaucoup à Rachael. Elle m'écoutait, et même quand elle perdait patience, elle était toujours de bon conseil. Aujourd'hui, elle s'en sert contre moi. Les yeux plissés, j'attends le venin qui va sortir de sa bouche.

– Quoi ? demande-t-elle en remarquant ma grimace. C'est vrai, non ? Tu m'as dit qu'elle n'avait jamais de temps à te consacrer et que Tim était son préféré. Pas étonnant que ça t'ait rendue dingue.

Les mains agrippées à mon tabouret, je me contiens.

– Tu ne sais pas de quoi tu parles.

Rachael s'agace et se tourne vers Morgan.

– Elle t'a dit qu'elle entendait des voix ?

– Je..., lâche Morgan, au comble de l'embarras.

– Je n'entends pas des voix, Rachael, dis-je un peu trop fort.

Quelques élèves se tournent vers nous.

– Ah oui ? Alors c'est quoi, pour toi, parler à des amis imaginaires ?

Je suis tentée de lui dire d'aller se faire foutre, mais je me ravise, me raccrochant au peu de dignité qui me reste.

– De l'immaturité, dis-je. Un peu comme toi, qui en parles maintenant.

Deux gars à la table voisine ricanent et Rachael perd son air supérieur. Elle boude même un peu, me donnant des scrupules. Je regrette de l'avoir blessée, même si je me suis sentie puissante l'espace d'un instant et que Sadie serait fière de moi. J'aurais dû l'ignorer, simplement.

– C'est ça, oui, ronchonne-t-elle en retournant à son carnet.

Elle ne nous calcule plus de tout le cours et part en trombe dès que la sonnerie résonne.

Morgan et moi, on range nos affaires lentement, tandis que la salle se vide. Je mets plus de temps que nécessaire à tout rassembler, parce que je n'ai aucune envie de rentrer chez moi.

– Eh, désolée pour ce qui est arrivé avec Rachael, dis-je.

Morgan pivote sur son tabouret pour me faire face, son genou frôlant de nouveau ma cuisse. Je ne bouge pas la jambe et lui non plus.

– Tu ne devrais pas avoir honte pour quelque chose qui est arrivé quand t'étais enfant.

– Je sais.

– Tu ne dois pas laisser ça définir qui tu es maintenant. Tu penses que je suis fier de ce qui est arrivé à Mallory ? Pourquoi je l'ai pas attendue devant les toilettes ? Je le regrette tous les jours de ma vie, mais c'était il y a des années, tu vois ?

Je ne m'attendais pas à ce qu'il parle de la fête foraine.

– Personne n'aurait pu se douter de ce qui allait arriver à Mallory, dis-je un peu à bout de souffle.

– Peut-être, mais je n'oublierai jamais le regard de ma mère quand je suis revenu des toilettes sans elle. Elle avait l'air atterrée et déçue par ma négligence.

– Un peu comme ma mère à Watergardens. Même si j'ai neuf ans de plus que toi à l'époque. Je n'ai aucune excuse.

Morgan tire sur un fil qui ressort de son short. Je vois bien qu'il se retient de dire quelque chose, mais je ne m'attendais pas du tout à la question qu'il me pose :

– T'as un copain dont ta mère ne connaît pas l'existence ?

Une vague de chaleur monte depuis mon cou.

– *Quoi ?*

– Tu t'es éloignée pour le voir à Watergardens ? C'est pour ça que t'as menti à ta mère ?

Je me retiens de rire tellement ce qu'il a imaginé est improbable. Un copain secret ! Mais je me reprends en constatant qu'il ne trouve pas cette idée absurde.

– Non, dis-je tout bas. Je n'ai pas de copain.

– Alors qui est Moineau ?

Je serre ma trousse dans mes mains et deux stylos en tombent. Je prends le temps de les ramasser.

– Pardon ? Tu disais quoi ?

– À la soirée, ton amie Sadie a parlé d'un certain Moineau quand on est sortis du débarras, explique Morgan en penchant la tête vers moi pour que je le regarde. Il t'a fait du mal ? C'est pour ça que t'avais peur de moi ?

Je lui touche le bras.

– Je n'avais pas peur de toi ! C'est pas ça du tout.

Les épaules de Morgan se détendent et ses yeux s'orientent

vers ma main. Je la retire rapidement et regrette aussitôt de ne pouvoir la remettre sur son bras.

– Moineau est… l'ami imaginaire dont parlait Rachael.

– Oh. OK…

– Il est apparu dans ma vie autour de la naissance de mon petit frère. Ma psy dit que c'était parce que j'étais jalouse et que je voulais attirer l'attention… Euh oui, je vois une psy régulièrement depuis neuf ans. T'es prêt à te sauver ?

Morgan sourit.

– Pas du tout. Ma sœur et moi, on est tous les deux en thérapie depuis sa disparition. Je juge pas.

– Donc, j'ai inventé ce personnage bizarre pour me tenir compagnie parce que je me sentais seule chez ma tante. Mes parents m'y ont déposée pendant deux semaines pour que maman puisse subir sa césarienne sans avoir à se préoccuper de moi. La petite fille de huit ans que j'étais l'a vécu comme un abandon et un rejet.

– Pourquoi tu as inventé un ami si monstrueux ? Pourquoi pas un gros nounours douillet ?

– C'est bien le problème. J'arrive pas à me rappeler que je l'ai créé. Il est apparu dans ma chambre une nuit, en me proposant de jouer avec lui. Il a existé tout d'un coup. Ma psy dit que mon inconscient l'a inventé monstrueux pour que mes parents me consolent et me rassurent. Plus je le rendais affreux, plus ils s'occuperaient de moi, selon elle.

– Waouh, machiavélique ! plaisante-t-il.

– Faut croire, dis-je en haussant les épaules. Mais Dr Ingrid le présente de façon beaucoup plus sympa, avec plein de jargon psy.

Morgan secoue la tête et sourit.

– Il ressemblait à quoi ? Un clown méchant ?

– Euh, non.

Ça me fait bizarre de parler ouvertement de Moineau, même si je ne lui dis pas tout.

– Il avait l'air d'un homme. Très malade. Chétif, avec des creux sur le visage.

Je place les mains sous mes pommettes en appuyant sur mes joues.

– Et des dents pourries et la peau blafarde. Ses bras et son visage étaient couverts de plaies purulentes.

– Bon sang, lâche Morgan, mi-amusé, mi-horrifié. On dirait un épouvantail. Pas étonnant que t'aimes pas être enfermée dans une pièce avec une image pareille dans la tête.

Je passe sur ce que Moineau faisait. Je préfère que Morgan pense que j'avais simplement peur de son apparence. De toute façon, ça ne sert à rien. C'était juste mon imagination.

– Ma mère n'en pouvait plus de mes cauchemars sur Moineau. Dr Ingrid et elle pensent que j'essayais juste d'attirer l'attention, mais j'étais vraiment terrorisée quand il revenait. Parfois, je pensais le voir du coin de l'œil.

Et c'est toujours le cas.

Morgan m'examine un moment. Mon cœur s'emballe. L'espace d'un instant, j'ai l'impression qu'il m'étudie. Avant de comprendre le sens de son regard, je le vois se lever.

– En tout cas, t'as l'air plutôt bien dans ta peau pour quelqu'un qui a vécu avec un monstre pareil pendant son enfance. C'est marrant comment le cerveau des enfants fonctionne. Heureusement qu'on a grandi et qu'on a dépassé ça.

Répondant à son sourire par un petit rictus timide, je lutte contre la petite voix dans ma tête.

Dis-lui. Raconte-lui tout. Maintenant.

Morgan met son sac à dos sur une épaule et je me bats avec la fermeture du mien, cherchant à savoir si j'arriverai jamais à lui expliquer comment Moineau est gravé dans mon esprit. Mais dans ma tête, c'est trop confus et compliqué. Alors je confirme parce que je sais que c'est ce que tout le monde veut entendre.

– Ouais, heureusement qu'on a dépassé ça.

14

AVANT

– Tu veux qu'on joue à un jeu ?

En entendant sa voix, je lève les yeux de mon livre de coloriage et un de mes crayons roule au sol. Il se penche à l'entrée de la pièce, les doigts agrippés au montant de la porte, telles les serres d'un oiseau. Je ne l'ai plus vu depuis deux jours, et il ne vient jamais me rendre visite dans la journée. Et c'est peut-être mieux. Si je l'avais vu à la lumière du jour, j'aurais sans doute trop peur pour lui parler.

Parfois les gens sont différents, dit maman. *C'est malpoli de les dévisager.*

Mais je ne peux pas m'en empêcher. Je n'ai jamais vu personne qui lui ressemblait.

Il ne porte pas sa capuche aujourd'hui. Il n'a pas de cheveux, les yeux enfoncés dans les orbites, et son front paraît immense et osseux. Il a des plaques rouges sur le menton et des croûtes sur les oreilles. Et sa peau est bizarre. Terne, délavée. Elle me rappelle les pages de mon magazine quand je l'ai oublié au soleil.

Il est peut-être malade. Mais il ne bouge pas comme quelqu'un qui se sent mal, il a l'air surexcité. On dirait qu'il a envie de s'extirper de son propre corps. Il se précipite dans la pièce, jetant un regard par-dessus son épaule à l'escalier, une oreille tendue vers le son de la douche de tata Ally, à l'étage.

– J'ai caché quelque chose, lance-t-il. Descends dans la cave et essaie de le trouver.

Je pose mon crayon bleu sur la table basse et déplie mes jambes.

– Trouver quoi ?

– La porte de ma chambre secrète.

– Je n'aime pas la cave. Je n'aime pas le bruit du chauffe-eau.

Même quand la porte de la cave est fermée, je l'entends : un claquement, un souffle et un sifflement d'animal blessé. Ça me rappelle l'histoire que me racontait mamie sur cette maison, sur un médecin qui l'avait construite pour sa famille, il y a deux cents ans. Ils avaient pour domestique un prisonnier écossais qui dormait dans la cave. Ils verrouillaient la porte toutes les nuits. Ils l'enfermaient là, dans le noir.

– Tu vas devoir trouver une autre cachette si tu veux que je joue.

Il jette un nouveau regard en direction des marches. Un grognement s'échappe de sa gorge.

– Allez, viens. Ça ne marchera pas si un adulte le découvre.

Il avance devant la fenêtre. Sous les yeux, il a des ombres mauve foncé. La lumière du jour éclaire les rides sur son front et autour de sa bouche. J'ai essayé de deviner son âge, mais c'est impossible. Il fait jeune et vieux à la fois.

– Pourquoi tu es ici ? Est-ce que tu as le droit d'entrer dans cette maison ?

Il gratte une cicatrice sur son bras, les yeux rivés vers le premier étage.

– Je suis ici pour jouer avec toi.

– Qui t'a invité ?

– Toi, répond-il en croisant les bras. Il faut que tu viennes tout de suite, ou on n'aura plus de temps.

Au-dessus de nous, la douche ne coule plus, le plancher craque. Une porte s'ouvre, puis se ferme. Je me lève et fais un pas en arrière, au moment où Moineau s'élance vers moi. Il me prend par le bras.

– Je ne veux pas jouer en bas ! dis-je en tentant de me dégager.

Son emprise se resserre et ses doigts s'enfoncent dans ma chair. Il a beau avoir l'air petit et rachitique, il est vraiment très fort.

– Il fait trop noir. Je ne veux pas, il fait trop noir !

Son visage change comme si une main invisible le déformait. Ça me rappelle quand papa s'est tapé le doigt avec le marteau. Ses sourcils se rapprochent et sa mâchoire se crispe. J'ai l'impression qu'il se retient de hurler. Je me ratatine, mes jambes flageolent. Il me traîne dans le salon, vers le couloir.

– Non ! Je veux pas !

J'essaie d'enfoncer mes talons dans le sol, mais mes chaussettes glissent sur le plancher.

– S'il te plaît, non !

– C'est obligé, ou sinon je viendrai dans ta chambre quand tu dormiras. Et je t'enfermerai dans une boîte.

Personne ne te trouvera et tu mourras de faim. C'est ce que tu veux ?

L'idée d'une mort aussi horrible me fait taire. Est-ce que descendre dans la cave est mieux ? Je ne lui ai pas demandé de venir, alors pourquoi je devrais choisir ?

– Je... je ne veux pas jouer.

Quand on arrive devant la porte de la cave, une boule de poils blonds fonce sur le palier de l'étage. Benny se précipite dans l'escalier, son collier tintant comme une petite cloche. La main de Moineau s'ouvre et il me jette au sol avec une telle force que je tombe à genoux. Quand je regarde derrière moi, il a disparu.

Benny bondit de la dernière marche et glisse sur le plancher, dans un cliquetis de griffes. Il aboie à s'en rompre les poumons et gratte la porte de la cave.

Ally descend l'escalier en trombe dans son peignoir vert délavé.

– Tash ? demande-t-elle en regardant le couloir. À qui parles-tu ?

– À Moineau, dis-je en me frottant le bras et en le lui montrant en guise de preuve.

Mais il n'y a aucune marque.

– Il est revenu. Cette fois, Benny aussi l'a vu.

– Moineau... ?

Je m'empourpre.

– C'est moi qui l'appelle comme ça. Il ne m'a pas dit son nom, alors je lui en ai inventé un.

Ally ne dit rien. Sur la dernière marche, elle m'examine, les sourcils froncés.

– Je te jure, dis-je, une main dans la direction de la cave. Il était juste là et Benny lui a grogné dessus.

– Chérie, lâche-t-elle tout doucement. Benny grogne sur le chauffe-eau. Comme toujours. Écoute, il se remplit après ma douche.

Elle pose un doigt sur ses lèvres et me fait signe de tendre l'oreille. Derrière la porte, un sifflement remonte du sous-sol. Benny grogne de nouveau en s'énervant devant la porte.

– Je déteste ce bruit, dis-je, les mains sur les oreilles. Arrête ça !

Tata Ally s'approche. Elle m'entoure les épaules de son bras.

– Viens, ne restons pas ici. Je vais te préparer un petit-déjeuner.

Elle me conduit dans la cuisine, ordonnant à Benny de nous suivre.

– Tu me crois, hein ? dis-je, désespérée. Pour Moineau ?

Elle me serre l'épaule.

– Je crois que tu y crois. Mais tes parents ne comprendront pas, ma chérie. Ils risquent de penser que quelque chose ne va pas.

– Comment ça ?

– Que quelque chose déraille un peu dans ta tête.

Elle m'installe à table.

– Ils risquent de penser que tu vois des choses qui n'existent pas.

Alors que je m'assois, elle prend une vieille boîte en fer-blanc sur le rebord de la fenêtre. Je m'attends à ce qu'elle me donne un biscuit, mais elle en sort un paquet de cigarettes et un briquet en plastique.

– Quand j'étais petite, j'étais persuadée que des fées vivaient au fond du jardin. Tu vois ces fougères, là-bas ? En bas du buisson ?

Elle allume sa cigarette qu'elle dirige vers la grande fenêtre sur le jardin.

Je me redresse et me tords le cou pour regarder à travers la vitre sale la pelouse envahie par les ronces et au-delà de la corde à linge, le portail rouillé.

– J'ai même construit des petites maisons avec des brindilles et des écorces pour que mes fées aient un toit sur leurs têtes la nuit. En passant la tondeuse, un jour, mon frère – ton père – a tout ravagé.

– Oh non !

Mais quel est le rapport avec Moineau ? Je me demande s'il écoute cette histoire. Il a peut-être entrouvert la porte de la cave pour nous entendre.

– J'étais tellement malheureuse, continue-t-elle. J'étais persuadée que les fées étaient à l'intérieur de leurs petites maisons à cet instant-là. J'ai pleuré toutes les larmes de mon corps. Ma mère a dit que j'exagérais. Et mon frère n'a pas eu à me présenter ses excuses. Classique.

Elle jette sa cendre dans l'évier, ses lèvres pincées comme si elle venait de mettre quelque chose de très mauvais dans sa bouche.

– Ce que j'essaie de te dire, c'est que j'étais différente. Je n'étais pas comme eux, explique-t-elle en revenant vers la table.

Debout au-dessus de moi, elle pose sa main sur la mienne.

– Ce n'est pas grave d'être différente. Mais ma chérie, crois-en mon expérience, tes parents ne vont pas comprendre.

– Si je...

– Fais-moi confiance, dit-elle plus fermement. On n'en parle plus.

Elle se penche et glisse une mèche de mes cheveux derrière mon oreille.

– Ce sera notre petit secret, Tash.

15

MAINTENANT

La première semaine de mars, le vent s'invite tous les matins et des averses, tous les soirs, ce qui limite mes possibilités de prendre des photos après le lycée. J'ai déjà immortalisé bien trop de silos dans la tempête. Hormis le fait que ça n'a rien à voir avec notre projet d'art sur le thème des paysages de rêve, mes clichés manquent cruellement d'intérêt pour l'université.

Tim demande toujours à m'accompagner, mais maman lui trouve systématiquement une occupation : devoirs, corvées, tout est bon pour le retenir à la maison. Elle ne me fait pas confiance et n'essaie pas de le cacher. Le message est très clair.

Il m'adresse un regard de chien battu, alors que je range mes affaires de photo dans mon sac à dos.

– Tu vas où, cette fois ? se lamente-t-il. Tu avais promis de jouer avec moi à Minecraft.

– Je n'ai pas oublié ! Tout à l'heure.

Je lui retire des mains mon étui d'appareil photo.

– Je dois aller chez Morgan pour travailler sur notre projet de cours. La semaine prochaine, on doit montrer à notre prof comment on a avancé.

Et le problème, c'est qu'on n'a pas avancé du tout. Rachael refuse d'y consacrer la moindre seconde, préférant passer nos séances de travail à écrire dans son journal intime, pendant que Morgan et moi, on jette au hasard des idées sur des mondes futuristes et des paysages désolés. Et on dévie, le plus souvent, sur les romans qu'on a lus et les séries qu'on adore. La veille, on a passé tout le cours à deviner les aliments et les musiciens qu'on aimait le moins, ravis de constater qu'on était d'accord sur Coldplay et la coriandre.

– Pourquoi tu travailles pour l'école un samedi ? demande Tim en me suivant dans l'escalier et le salon. Tu vas y rester tout l'après-midi ?

J'ai des scrupules à voir Tim si abattu, alors que moi, je me fais une joie d'y aller. Morgan m'a invitée il y a quelques jours en me disant que ses parents partaient à un mariage à Coffs Harbour. Je me suis empressée de m'acheter un nouveau tee-shirt et j'ai passé vingt minutes à me coiffer.

Et ce n'est pas juste la perspective de voir Morgan qui m'emballe. J'aurai aussi l'occasion de revoir Mallory.

– Je ne sais pas à quelle heure je vais rentrer. Papa jouera peut-être avec toi, en attendant.

Papa lève les yeux de son téléphone et tapote le canapé pour inviter Tim à s'asseoir à côté de lui.

– Ta mère voudra sans doute savoir si tu rentres dîner, me lance-t-il.

– Bien sûr qu'elle rentre, intervient maman en sortant de la cuisine. Tu vas où ?

– Chez Morgan, répond Tim en boudant.

Le léger froncement de sourcils de maman me prépare à la suite.

– Morgan *Fisher*, tu es consciente que je le sais, j'espère. Étrangement, tu as omis de me le préciser !

– Je n'ai juste pas trouvé l'occasion de te le dire, dis-je en ajustant la longueur des bretelles. Qu'est-ce que ça change de toute façon ?

Elle baisse la voix et croise les bras.

– Tu le sais parfaitement, ce que ça change. Tu n'as pas besoin qu'on te mette des bâtons dans les roues, en ce moment.

Je jette un coup d'œil à Tim, espérant qu'il ne cherche pas à comprendre. Heureusement, il semble fasciné par ce qu'il regarde avec papa sur le portable.

– Et il serait préférable que les Fisher n'entendent pas parler d'un témoignage embarrassant qui remonte à 2008.

– Tu ne penses quand même pas que je compte en parler ? Morgan et moi, on doit réaliser un travail de groupe pour le cours d'art, comment tu veux que je l'évite ?

Maman pince les lèvres comme si elle savait que je n'ai de toute façon aucune envie de l'éviter. Elle a vu au centre commercial comme il est beau avec ses yeux verts et sa coiffure hyper stylée.

– On devrait avancer ton rendez-vous avec le docteur Ballantine, maintenant que les Fisher sont revenus en ville. Sans parler de ce qui s'est passé avec Tim à Watergardens.

– Elaine..., commence papa.

– Super ! dis-je. J'en profiterai pour lui parler de Willow Creek. Parce que j'y vais bientôt, je ne vous l'avais pas dit ?

– Willow Creek ? répète maman. Tu as rappelé Ally ?

– Elle m'a invitée à passer le week-end prochain chez elle.

– Quoi ? s'indigne maman, les mains sur les hanches. Tu avais au moins l'intention de nous demander la permission, ou tu voulais simplement te sauver sans rien dire ?

Papa pose son téléphone.

– Tash m'en a parlé.

– Ah, génial, Richard. Et tu pensais me prévenir ?

– Je ne trouve pas que ce soit une si mauvaise idée, répond papa en haussant les épaules.

– Tu plaisantes, là ?

– Ça vous fera du bien à toutes les deux. Quelques jours pour souffler. Et autant que Tash profite de la maison tant qu'elle nous appartient encore.

Maman décoche à papa un regard assassin.

– Et tout ce qui s'y est passé...

– Ça fait près de dix ans, déjà, l'interrompt papa, fermement. Ce n'est plus une enfant. Elle y sera parfaitement bien.

Il se tourne vers moi, et dans ses yeux je lis : « Je me mouille pour toi, ma belle, t'as pas intérêt à déconner. »

– Tu penses que fréquenter ta sœur est ce qu'il y a de mieux pour Tash ? l'interroge maman, sidérée.

Ils semblent avoir oublié la présence de Tim qui ouvre des yeux plus ronds que des soucoupes.

– Elle ne fait rien de sa vie.

C'est la première fois que j'entends maman critiquer Ally ouvertement devant Tim et moi. En général, quand on se trouve dans la même pièce qu'eux, elle ne lâche que quelques commentaires acerbes dans sa barbe à l'intention de papa.

– Tash a pratiquement dix-huit ans, continue papa. Elle n'aura pas besoin d'Ally pour s'occuper d'elle.

Pas faux, d'autant qu'Ally ne sera pas là. J'ai préféré ne pas mentionner ce détail.

– *Bon*, lance maman en retirant à papa sa tasse de café qu'il n'a pas terminée. Je suis vraiment heureuse que vous preniez des décisions dans mon dos.

Elle repart dans la cuisine.

– Ça lui passera, déclare papa.

***

Je ne sais pas si c'est l'impatience de voir Morgan ou l'envie de quitter la maison au plus vite, mais je pédale si fort qu'arrivée sur Banksia Avenue, je suis en nage. Je remarque alors que mon brushing est complètement fichu. Mes cheveux sont raides et filandreux. Et quand je retire mon sac à dos, je découvre deux immenses auréoles sur les aisselles de mon nouveau tee-shirt.

Pour les cacher, j'enfile mon pull délavé, même si je meurs déjà de chaud. Inspirant profondément, j'appuie sur la sonnette.

Ce n'est qu'une séance de travail, Tash, t'emballe pas trop.

La porte s'ouvre et je déchante aussitôt. Rachael me sourit, nonchalante, sa taille fine gracieusement dessinée dans sa robe d'été rouge, ses jambes nues depuis les cuisses et jusqu'à ses orteils assortis.

– T'as l'air déçue de me voir, lâche-t-elle, méprisante, en jouant avec une de ses tresses soyeuses. Tu vas t'en remettre. Marrant que tu le mettes encore, ce vieux pull.

Elle retourne à l'intérieur, me laissant sur place, abattue. Pourquoi est-ce que je pensais me retrouver seule avec Morgan ? Elle travaille sur le projet avec nous.

Je suis la musique vers l'arrière de la maison, jusqu'à une pièce qui était fermée pendant la fête des Fisher. Elle est équipée d'un baby-foot, de deux canapés douillets et d'un écran de télé géant.

– Eh, te voilà ! s'écrie Morgan en me voyant hésiter à entrer.

Il est penché sur une table basse, des livres et des papiers étalés devant lui.

Rachael s'installe sur un fauteuil canné à côté des portes qui donnent sur un patio baigné de lumière. Allongé sur l'un des canapés, Christopher zappe sur la télé en mangeant des Doritos.

– Salut Tash, lance-t-il, visiblement soûlé. Bon, dites-moi que vous n'allez pas vraiment faire vos devoirs maintenant, alors qu'il y a une foire informatique à la mairie.

– Eh oui, dis-je, mon désenchantement encore plus violent que le sien.

– C'est pas comme si ça n'avait pas lieu tous les mois, plaisante Morgan en se levant pour m'accueillir.

– C'est pas la question, proteste Christopher en jetant une chips sur Morgan.

Ce dernier se redresse et parvient à le réceptionner directement dans la bouche. Les deux garçons éclatent de rire.

Je retire mon sac pour le poser par terre bruyamment. Morgan se tourne vers moi. Fier de son succès, il rougit. C'est adorable.

– Tu as apporté tes books de photos ? demande-t-il, une lueur d'espoir dans les yeux. Parce que j'ai vraiment du mal à trouver quelque chose.

Il se penche et baisse la voix.

– Et tout ce qui intéresse Rachael, c'est laquelle des Kardashian a le plus de cellulite.

Il m'adresse un clin d'œil qui m'enflamme les sens. J'aimerais tellement que ce soit plus qu'une simple manifestation de sa gentillesse.

– Je ne sais pas si ça nous apportera suffisamment d'inspiration, dis-je en déballant mes livres à côté de ses croquis.

On s'est mis d'accord pour s'appuyer sur ses dessins et mes photos dans l'espoir de créer une œuvre convaincante.

Je m'assois à côté de lui sur le canapé et on feuillette un moment les books, cornant les pages qu'on juge les plus intéressantes. Il fait chaud dans la pièce, presque étouffant, et je regrette de ne pouvoir retirer mon pull. Je regrette de ne pas avoir opté pour une superbe robe d'été rouge. Je regrette et j'espère plein de choses, mais je sais que rien ne va se produire.

Rapidement, Rachael convainc Christopher de sortir la Playstation, et les deux se lancent dans une quête bruyante aux extraterrestres. C'est de plus en plus difficile de se concentrer sur le projet.

– Désolé, murmure Morgan. Ma mère les a invités pour que je ne reste pas seul. Elle a prévenu Mme Han avant même de m'en parler.

– Et Mallory ? dis-je en me rongeant un ongle.

Je tente de ne rien laisser transparaître de ma mauvaise humeur.

– T'allais de toute façon pas être seul.

– Mal n'est pas une grande bavarde, plaisante Morgan avec un petit sourire sombre. Maman pense qu'on a tous les deux besoin de plus de contacts avec le monde extérieur.

Je me penche pour poser sur la table basse le book que je tiens.

– C'était comment à Brisbane pour vous deux, quand vous êtes partis d'ici ?

Morgan baisse les yeux vers ses genoux.

– Différent. À Brisbane, personne ne savait ce qui était arrivé à Mallory. Personne ne m'accusait de négligence et j'ai pu me faire des amis sans me dire qu'ils ne se rapprochaient de moi que par curiosité morbide.

Il me jette un petit regard timide.

– Je suis reparti à zéro, sans que personne me connaisse.

Je le comprends parfaitement, parce que c'est exactement ce que je voudrais pour moi.

– Mallory, en revanche, Brisbane ou la Lune, ça aurait été pareil. Il n'y a pas de nouveau départ quand ton passé te hante en permanence.

Dans ces mots-là aussi je me reconnais. Je me sens liée à Mallory d'une façon funeste, comme si on était toutes les deux rattachées à jamais à cet été affreux.

– Elle a des amis ? Est-ce qu'elle sortait à Brisbane ?

– Elle a plutôt des contacts avec des gens sur les réseaux sociaux.

Morgan a dû lire quelque chose sur mon visage, parce qu'il rit avant de continuer.

– Quand je t'ai dit qu'elle ne parlait pas, je voulais dire à l'oral. Elle envoie des messages et passe son temps sur Internet. Mais je pense que c'est moins pour se lier d'amitié que pour zoner.

– Oui, désolée, je pensais... Je ne sais pas ce que je pensais.

– Elle n'est pas douée en face à face. Elle préfère largement être seule. Et elle adore pas être dehors.

– C'est de l'agoraphobie, non ?

– Ouais. Le contraire de toi et de ta peur des espaces clos, commente Morgan. Vous devriez échanger vos histoires de phobies, avec Mal.

Je souris.

– Dans une pièce vide ni trop grande ni trop petite.

Il rit.

– Exactement.

Mais son visage s'assombrit un peu et il regarde ses mains.

– Je devrais aller voir si elle va bien et si elle n'a besoin de rien. Elle ne descendra pas, s'il y a des gens à la maison, même si elle meurt de faim.

– Je peux y aller si tu veux, dis-je en cognant mon genou sur le sien. Et comme ça, tu pourras dire à ta mère que vous avez tous les deux vu du monde, aujourd'hui. Je peux lui apporter quelque chose à manger, comme je l'ai fait l'autre jour, si tu penses qu'elle sera d'accord.

Il penche la tête, hésitant. Il se demande peut-être si j'ai d'autres motivations. Et à cet instant précis, je n'en ai pas. Toutes les questions que je brûle de poser ont été évincées par mon envie de lui montrer que je peux devenir son amie si elle en a envie.

– Je te promets que je ne vais pas lui prendre la tête avec mes histoires de phobies, dis-je avec un clin d'œil. Pas avant notre deuxième conversation, au moins.

Il lâche un petit rire.

– Attends, je lui écris d'abord pour voir si elle est d'accord.

Il prend son téléphone sur la table basse et m'adresse un sourire timide.

– Je sais, c'est bizarre, hein ? C'est notre moyen de communication le plus courant, même à la maison.

– Je vais le faire, dis-je en sortant mon portable de ma poche. Va lui préparer un en-cas et je la préviens. C'est quoi son numéro ?

Il me le dicte alors qu'on sort du salon. Je sens les yeux de Rachael me transpercer le dos. Dans la cuisine, Morgan fouille dans le réfrigérateur pendant que je rédige mon SMS.

Salut Mallory. C'est Tash. Je suis en bas avec Morgan qui te prépare un truc à manger. Je te l'apporte ?

Quand je lève les yeux, Morgan a sorti la moitié du frigo sur le plan de travail. Je prends du raisin, des fraises et un morceau de fromage.

– T'as des crackers ?

Il cherche dans le garde-manger et revient avec une boîte de Jatz. Je place le tout sur un plateau. Morgan en profite pour piquer deux crackers.

– Alléchant, me félicite-t-il. Tu devrais travailler pour un traiteur.

Je lui balance un torchon qu'il évite facilement et on éclate de rire. Il sort ensuite une cannette de Sprite et la pose à côté de l'assiette.

– OK, fonce, lâche-t-il, son index tendu vers l'escalier. Va sympathiser.

Les yeux au ciel, je lui adresse un petit sourire. Je prends l'assiette dans une main et il me tend la cannette, mais ne la lâche pas tout de suite. Je lève les yeux vers lui.

– Merci, Tash. Ça me touche énormément que tu veuilles l'aider.

***

Je ne peux m'empêcher d'éprouver quelques scrupules, alors que je monte l'escalier. Je fais ça autant pour moi que pour Mallory. Et comme l'occasion risque de ne pas se représenter de sitôt, je dois la saisir.

Sa porte est entrouverte. Quand je frappe doucement, aucun son ne s'échappe de l'intérieur. Supposant qu'elle est aux toilettes, j'entre pour placer l'assiette sur son bureau.

Les stores sont baissés, tamisant la lumière extérieure pour plonger la chambre dans une atmosphère de cave éclairée à la bougie. Je mets une seconde à apercevoir Mallory recroquevillée sur son lit, sous une couverture, les yeux fermés. Des écouteurs dans les oreilles, ses cheveux blonds autour de son visage tel un halo, elle a la peau si pâle qu'elle en est translucide. Je détecte sur ses traits l'ombre de la petite fille de six ans que j'ai suivie dans toute la fête foraine, neuf ans plus tôt.

– Mallory ? dis-je tout bas, sans savoir si elle dort ou si elle profite de la musique.

Son téléphone dépasse de sous son oreiller. Je fais un pas.

– Mallory ?

Les paupières toujours closes, elle roule sur le dos et étire la jambe, tapant dans un petit livre qui tombe par terre. Un stylo sort des pages et se perd sous le lit.

Le carnet atterrit sur la tranche et s'ouvre. Quand je me penche pour le ramasser et récupérer le stylo, ma capuche tombe sur ma tête. Des dizaines de dessins tracés à l'encre noire occupent les pages. Malgré le peu de lumière, j'arrive à voir la minutie des détails.

En me relevant, je le feuillette. Deux motifs reviennent régulièrement : un plafond de feuilles d'arbres vu depuis le sol, les troncs tordus de façon exagérée, et une armoire victorienne digne des romans de fantasy qui peuplent les étagères de Mallory.

Les détails de l'armoire dépassent de loin ceux des arbres, chacun subtilement retouché. Les sculptures sur le bois, les liserés aux motifs floraux, la taille des portes, le nombre de tiroirs. Dans certains dessins, l'armoire est recouverte d'une grille, comme si on la voyait à travers une fenêtre lambrissée.

Je referme le carnet, malgré mon envie d'en voir plus, consciente que j'enfreins son espace privé. Je lisse la couverture avec la main et le replace sur le lit à côté de Mallory.

Elle ouvre lentement les paupières.

Le blanc de ses yeux grandit rapidement, alors qu'elle retire ses écouteurs et se dépêche de se rasseoir.

Oh merde.

– Quoi ? dis-je en me retournant pour regarder derrière moi.

La chambre est vide.

Mallory s'éloigne de moi, sur le lit, faisant tomber coussins et couvertures. Elle s'élance vers sa table de chevet pour s'emparer d'une lampe en céramique qu'elle lance sur moi.

Je l'évite de peu en lâchant un juron. La lampe est retenue dans son vol par le cordon électrique dans la prise, mais elle explose sur le plancher. L'abat-jour roule jusqu'au mur.

– Qu'est-ce que tu fais ? dis-je en reculant.

Je cogne le bureau si fort que le contenu de l'assiette se renverse sur la table.

Mallory sursaute en entendant la cannette tomber par terre. Ses doigts attrapent déjà un cadre en verre.

– Attends ! dis-je en levant les mains pour me protéger. *Attends !*

Je tourne la tête vers la porte pour chercher de l'aide, mais ma vision est bloquée par la capuche. Je la retire rapidement, comprenant alors que mon visage était caché.

Je lève une main.

– Mallory, c'est moi, juste moi ! Tash, tu vois ?

Figée sur son lit, le cadre dans les mains, elle respire plus vite que si elle avait couru un marathon. Des mèches blondes sont coincées dans sa bouche et ses yeux d'un bleu glacial étudient mes traits.

– Je t'ai apporté quelque chose à manger, dis-je en montrant le bureau derrière moi.

Ses épaules s'affaissent. Elle relâche le cadre qui atterrit sur le matelas. Je me penche en avant, les mains sur les cuisses, et j'expire un grand coup. Depuis le couloir, j'entends des pas qui remontent l'escalier.

Mon cœur bat encore à tout rompre. Mallory ne me quitte des yeux qu'au moment où son frère apparaît dans sa chambre.

– Qu'est-ce qui se passe ? hurle-t-il en allumant la lumière.

Rachael et Christopher déboulent derrière lui. Les yeux de Morgan se promènent entre la lampe cassée et moi, devant le bureau.

– C'était un malentendu, dis-je péniblement. Mallory dormait et je lui ai fait peur. C'est ma faute.

Morgan examine sa sœur, stupéfait.

– Bon sang, Mal. Tu as lancé une lampe ?

– C'est ma faute, dis-je de nouveau. Je suis désolée.

Rachael rit et grommelle quelques mots à Christopher qui fronce les sourcils et lui dit de se taire. Morgan décoche à la sœur de son copain un regard mauvais.

– Ça va ? me demande-t-il. Tu es blessée ?

– Je n'ai rien.

Je ramasse la cannette.

– Mais laisse-moi nettoyer mes bêtises.

– Mais non, s'impatiente-t-il. T'as pas à le faire.

Je me ratatine en percevant l'exaspération dans sa voix. Rachael prend un air faussement préoccupé.

– Écoute, Tash, lance-t-elle. Il vaudrait peut-être mieux que tu partes.

– Non, la contredit Morgan, tranchant.

– Je crois que Rachael a raison, dis-je en partant dans le couloir.

Rachael s'écarte pour me laisser passer.

– Non, insiste Morgan. Est-ce que tout le monde pourrait... bon sang !

Il se tape violemment la cuisse et nous transperce tous les trois du regard. Il a des yeux de dément tellement différents de ceux que je lui connais, que je ne suis plus sûre de regarder la même personne.

– Vous pouvez retourner en bas ?

– Bien sûr, mec, réplique Christopher. Respire, OK. Personne n'est blessé, tout le monde va bien.

Il donne un coup de coude à Rachael.

– On vous laisse tranquille.

Il part dans le couloir, et je m'apprête à les suivre.

– Non, Tash, attends, me rappelle Morgan d'une voix radoucie. Pas toi.

Rachael se plante sur place en croisant les bras, malgré le regard mauvais que Morgan lui adresse.

Il se tourne rapidement vers sa sœur.

– Qu'est-ce qui se passe, Mal ? demande-t-il tout doucement.

Il baisse encore le ton, après avoir lancé un coup d'œil par-dessus son épaule.

– Je pensais qu'on en avait déjà parlé. Tu veux que j'appelle maman ?

Le regard de Mallory croise le mien quand elle fait non de la tête. Le feu qui se dégage de ses yeux me bouleverse.

Elle se rappelle quelque chose.

Je m'élance dans l'escalier, décidée à récupérer mes affaires. Christopher vient vers moi, intrigué. Il pousse un soupir et ouvre de grands yeux.

– Sérieux, tu lui as dit quoi, à Mallory ? me demande-t-il, complice.

– *Rien*. Elle dormait. Quand elle s'est réveillée, elle a été choquée de me trouver dans sa chambre.

Pas convaincu, Christopher grimace. Avec cette tête, il me rappelle trop sa sœur, je dois détourner les yeux.

– Dingue, lâche-t-il, étonné.

Je range le dernier book dans mon sac.

– Elle n'est pas dingue, et ce n'est vraiment pas gentil de dire ça de quelqu'un, dis-je en lui faisant face.

– Non, attends, je ne voulais pas dire...

– Ouais, c'est ça.

Je me dirige vers la porte, mon sac à bout de bras. Morgan arrive en bas des marches, Rachael sur les talons.

– Attends, tu pars ?

– À plus, lâche Rachael en me contournant pour rejoindre son frère.

Sans perdre de temps, je continue vers la sortie. Comme il voit que le sac pèse des tonnes, Morgan me le prend des mains pour le porter.

– J'aurais voulu que tu restes plus longtemps.

J'ouvre la porte et sors sur la terrasse. Des nuages d'orage approchent depuis l'océan, effaçant ce qui restait du soleil de l'après-midi.

– Il est vraiment l'heure que je rentre.

Une main dans les cheveux, Morgan lâche un grognement de frustration.

Je fais volte-face.

– Je suis désolée. Je ne voulais pas lui faire peur. Je peux remonter m'excuser, si tu penses...

– Non, m'interrompt Morgan en soupirant lourdement.

Son visage se détend légèrement.

– C'est pas ça...

Avec son orteil, il soulève le paillasson.

– C'est juste que... la journée ne s'est pas passée comme j'avais espéré.

Je ne sais pas comment réagir, alors j'examine la rue où le vent souffle des feuilles sous les voitures garées. Un pick-up marron au coin de la rue me rappelle celui d'Ally. Ça me crispe.

Le week-end prochain. Willow Creek. Toute seule.

– Je voulais vraiment passer du temps avec toi, aujourd'hui, me confie Morgan. Avec toi et personne d'autre.

Il fait un pas et le sac à dos cogne nos genoux. Je me penche pour le lui prendre, évitant de peu de heurter son épaule avec ma tête. Quand je me relève pour lui dire au revoir, il se penche et dépose un baiser sur mes lèvres. Il s'attarde juste assez pour qu'une vague de chaleur envahisse tout mon corps. Mais déjà, il se redresse.

Je me sens ridicule et écarlate.

– Merci, dis-je tout bas. Je... je ferais mieux d'y aller.

Je me précipite sur mon vélo et le salue une dernière fois en m'engageant sur Banksia Avenue. Ce n'est qu'à mi-chemin en bas de la colline que j'ose regarder en arrière.

Il n'y a plus personne sur la terrasse des Fisher.

Mais un visage blafard m'observe depuis la fenêtre-hublot.

16

AVANT

15 avril 2008

Retranscription de séance, cabinet du docteur Ingrid Ballantine

Psychiatre pour enfants et adolescents

Clinique pour enfants, Newcastle

Patiente : Natasha Carmody, neuf ans

IB : Tu me sembles un peu embêtée aujourd'hui, Natasha. Tu veux venir t'asseoir sur le canapé ?

NC : ...

IB : Tu veux me parler de ce qui te contrarie ?

NC : Maman dit que ça devrait m'aider de venir ici, mais en fait, non.

IB : Oh ? Pourquoi dis-tu ça ?

NC : Personne ne me croit sur rien. Je pensais que quand je viendrais ici pour raconter ce qui était arrivé chez tata Ally, tout le monde comprendrait.

IB : Eh bien, nous essayons de comprendre.

NC : Je dois tout répéter encore et encore !

IB : Nous tentons de déterminer pourquoi tu as vu ce que tu as vu et pourquoi tu as dit ce que tu as dit.

NC : Parce que c'est arrivé. Pourquoi je raconterais tout ça, sinon ?

IB : Parfois les gens *pensent* qu'ils entendent et voient des choses parce qu'ils ont vraiment très envie de croire qu'elles sont vraies.

NC : Non...

IB : On a déjà discuté de solitude, et s'imaginer différents scénarios peut aider à se trouver moins seul. Comme écrire dans sa tête des films dans lesquels on serait le personnage principal, le centre de tout.

NC : ...

IB : On a aussi parlé de la différence entre la réalité et la fiction, et de ce qui arrive dans la vraie vie, comparé à ce qui se passe dans la tête.

NC : Je connais la différence.

IB : D'accord, c'est bien. Est-ce que tu penses qu'on pourrait parler d'une des choses qui te sont arrivées quand tu étais chez ta tante ?

NC : OK.

IB : Très bien. Alors, l'après-midi, dans les buissons derrière la maison de ta tante. Le jour où tu es partie chercher des têtards dans la crique.

NC : Mon père faisait ça quand il était petit. À un endroit, la crique s'élargit sur un point d'eau. Papa dit que c'est le meilleur endroit.

IB : Et c'est proche de la maison de ta tante ?

NC : Plus ou moins. Il faut traverser les buissons pendant dix minutes avant d'y arriver.

IB : Je vois. Donc ta tante ne pouvait pas te voir depuis son jardin ?

NC : Non, il y a des arbres et il faut descendre la colline.

IB : Alors, que s'est-il passé ce jour-là, quand tu es allée chercher des têtards ?

NC : Tata Ally travaillait. Elle se disputait avec quelqu'un dans le bureau du haut. La porte était fermée à clé.

IB : Et alors ?

NC : J'ai frappé à la porte parce que je voulais jouer avec Benny. C'est le chien de tata Ally. Mais elle m'a dit de sortir jouer dehors.

IB : Tu as donc décidé d'aller à la crique ?

NC : Oui. C'était marrant, j'avais dix têtards dans mon seau, quand il est arrivé et a tout gâché.

IB : Qui a tout gâché ?

NC : Moineau. Il se cachait dans les arbres.

IB : Moineau ?

NC : C'est comme ça que je l'appelle.

IB : Il t'a parlé ?

NC : Ouais. Il voulait que je le suive quelque part. Je voulais pas. Il a dit qu'il savait comment faire pour que mon père vienne me chercher étant donné que j'avais tellement envie de rentrer chez moi.

IB : Comment ?

NC : Avec un jeu. Je vous en ai déjà parlé.

IB : Celui où tu retiens ta respiration et où tu mets ta tête dans l'eau ?

NC : Pourquoi je dois en reparler ?

IB : J'aimerais savoir pourquoi tu l'as fait. Tu sais que retenir sa respiration peut être très dangereux.

NC : Quand on nage, on retient sa respiration.

IB : Oui, mais tu ne nageais pas. Tu étais à genoux sur la rive, n'est-ce pas ? Même dans la piscine, quand les gens jouent à retenir leur respiration trop longtemps, ils finissent par perdre connaissance dans l'eau. Et alors, leur corps se met à respirer pour eux.

NC : Alors ils respirent dans l'eau plutôt que dans l'air ?

IB : Exactement, et ils se noient. C'est très dangereux, surtout si tu es seule.

NC : Je n'étais pas seule, Moineau était là.

IB : Oui, bien sûr.

NC : C'est lui qui a commencé. Il a dit que si j'arrivais à retenir ma respiration plus longtemps que lui, il appellerait mon père pour qu'il vienne me chercher. Ce serait ma récompense.

IB : Donc si tes parents apprenaient ce qui s'était passé, ils viendraient te chercher ?

NC : Moineau me l'a promis.

IB : Il a tenu sa promesse ?

NC : Non, il m'a piégée ! Il a maintenu ma tête sous l'eau. Il m'empêchait de remonter reprendre mon souffle. Il disait que je ne jouais pas correctement. Il a dit : « Arrête de te débattre. »

IB : Alors qu'est-ce que tu as fait ?

NC : J'ai tapé des pieds et des poings et je me suis débattue autant que je pouvais, et j'ai dû lui faire mal, parce qu'il m'a lâchée. J'ai couru dire à tata Ally ce qui venait de se passer et elle est descendue à la crique pour trouver Moineau. Mais elle ne l'a pas vu. Elle ne l'a jamais vu.

IB : Mmm. Alors, pourquoi penses-tu que Moineau ait maintenu ton visage sous l'eau ?

NC : Il voulait que je perde connaissance, peut-être ? Comme vous avez dit.

IB : Pourquoi il aurait voulu une chose pareille ?

NC : Parce que j'ai refusé d'aller dans sa chambre secrète avec lui.

IB : Oh... ?

NC : Si j'avais perdu connaissance, il aurait pu m'y emmener sans que j'aie le choix.

IB : Tu ne m'avais jamais parlé de cette chambre secrète.

NC : Moineau m'a dit qu'elle me plairait parce que personne d'autre n'en connaît l'existence. Ce serait notre endroit secret.

IB : Pourquoi ne voulais-tu pas la voir ?

NC : Parce que si j'y vais, il risque de ne jamais me laisser ressortir.

IB : Tu vois ou entends encore Moineau maintenant ?

NC : Parfois je fais des cauchemars sur lui. Parfois, j'ai l'impression de le voir ici... du coin de l'œil.

IB : Dans ta vision périphérique ?

NC : Ouais. Mais quand je me tourne, il n'est pas là.

IB : Est-ce que tu lui as parlé depuis que tu es rentrée de Port Bellamy ?

NC : Non. Il est peut-être coincé là-bas.

IB : Coincé où ?

NC : À Willow Creek. Il ne peut peut-être pas partir.

IB : Tu es retournée à Willow Creek depuis l'été ?

NC : Sûrement pas.

IB : Pourquoi n'as-tu pas envie d'y retourner ?

NC : Parce qu'il y est peut-être. À m'attendre.

17

MAINTENANT

L'heure et demie de trajet jusqu'à Willow Creek, au nord de la ville, se passe dans la plus profonde morosité. Avec papa, on renonce à se faire la conversation, un quart d'heure environ après notre départ. Maman et lui ont eu un échange calme mais intense avant qu'on ait quitté la maison, et même si papa a fait mine que tout allait bien, je remarque tout de suite la façon dont sa mâchoire tressaute. Ma proposition d'écouter un livre audio pendant qu'on roule semble le soulager, mais il est clair qu'il a l'esprit ailleurs.

Entre ce week-end seule à Willow Creek et mon baiser avec Morgan qu'on n'a plus mentionné, j'ai mes propres préoccupations. Les conseils de Sadie ne m'ont pas aidée du tout. Elle m'a conseillé de ne pas me précipiter avec Morgan avant de mieux le connaître. Je me demande ce qu'il lui inspire et que je ne perçois absolument pas.

Ce qui me perturbe le plus, c'est ma dernière rencontre avec Mallory. Et pas juste parce qu'elle a réagi violemment.

Ma présence dans sa chambre l'a terrorisée au point qu'elle s'est complètement déchaînée.

Se rappelle-t-elle quelque chose sur sa disparition ?

Et plus particulièrement sur moi ?

Alors qu'on longe le gazon parfait du terrain de golf de Greenwillow, je commence à me trémousser sur mon siège, mal à l'aise. On est à dix minutes de chez Ally. Traverser la rue principale, reconnaître les façades en brique, le pub au coin, le théâtre avec ses carreaux bleus est aussi troublant que désagréable. Une pancarte indique le camping : la maison de vacances des Fisher est au bord de la même rivière. L'idée me rend nerveuse, parce que s'ils n'y sont pas encore, ils ne devraient pas tarder.

– Elle a fermé il y a cinq ans, commente papa en me voyant regarder dans la direction d'Old Meadow Lane, le lieu de la disparition de Mallory. La fête foraine. Elle n'attirait plus assez de monde après l'ouverture du parc aquatique de Port Macquarie.

– Oh ? dis-je, étonnée de n'en avoir jamais entendu parler.

Je me penche sur mon siège pour apercevoir le portail d'entrée, le toit en pointe du stand des autos-tamponneuses. Tout ce que je parviens à repérer, c'est le sommet jaune clair de la grande roue, avant que les arbres m'en cachent la vue.

– Les journaux en ont parlé, poursuit papa en ralentissant à une intersection.

On tourne à gauche pour nous diriger vers l'ouest, la fête foraine abandonnée s'éloignant derrière nous.

– Les food trucks sont partis en premier, et ensuite, l'un après l'autre, la plupart des manèges ont été vendus et ont été déménagés. Il ne reste plus grand-chose là-bas, j'imagine. La fin d'une époque.

En me rongeant l'ongle du pouce, je m'écroule sur l'accoudoir de la portière. J'ignore pourquoi cette nouvelle me déçoit. Je me disais peut-être que la fête foraine avait encore des réponses à m'offrir. À présent, ce n'est plus qu'un site désaffecté.

Alors qu'on quitte le village, la route serpente entre le bétail dans les prés, des barrages boueux et des collines escarpées et rocheuses, surmontées de gommiers. La région de Willow Creek regroupe des fermes vétustes et des cabanons en fer rouillés, de grandes propriétés séparées par quelques poteaux en bois reliés par des barbelés.

On tourne sur Cowpasture Road et j'aperçois enfin la maison, son toit rouge ondulé, flanqué de chaque côté par des cheminées en pierre délabrées. La façade symétrique est à la fois fièrement classique et totalement banale. De loin la maison semble recroquevillée au pied des montagnes telle une vieille créature têtue, désespérant de se redresser, et luttant pour ne pas tomber.

En approchant, papa contemple le toit de la véranda qui s'écroule et les vitres cassées. Difficile de dire si c'est de la nostalgie que je lis sur ses traits, ou juste de la résignation face au délabrement de la maison de son enfance.

On roule sur un nid-de-poule dans l'allée en terre et la voiture fait une embardée.

– Bon Dieu ! grommelle papa avant de s'arrêter devant la maison.

Une brise souffle entre les branches tombantes des saules quand on descend de la voiture. Papa vérifie les dégâts sur la roue.

– T'as pas abîmé ton précieux joujou, rassure-moi ?

On se tourne tous les deux vers Ally, qui foule pieds nus les marches en pierre de la véranda, un cardigan en tricot sur sa jolie robe d'été. Benny la bouscule pour passer et se ruer sur papa.

– Je suis touché que ça te préoccupe, lâche papa sèchement en se penchant pour caresser le vieux chien.

– Cette voiture est tellement propre sur elle, le taquine Ally. Comme son propriétaire, hein, grand frère ?

Elle se dirige droit vers moi pour m'enlacer rapidement, débordant d'enthousiasme. J'avais oublié son parfum : un mélange de gardénias et de cigarette.

– Je t'aurais bien invité à boire un café, Rich, mais j'imagine que tu veux déjà repartir.

Évidemment, elle a raison. Papa n'arrête pas de regarder par-dessus son épaule, manifestement impatient de remonter dans sa voiture.

– Allons, Tash, m'appelle Ally en me tendant la main.

Je retire mon sac du coffre. Tout content, Benny me souffle de l'air chaud sur les chevilles. Papa s'approche de moi, alors que je m'apprête à entrer dans la maison, et me parle tout doucement, comme à l'époque où il m'a déposée, enfant, chez tata Ally.

– Écoute, appelle-moi si ça marche pas et je viendrai te chercher. Quand tu veux, OK?

Il m'embrasse le haut du crâne et se dépêche de repartir. Debout, à côté de la vieille Ford marron de grand-mère, je suis la voiture du regard. Une fois la poussière retombée, je passe une main sur la courbe du capot, suivant une ligne orange jusqu'à la portière.

– Je l'utilise presque plus, commente Ally. Seulement pour de grands trajets ou des livraisons importantes. Je prends Molly pour circuler en ville, ces derniers temps.

Elle désigne une mobylette argentée à côté du cabanon.

– Elle coûte bien moins cher à entretenir.

– Tu pourrais donner le pick-up à papa, alors, non ? Il l'adore.

Ally plisse les yeux et son regard se perd à l'horizon.

– Richard a obtenu tout ce qu'il voulait du vivant de maman. Il ne va pas avoir ça aussi.

***

– Alors, quels sont tes projets pour ce week-end ? demande Ally, tandis qu'elle retire la bouilloire cabossée d'une plaque de cuisson.

Elle m'a fait faire le tour de la maison et du jardin. Rien n'a changé. J'ai l'impression que moi aussi, je suis comme avant. Dos au mur, je n'arrête pas de surveiller tous les coins et les recoins. Je pensais pourtant que je n'aurais plus aussi peur, maintenant que j'ai grandi. Mais mon estomac me dit le contraire. Quand Ally m'a proposé de choisir une chambre dans la maison, j'ai directement opté pour la plus éloignée de celle où je dormais enfant.

– Des projets ? Mmm... Des douches de vingt minutes et des grasses mat ? dis-je en souriant.

Ally sourit, complice. Sa mère lui a sûrement reproché les mêmes choses.

– Sinon, je ne sais pas encore. Je vais retrouver un copain du lycée avec qui je travaille sur un projet d'art.

Elle me dévisage, soudain plus intéressée, et nous sert deux tasses de thé avec une cuillère de miel dans chacune, alors que je lui avais demandé le mien avec du sucre et du lait. Elle prend un air espiègle.

– C'est pour travailler sur ce projet que tu vas le retrouver, ou pour autre chose ?

– Oh ! Non, c'est pas du tout ça, dis-je tout de suite. On va juste faire nos devoirs pour le lycée. Il a une maison de campagne à Greenwillow, alors on s'est dit qu'on pourrait en profiter pour se voir et travailler.

Ally semble amusée par mes explications. Je bois une grande gorgée de thé. Il est encore trop chaud et je me brûle.

– Il te plaît ?

– Euh... je... Mmm, oui ?

Elle approche sa tasse de ses lèvres avec un sourire. Je n'aurais jamais pu avoir une conversation pareille avec ma mère.

– Tu sais, j'ai rencontré mon âme sœur au lycée, me confie-t-elle.

Je sens le feu monter à mes joues, même si c'est l'histoire d'Ally.

– Patrick Jonas. Il était élancé et athlétique, le plus rapide de l'équipe de course du lycée. La Fusée, on l'appelait. Moi, je passais tout mon temps à fumer derrière l'abri de cricket avec mes copines pleurnicheuses. Je sais pas comment ça a pu coller avec PJ, mais ça s'est fait le plus naturellement du monde.

Je repense à la manière dont Morgan et moi, on a retrouvé notre amitié d'enfance après toutes ces années. À ce baiser, et à combien j'ai envie qu'il recommence.

– Ta mère l'aimait bien ?

– *Pfff.* Ma mère n'aimait absolument rien de ce qui me concernait, répond Ally en agitant une main dans l'air. Elle n'a jamais supporté que je sois si proche de mon père. Tu imagines ça ? Être jalouse de ta fille de treize ans ?

Une expression amère déforme ses traits.

– Alors bien sûr, elle détestait PJ parce qu'il comblait le vide et le manque d'amour qu'elle aurait pu m'offrir. C'est lui qui est devenu ma famille.

Son menton dans le creux de sa main, elle regarde par la fenêtre, songeuse.

– On s'est tellement disputés et on a rompu très souvent. Mais on s'est toujours remis ensemble. C'est le seul qui m'ait jamais comprise.

À voir la cuisine terne avec ses rideaux jaunis et son carrelage usé, il est évident qu'Ally vit seule. Il n'y a plus de PJ dans sa vie. Elle habite toujours dans le vide froid et sans amour de la maison de sa mère.

– Tout ne s'arrange pas toujours comme on le voudrait, lâche Ally, la lumière se reflétant dans ses yeux. Je ne vais pas te mentir, j'ai fait des erreurs et j'ai des regrets. Mais je pense vraiment que ce qui doit arriver finit toujours par arriver.

Elle détourne la tête de la fenêtre et me regarde.

– Les gens reviennent dans notre vie pour une raison.

Comme Morgan et Mallory. Même si je cherche encore la raison.

Ally me surprend en se penchant pour me prendre la main. Je tressaille légèrement, aussitôt coupable d'avoir réagi ainsi.

– Je te laisse t'installer, lance Ally. Reprendre tes marques dans la maison. Je vais faire ma valise et mettre de l'essence dans le pick-up pour mon voyage de demain. Je vais en profiter pour nous prendre un plat à emporter.

Ma tante recule sur sa chaise et se lève. L'espace d'un instant, je lui donnerais bien plus que quarante-cinq ans. Elle me paraît fatiguée et hésitante, presque vulnérable. L'image disparaît aussi rapidement qu'elle était apparue, dans un mouvement de cheveux alors qu'elle quitte la cuisine d'un pas assuré.

***

Quand je reviens dans ma chambre, après ma douche, je trouve deux nouveaux messages de Sadie :

Yo, kanga. Comment ça se présente chez ta tante ?

Et ensuite :

Au fait, qu'est-ce que t'as dit à Chris Han ? Il est persuadé que tu le détestes.

Je ne suis pas fière de ce que j'ai fait à Christopher, chez les Fisher, il ne le méritait pas. L'adrénaline m'empêchait d'y voir clair. Il faudra que je lui écrive dans le week-end pour dissiper le malentendu.

Hello kiwi. Tout va bien pour l'instant. Comment ça se passe à la soirée ?

Elle me répond directement et on continue à échanger pendant quelques minutes, avant qu'elle doive me quitter pour laver des verres à cocktail.

Ally se sert du vin rouge quand je descends dans le salon. Elle a allumé un petit feu de cheminée, maintenant que le soleil a disparu dans le ciel. Les silhouettes des gommiers s'élèvent à l'horizon, leurs branches désarticulées s'agitant comme une armée de morts-vivants en route vers la maison. Je tremble de la fraîcheur qui s'engouffre par les vitres cassées et tire rapidement les rideaux sur l'obscurité. Je n'aime pas l'idée qu'on puisse me regarder de l'extérieur.

Sur la table basse nous attendent des boîtes de plats indiens. Ally a déjà commencé les samosas et a mis des musiques psychédéliques de sitar pour accompagner notre dîner.

– J'ai dû aller jusqu'à Ellenbrook pour nous chercher ça. Viens te servir pendant que c'est encore chaud.

Elle me jette un grand coussin brodé pour que je m'assoie à table, tandis qu'elle s'installe sur un pouf marocain. Benny sort de la cuisine pour nous rejoindre, s'arrêtant un instant devant la porte de la cave pour grogner.

– Arrête, Benny. Viens ici.

Ally lui balance un morceau de galette qu'il attrape au vol. Il se pose sur le tapis à ses pieds dans l'espoir d'en avoir plus.

– Il fait toujours ça ? dis-je en montrant la porte en bois d'un signe de la tête.

Je frissonne malgré moi. Je sens encore les doigts osseux de Moineau s'enfoncer dans mon bras, et je m'efforce de chasser cette sensation le plus rapidement possible.

Derrière la porte, le chauffe-eau gronde, se remplissant après ma douche. Les crissements et les sifflements des tuyaux au sous-sol me donnent encore la chair de poule.

Cette maison ne me laissera pas oublier.

– Ça fait un moment qu'il ne l'avait plus fait, répond Ally en caressant Benny. Mais les vieilles habitudes sont tenaces.

Elle fronce les sourcils, les yeux rivés sur les boîtes de nourriture, comme si elle s'apprêtait à dire autre chose, mais se ravise.

Elle pousse vers moi un verre de vin.

– Euh... T'es sûre que je peux ? Je n'ai pas encore l'âge...

Elle rit.

– Bon sang, t'es bien la fille de ton père. Tu ne peux pas savoir ce que je m'enfilais, moi, quand j'avais dix-sept ans.

Elle boit goulûment.

– Ne t'en fais pas, je ne rapporterai rien à tes geôliers.

Je prends quelques gorgées, hésitante, entre deux bouchées de lentilles au curry et rapidement, je me détends. Je suis même un peu étourdie. J'ai déjà goûté du vin sans particulièrement apprécier. Ça passe mieux avec quelque chose à manger.

– Alors, tu faisais quoi d'autre quand tu étais jeune ? dis-je, l'alcool me rendant plus effrontée.

Elle se verse un autre verre et me regarde du coin de l'œil.

– Je ne préfère pas en parler. Je n'ai pas besoin de nouvelles critiques de mon frère parfait sur la manière dont je mène ma vie.

– Oh, mais je ne lui raconterai rien. Et il n'est vraiment...

– Laisse-moi te dire ce que je pense de Richard Carmody, l'enfant chéri, lance Ally en dessinant des guillemets dans l'air. Il n'a aucune idée de ce que c'est vraiment, la vie. Il se pense tellement supérieur, alors que tout ce qu'il a fait, c'est épouser sa première petite amie et déménager à une heure et demie de là où il vivait enfant. Il est jaloux de ma liberté. Je ne vais pas perdre ma maison pour qu'un pauvre plouc s'achète une pauvre Volvo à garer dans son pauvre garage.

Ally semble soudain se rappeler qu'elle parle de mon père et que sa pauvre vie de plouc a abouti à ma pauvre existence. Elle grommelle quelques mots que je ne comprends pas et prend son paquet de cigarettes. Tout en mâchant, j'essaie de me remettre de sa crise.

Ma tante est une véritable contradiction ambulante. Elle vante les mérites des aliments bio, mais ça ne l'empêche pas de fumer comme un pompier. Elle ne tarit pas d'éloges sur le yoga et la méditation, mais a des comptes à régler avec mon père à ne plus savoir qu'en faire. Quand j'étais petite, Ally m'assurait qu'on était pareilles et que ce n'était pas grave d'être différentes. Et pourtant, quand je suis partie de chez elle, elle n'a jamais tenté de garder le contact avec moi.

Elle me dévisage, soufflant de la fumée du coin de la bouche.

– Il trouvera un autre moyen pour payer tes études.

Je ne sais pas comment je dois réagir à ça.

– Il ne mettra jamais ses sales pattes sur ma moitié de la maison, poursuit-elle. Je la lègue à quelqu'un d'autre.

Je n'arrive pas à savoir si elle est sérieuse.

– Pourquoi ?

Ally prend une nouvelle gorgée de vin. Ses lèvres luisent.

– Pourquoi pas ? Pourquoi je devrais lui céder ma moitié, simplement parce que j'ai pas d'enfants ?

Elle lâche un ricanement de conspiratrice, comme si on était deux copines dans un bar.

– J'ai fait rédiger un testament, il y a plusieurs années. Tu imagines la tête de Rich quand il le découvrira ?

Elle glousse dans son verre avant de boire.

Toute cette conversation est vraiment déconcertante, à l'image de la personnalité d'Ally. C'est peut-être le vin, ou peut-être sa façon d'insulter mon père, ou alors mes souvenirs de ce qui s'est passé dans cette maison quand j'étais enfant... mais je ne peux plus me retenir.

– Je peux te poser une question ?

Elle souffle un nuage de fumée vers la cheminée et s'installe dans le fauteuil.

– Bien sûr, ma chérie.

– Ce jour-là, à Greenwillow, quand j'avais huit ans. Tu sais, le jour de la disparition de Mallory Fisher ?

– Oui... ? lâche-t-elle, les yeux plissés.

– Pourquoi tu pensais que c'était moi qui avais été enlevée ?

– Qu'est-ce que tu veux dire ?

– Quand tu es venue me chercher, tu as entendu dans le parking qu'une petite fille était portée disparue. Quand on s'est retrouvées, tu m'as attrapée par les épaules et tu m'as dit « je pensais que c'était toi ».

Ally fronce les sourcils et hausse les épaules.

– Pourquoi j'aurais dit une chose pareille ?

– C'est ce que je veux savoir. Pourquoi est-ce que tu as dit ça ?

Elle s'adosse et m'examine comme si elle me voyait pour la première fois. Elle attend un peu avant de reprendre la parole et je dois me forcer à me taire malgré la tension grandissante.

– Je ne sais pas où tu veux en venir, Tash, remarque-t-elle en croisant les bras.

Elle tire longuement sur sa cigarette.

– Tu avais l'air certaine que c'était moi qu'on avait enlevée.

– Comment est-ce que tu peux te rappeler une conversation qui remonte à tes huit ans ?

– Je me souviens de tout ce qui s'est passé ce jour-là.

– Même ce que tu as imaginé ? demande-t-elle, des éclairs jaillissant de ses yeux.

La dureté dans sa voix me donne envie de lâcher le morceau. Ce n'est plus la tante compatissante qui s'efforce de rassurer sa nièce à l'imagination foisonnante. On dirait même qu'elle me le fait payer.

– Tu t'es sentie coupable ? dis-je pour me venger.

– Bien sûr que non. Pourquoi j'aurais...

– Parce que tu as laissé une gamine de huit ans, seule à une fête foraine pendant cinq heures.

Ally se redresse.

– Tu ne risquais rien !

– À part me faire enlever comme Mallory Fisher.

Elle me décoche un regard sévère.

– J'avais plusieurs courses à faire ce jour-là, Tash. Je savais que tu t'amuserais plus à la fête foraine. Je l'ai fait pour te faire plaisir.

– Quoi, me laisser toute seule ?

– Tu avais huit ans, tu n'étais pas un bébé. Quand j'avais huit ans, ma mère me faisait distribuer dans toute la ville ses brochures pour sa boutique d'antiquités. Tout le monde se connaît ici, il n'y a aucun danger.

– Sauf quand il y en a.

Ally se penche en avant et écrase sa cigarette dans le cendrier sur la table. Je sens que je me ratatine devant elle.

– Pourquoi tu cherches à te disputer avec moi, Tash ?

– Ce n'est pas ça. J'essaie juste de comprendre pourquoi tu avais l'air tellement terrorisée ce jour-là, pourquoi tu étais tellement convaincue que c'était moi la petite fille portée disparue.

Elle pousse un soupir et se lève. Devant l'âtre, elle observe les flammes à travers la grille.

– Tu faisais et tu disais des trucs vraiment trop bizarres cet été-là, répond-elle, une main sur la cheminée. On aurait dit que tu vivais dans ton petit monde. Tu voyais des choses, tu inventais des gens. J'avais peur que tu te sois sauvée de la fête foraine pour suivre une de tes inventions.

S'emmitouflant dans son cardigan, elle reprend son verre sur la table basse.

– Je n'avais pas l'intention d'en parler à tes parents tu sais, lance-t-elle, debout au-dessus de moi.

Je me sens comme une enfant, assise par terre sur le coussin.

–Je savais comment ils réagiraient, qu'ils feraient un drame de rien du tout. Ça devait être notre petit secret, tu t'en souviens ?

J'ouvre la bouche pour parler, mais elle ne m'en laisse pas le temps.

–Je savais que tu faisais ça pour attirer l'attention. Je savais aussi que moins je t'accorderais d'attention, plus vite tu te lasserais de ce petit jeu. Et ensuite, tu as inventé cette histoire sur l'enlèvement de la petite Fisher. Tu ne m'as pas laissé le choix. Après ça, j'ai été contrainte de leur parler de tout le reste.

Sa dernière phrase me fait frissonner. Je baisse les yeux, honteuse. J'ai beau le tourner dans tous les sens, c'est vrai que je racontais ces histoires. Et que tout le monde m'a prise pour une menteuse.

–Je n'ai plus faim, lance Ally, sur le même ton que Tim quand il boude.

Sans me regarder, elle range son verre de vin dans la cuisine.

–Je monte finir ma valise.

Sa vieille valise marron est déjà devant la porte.

– On se voit au petit-déjeuner, grommelle-t-elle en s'engageant dans l'escalier.

Benny la suit, après avoir jeté un dernier regard langoureux aux boîtes de nourriture.

Je prends encore quelques bouchées avant de débarrasser la table et de faire la vaisselle. Je retourne ensuite me blottir sur le vieux canapé, profitant du feu de cheminée.

Bien que je m'efforce de me vider l'esprit, une question refuse de s'effacer de ma tête. Une question que je regrette de ne pas avoir posée à Ally quand j'en avais l'occasion.

Si je me comportais si bizarrement la semaine qui a précédé la fête foraine, pourquoi a-t-elle décidé de me laisser y aller seule ?

18

LA FÊTE FORAINE

Deux ballons.

Un rose et l'autre jaune, attachés par une ficelle poisseuse de barbe à papa comme des sœurs qui se tiennent par la main. S'écartant, se retrouvant, se disputant, s'enlaçant, virevoltant dans une danse endiablée.

Et ils partent dans l'immensité du ciel, loin des bruits assourdissants des manèges et du brouhaha des stands. Loin de la puanteur de l'herbe humide et de la friture, au-dessus des passants couverts de crème solaire et de sueur.

Ils partent, leurs ficelles adressant leurs adieux...

... à la petite fille au sol.

Alors qu'il l'entraîne avec lui.

19

MAINTENANT

Je me réveille en sursaut, la musiquette du manège résonnant encore dans mes oreilles, le goût métallique de la peur sur la langue. Mon cœur tambourine dans ma poitrine, quand j'entrouvre les yeux sur l'obscurité qui a remplacé un ciel bleu radieux.

Je remonte sur moi le drap et la couverture que j'avais repoussés en dormant, et je les serre en boule contre moi. C'est la troisième fois que ma nuit est interrompue, chaque fois avec l'impression de me trouver à la fête foraine en ce jour funeste.

C'est cette maison. Elle ne laisse aucun répit. Elle ne me laissera pas tranquille.

Chassant la paranoïa provoquée par le manque de sommeil, je me rappelle que c'est moi qui ai choisi de venir, cette fois. Je ne suis plus l'enfant impuissante et démunie que j'étais à huit ans.

Je somnole sans vraiment retourner dans les bras de Morphée, le chant entêtant des cigales s'introduisant par les fissures de la vitre, et me maintenant éveillée. La vieille maison s'agace et grogne dans l'air froid de la nuit. Je commence à m'habituer à tous ces bruits, trop épuisée pour sursauter. Quand le plancher devant ma chambre craque, j'ouvre à peine un œil.

La porte n'est pas complètement fermée. Une ombre grandit depuis le couloir.

– Ally ?

Je me frotte les yeux.

– Qu'est-ce qui se passe ?

Je m'appuie sur un coude, m'efforçant de la distinguer dans la pénombre. Quand je plisse les yeux, les contours de son épaule m'apparaissent plus clairement.

– Ally... ? Tu vas bien ?

L'ombre ne bouge pas. Les battements de mon cœur m'avertissent du danger et une foule de questions assaillent mon esprit vaseux.

Ne m'entend-elle pas ?

Est-elle somnambule ?

Est-ce vraiment Ally ?

Je me recroqueville dans le lit, la couverture remontée jusqu'à mon menton.

– Il y a quelqu'un ?

L'ombre se déplace dans le couloir. Je tente d'habituer mes yeux à l'obscurité pour distinguer une forme, refusant de laisser mon esprit se perdre là où il ne devrait pas...

Cette maison, cet endroit, où il est apparu pour la première fois...

... et me concentrer sur des explications logiques.

Ça ne peut être qu'Ally, qui passe voir si je vais bien. Ou qui s'est levée pour sortir Benny. À moins qu'elle parte pour Byron Bay.

Alors pourquoi ne répond-elle pas ?

Je tâtonne pour trouver l'interrupteur de la lampe sur la table de chevet derrière moi. Une lumière dorée inonde la petite chambre et s'échappe par la porte pour se déverser dans le couloir. À l'exception de quelques toiles d'araignée et du papier peint qui se décolle, je ne vois rien.

Je sors du lit et fonce vers la porte pour l'ouvrir en grand. Le couloir sombre est vide des deux côtés et quand j'approche de l'escalier, je n'entends que le tic-tac de la pendule du salon, au rez-de-chaussée. Je continue jusqu'à la chambre d'Ally pour coller mon oreille contre la porte, qui s'ouvre brusquement.

Je ne sais pas ce que je m'attendais à trouver de l'autre côté, mais en tout cas pas Ally étendue sur son lit, complètement habillée, Benny blotti contre sa hanche. Elle pousse un long grognement dans son sommeil et une des pattes du vieux chien tressaute. Un verre de vin vide est renversé sur le tapis à côté du lit.

Debout dans la chambre, je les regarde dormir un long moment. J'ai peur de retourner dans ma chambre et de m'y retrouver seule avec mes pensées. Mais je finis par refermer la porte doucement derrière moi, avant de faire le tour de la maison, allumant toutes les lumières sur mon passage. Je vérifie chaque poignée, chaque fenêtre, et même les placards, et derrière le rideau de douche, jusqu'à ce que je sois entièrement convaincue que personne n'est entré.

Mais ça ne me rassure pas.

S'il n'y a aucun intrus dans cette maison, alors, c'est qu'il est dans ma tête.

***

Le samedi matin, les grattements de Benny me réveillent. Je pense d'abord qu'il est devant ma porte, mais je me rends rapidement compte que le bruit vient d'en bas.

Je me sens épuisée, comme si j'avais fait une nuit blanche, alors qu'en réalité, j'ai réussi à dormir quelques heures. J'écarte un rideau. Dehors, un brouillard poudreux enveloppe les collines et la lumière gris-violet annonce l'arrivée du soleil. Ally est manifestement déjà partie, son pick-up marron n'est plus dans l'allée.

Le grattement de Benny sur la porte d'entrée devient insistant. Il a sûrement besoin de sortir. J'enfile mon pull par-dessus mon pyjama. Le plancher est froid sous mes pieds, mais je ne trouve pas mes baskets. Benny aboie si fort, à présent, que je me rue dans l'escalier. Il n'est pas devant l'entrée, mais devant la cave.

– Allons, mon beau, tu veux sortir ?

J'ouvre la porte et Benny s'élance vers la véranda, descend l'allée en gravier et disparaît sur le côté de la maison. Je pars dans la cuisine, où je trouve tout exactement à la même place que la veille après que j'avais rangé. Pas de tasse de café ou de cendrier sale, pas de bol de céréales dans l'évier. J'imagine qu'Ally a décidé de partir tôt et de s'arrêter sur la route pour prendre son petit-déjeuner. C'est peut-être le mieux. Le dîner était tendu, hier. J'ai des scrupules.

Le temps que j'allume la bouilloire et remplisse de croquettes la gamelle, Benny n'est pas encore rentré. Je le retrouve en train de menacer son reflet sur les fenêtres qui donnent sur la cave.

– Allez viens, imbécile, dis-je en tapotant ma cuisse, sa gamelle dans mon autre main. C'est l'heure du petit-déjeuner. Rentre.

Il m'obéit. Une fois qu'il a mangé, il me suit à l'étage et attend devant la salle de bain que je termine ma douche. Je lui en suis reconnaissante. La maison est trop calme. J'ai hâte de partir.

Mon appareil photo dans une main, j'ai à peine le temps d'attraper la laisse de Benny sur la table de l'entrée que déjà il est à mes pieds, brûlant d'impatience. Le soleil a chassé le brouillard, offrant une matinée lumineuse, idéale pour prendre des photos. On s'engage sur la route de terre de Willow Creek, dans la direction opposée aux buissons et à la crique que je préférerais ne plus jamais revoir de ma vie.

Benny court devant moi, occupé à chasser les papillons et tout ce qui vibre dans l'herbe des deux côtés de la route. J'appelle Sadie pour qu'elle me raconte le cocktail de la veille. Apparemment, Lily, sa voisine, a renversé un plateau de rouleaux de printemps dans un pot de plantes et Alice, la serveuse du Seaspray pour qui elle a le béguin, était aussi invitée.

– Et toi ? C'était comment avec ta tante ?

– Ça va.

– Bizarre, tu veux dire, me corrige-t-elle. Je l'entends dans ta voix.

– Ouais. C'était un peu tendu au bout d'un moment. J'ai l'impression qu'elle en veut à mes parents pour absolument tout.

Sadie rit.

– T'as de la chance qu'elle ne t'ait pas étouffée dans ton sommeil, alors. T'es sûre que cette invitation ne cache pas quelque chose d'autre ?

Elle glousse. Sa blague a l'air de beaucoup l'amuser, mais moi, elle me perturbe. Qu'est-ce qui a poussé Ally à me faire venir ici ? Pourquoi est-elle devenue si agressive quand j'ai parlé de l'été de mes huit ans ? Pourquoi est-elle partie ce matin sans dire au revoir ?

– Marrant que tu dises ça, dis-je en tentant de garder un ton léger. J'avais l'impression qu'elle était sur le pas de ma porte à me regarder dormir, dans la nuit.

– Ding, ding, ding ! Alerte bizarrerie ! s'exclame Sadie, hilare. Rassure-moi, tu lui as balancé ton oreiller ?

Je me force à rire aussi.

– Ce n'était pas elle. Enfin, c'était personne. J'étais juste endormie et j'ai imaginé.

– Ou bien..., commence Sadie en baissant la voix, mystérieuse, c'était le fantôme du détenu McMachin...

– McTavish, dis-je, amusée. Je n'aurais jamais dû te raconter cette histoire. Arrête d'essayer de me faire peur.

– Il n'est pas mort dans le garde-manger, celui-là ?

– La cave, à ce qu'on raconte. C'était le domestique de la famille Blackwell. Mais il n'est mentionné nulle part qu'il est mort dans la maison de Willow Creek. Il a sûrement purgé sa peine et est reparti en homme libre à Sydney.

– Tu as vraiment envie d'y croire, hein ?

On continue à parler de tout et de rien, pendant que Benny gambade joyeusement sur la colline. Ce n'est qu'au sommet que je me rends compte qu'on est arrivés à Greenwillow. On est au milieu d'Old Meadow Lane. Je traverse la rue en pilote automatique et suis le coude en gravier vers le champ vide qui servait de parking pour la fête foraine de Greenwillow.

– Oh-oh, s'inquiète Sadie. T'es plus avec moi, là.

– Hein ?

– T'arrêtes pas de faire ça en ce moment. Tu arrêtes de parler au milieu d'une conversation.

– J'ai été distraite par Benny, dis-je, les herbes hautes se frottant contre mes jambes. J'essaie de pas le perdre de vue.

– C'est ça, oui. T'inquiète, je dois raccrocher de toute façon. Je vais rendre visite à une certaine rouquine pour lui acheter une glace.

Après avoir rangé mon portable, je me dépêche de prendre mon appareil photo, plus concentrée que jamais.

De la fête foraine, il ne reste que des carcasses d'attractions cassées, des bras métalliques qui ne demandent qu'à se déplier. L'herbe sèche est jonchée de nacelles délavées par le soleil. Des stands cassés s'emboîtent les uns dans les autres, leurs panneaux privés d'ampoules, et barbouillés de graffitis. Quelques animaux en peluche sont suspendus ici et là, trop haut pour qu'on ait pris la peine de les décrocher.

Benny aboie sur l'un d'eux avant de partir marquer son territoire où il peut.

Même quand la fête foraine vivait son heure de gloire, le soir au moment où tout le monde partait, cet endroit était terrifiant. À présent, abandonné et mourant, il paraît tellement irréel qu'on se croirait dans un rêve.

Sans réfléchir, je sors mon portable pour composer le numéro de Morgan.

– Hello ! répond-il. T'es où ? On est arrivés hier soir.

– Morgan, faut que tu viennes voir ça, dis-je en passant la tête dans un guichet à rayures blanc et rouge.

Quelqu'un a griffonné avec son doigt « sans ticket, on ne monte pas ! » sur le comptoir poussiéreux. Un rouleau de tickets verts est déployé au sol.

– J'ai trouvé le lieu parfait pour notre projet. Faut que tu viennes maintenant avec ton carnet de croquis.

– Quoi, ici ? À Greenwillow ? demande-t-il, enthousiaste. Mes parents m'ont dit qu'on pourrait prendre leur voiture aujourd'hui. Je peux venir tout de suite, avec Mal. T'es où ?

Et soudain, je prends conscience de l'endroit où je suis, de ce que je lui demande. Je tourne la tête vers le bout du terrain, là où se trouvent les toilettes en haut de la colline qui surplombe le parking.

– Mallory veut venir ?

Mais qu'est-ce que j'ai dans la tête ? Je ne peux pas leur proposer de me rejoindre ici ! Ni à l'un ni à l'autre.

– Ouais, elle l'a proposé elle-même, dit Morgan en baissant la voix. Je crois qu'elle s'en veut pour ce qui s'est passé le week-end dernier. Elle veut montrer à maman qu'elle fait un effort pour rencontrer des gens.

Je parle tout bas, moi aussi, même si Mallory ne peut pas m'entendre.

– Écoute, c'est une mauvaise idée. Oublie. On trouvera autre chose.

– Tu plaisantes ? On est le seul groupe de la classe qui n'a encore rien à présenter. Si l'endroit te plaît, c'est sûr que je vais l'aimer aussi. Allons-y. Dis-moi juste où te retrouver.

Mes épaules s'affaissent.

– Je... je suis sur le site de la fête foraine de Greenwillow.

La pause qui suit est si longue que je me demande même si Morgan n'a pas raccroché. Je sais pertinemment que je devrais proposer qu'on se rejoigne ailleurs, mais une petite voix intérieure m'interdit de parler. Immortaliser ces décombres pourrait m'aider à m'en souvenir d'une autre façon. Ça pourrait m'aider à aller de l'avant.

Je suis sur le point de conclure la conversation, quand j'entends Morgan expirer.

– Donc notre rêve à nous, ce sera un cauchemar, c'est ça ?

– Désolée, dis-je tout de suite. Je suis passée devant en me promenant. T'es vraiment pas obligé de m'y rejoindre, je peux te retrouver ailleurs.

– Tu sais quoi ? demande-t-il, un peu plus enthousiaste.

Je n'arrive pas à savoir s'il se force.

Mme Liotta a bien dit qu'on obtiendra le meilleur résultat si on prend comme base de notre travail quelque chose qui a du sens pour nous. Il est peut-être temps d'y retourner et d'affronter ce démon.

– T'es sûr ? Mais Mallory...

– Je vais lui dire où je te retrouve. Elle décidera si elle veut venir ou pas.

– Et tes parents... ?

Une autre pause.

– Ils n'ont pas besoin de savoir.

***

J'ai déjà pris près de cinquante photos quand j'aperçois une fourgonnette noire se garer dans le champ, en contrebas de la fête foraine. J'imagine que Morgan est venu seul, jusqu'à ce que je voie la portière côté passager s'ouvrir. Une main sur le ventre, je tente de contenir la nervosité qui grandit en moi.

Morgan remonte le sentier, son carnet à la main, Mallory à quelques mètres de lui. Je l'aperçois à peine derrière son frère, qu'elle semble utiliser comme bouclier.

– Wow ! Qu'est-ce qui est arrivé à cet endroit ? s'étonne Morgan, stupéfait.

Les manèges ont été dépouillés de leurs glorieux chevaux, les miroirs et les éléments décoratifs sont criblés de trous.

– C'est dingue qu'on puisse encore entrer !

– Mon père m'a dit que la fête foraine avait été fermée il y a des années.

Benny approche pour les saluer.

– Ils veulent peut-être que les gens viennent se servir pour ne pas avoir à tout déménager...

Morgan se penche pour caresser chaleureusement le chien, mais c'est Mallory qui intéresse le plus Benny. Il renifle ses jambes, lui tourne autour et agite la queue.

– Salut, Mallory.

Elle me répond d'un signe de la tête, évitant de croiser mon regard. Avant de se détourner de nous pour faire le tour de la zone, elle met ses écouteurs.

Morgan ne m'a pratiquement pas calculée, trop sidéré par l'état du lieu. Il semble aussi sur ses gardes.

– Je ne m'attendais pas à ça, murmure-t-il, plus pour lui que pour moi.

Le petit sourire sur ses lèvres m'indique tout de même qu'il reconnaît le potentiel artistique de cet endroit. Sans rien ajouter, il s'assoit et ouvre son carnet de croquis. Le laissant travailler, je traverse les herbes hautes pour aller à la grande roue, de l'autre côté du parking.

Après une heure, nous nous retrouvons dans l'ancienne aire de pique-nique. Morgan étale ses dessins sur une table en bois pour décider lesquels se marient le mieux avec mes photos. Je parcours les clichés en les affichant pour lui sur l'écran. Il s'approche de moi sur le banc jusqu'à ce que nos épaules se touchent. On se tait un instant, le temps que je zoome sur une image.

– Tout va bien, entre nous ? demande alors Morgan doucement.

Je me tourne à moitié vers lui.

– Ben ouais. Pourquoi ?

Il baisse les yeux.

– T'as rien dit sur… tu sais.

Il gratte une écharde sur la table du bout du doigt.

– J'ai peut-être mal interprété les signes...

Il a prononcé sa phrase presque comme une question. Mon cœur bat la chamade. Est-ce qu'il parle du baiser ? Ou de ce qui s'est passé dans la chambre de Mallory ? Je pose l'appareil photo et frotte mes mains sur mon jean.

– J'ai une fâcheuse tendance à me précipiter. C'est sûrement parce que j'ai trop peur que tout ce que j'ai de bon dans ma vie me soit arraché.

Il lance un coup d'œil à sa sœur.

– Quand Mallory a disparu, j'ai été englouti par une tristesse insurmontable. J'avais l'impression que je ne serais plus jamais heureux. Je me plaignais tout le temps que ma petite sœur me suivait partout et soudain, elle n'était plus là. J'ai tellement culpabilisé.

Je hoche la tête, mais j'attends qu'il continue.

– Quand on l'a retrouvée, je me disais qu'on me donnait une deuxième chance. Et je me suis promis de ne plus jamais rien tenir pour acquis, de toujours profiter de ce que j'ai.

Les yeux rivés sur la table, je ne parviens pas à retenir mes larmes.

– Le seul problème, c'est que parfois, je m'emballe un peu, confesse-t-il en tapotant des doigts sur la table. Je comprends vraiment si tu veux qu'on soit simplement amis.

– Morgan ?

Il m'adresse un petit regard timide, comme s'il anticipait ma réponse. Et il paraît aussi surpris que moi quand j'ose poser une main sur son genou et approcher mon visage du sien. L'espace d'un instant, on respire le même air, à quelques millimètres l'un de l'autre.

Il ne ferme pas les yeux en effleurant ma bouche avec la sienne, comme s'il cherchait la confirmation visuelle que c'est vraiment ce que je veux. J'attrape sa lèvre inférieure entre les miennes, tout doucement. C'est l'invitation qu'il attendait pour fermer les paupières et caresser ma joue avec sa main, tout en intensifiant timidement le baiser.

Ma petite voix intérieure me demande si je mérite ça. Est-ce qu'il voudrait toujours de moi s'il savait le bazar qui règne dans ma tête ?

Mais plus on s'embrasse, moins je peux réfléchir. Les paupières closes, je m'abandonne au bonheur de cette étreinte, tout mon corps en ébullition. Plus rien n'existe sauf Morgan Fisher, sa chaleur à travers son tee-shirt, le tremblement de son souffle quand nos bouches se séparent.

Je ne sais pas combien de temps dure le baiser, avant qu'un coup retentisse sur la table, nous interrompant. Morgan se dégage et on se tourne immédiatement vers Mallory qui nous examine sévèrement. Une bouteille vide dans la main, elle nous fait un signe de la tête vers Benny qui renifle des ordures.

– Je ne comprends pas ce que... ?

Mallory lève les yeux au ciel et s'éloigne de la table. Elle part vers le fond du parking, la bouteille toujours dans la main. Morgan éclate de rire en la regardant marcher.

– C'est quoi son problème ? demande-t-il en secouant la tête.

Et soudain, je comprends.

– De l'eau, dis-je en me levant. Elle veut que je donne de l'eau à Benny.

– Elle s'en occupe, c'est bon, réplique Morgan en se levant à son tour.

Il glisse ses doigts entre les miens et m'attire contre lui, son sourire éveillant tous mes sens. Alors qu'il s'approche pour m'embrasser de nouveau, une idée me traverse l'esprit.

Il n'y a qu'un seul point d'eau ici.

Mallory se dirige vers les toilettes.

– Je, euh...

Je retire ma main de celle de Morgan et enjambe le banc.

– Désolée, je reviens.

– Dis-moi, cette façon de t'enfuir dès qu'on s'embrasse... ça devrait m'inquiéter ?

Amusé, il rassemble ses dessins.

Je me retiens de piquer un sprint vers Mallory. Je ne sais même pas pourquoi j'éprouve le besoin de l'empêcher d'entrer dans les toilettes. Ce n'est peut-être même pas ça. Peut-être que je la suis juste pour voir ce qui s'y passera.

Une fois que le manège me cache à la vue de Morgan, j'accélère. Je frissonne quand le vent se lève. Le mécanisme métallique crisse et grogne, murmure dans les allées désertes, fantôme des clients du passé. Les toilettes se profilent devant moi, silencieuses et menaçantes, perchées sur le bord de la colline telle une bête endormie qui n'a pas envie d'être dérangée.

Mallory l'a peut-être senti, elle aussi. Elle s'arrête à quelques mètres de l'entrée. Je ralentis et m'arrête à côté d'un ancien stand de pop-corn et de barbe à papa. C'est exactement là que je me tenais ce jour-là, quand j'ai vu Moineau arracher deux ballons du poignet de la gamine de six ans, pour les laisser s'envoler dans le ciel.

Je lève la tête, m'attendant presque à les voir, un rose, l'autre jaune. Des morceaux de notre enfance emportés par le vent.

Je gratte le sol avec ma chaussure pour que Mallory remarque ma présence. Ses épaules tressautent, mais elle ne se retourne pas, peut-être consciente que j'étais là depuis un moment. J'hésite à repartir pour la laisser tranquille, mais je n'aurais sûrement pas de meilleure occasion pour l'interroger.

– Mallory ? dis-je dans son dos.

Elle fait volte-face lentement, plus raide qu'un bâton. Son nez tremble. Elle se retient de pleurer. Et elle lève les yeux vers le ciel, cherchant peut-être comme moi les ballons qui se sont envolés.

– Qu'est-ce qui se passe ? dis-je en avançant vers elle. Quelque chose te revient ?

Je ne sais pas si je suis prête pour une réponse. Elle ne bouge pas d'un pouce. Est-ce qu'elle m'a entendue ?

– Mallory, tu te souviens de quelque chose à propos de cet endroit ? dis-je, plus pressante. Du moment où tu as été enlevée ?

Elle finit par me regarder et m'adresse un hochement de tête assuré. Agressif. Ses yeux vifs me transpercent alors qu'elle pointe son index sur ma poitrine.

Sa bouche forme un mot unique.

Toi.

20

AVANT

13 mai 2008

Retranscription de séance, cabinet du docteur Ingrid Ballantine

Psychiatre pour enfants et adolescents

Clinique pour enfants, Newcastle

Patiente : Natasha Carmody, neuf ans

IB : Parlons de Mallory. C'est la petite fille qui a été portée disparue pendant quelques jours, n'est-ce pas ? Pendant une semaine ?

NC : ...

IB : Son visage est passé souvent à la télé, hein ? Des photos d'elle étaient affichées un peu partout. Tu en as vu ?

NC : Mmm.

IB : Tout le monde s'est fait beaucoup de souci pour elle. Elle a reçu beaucoup d'attention, n'est-ce pas ?

NC : Mmm.

IB : Tu étais seule, ce jour-là, à la fête foraine, n'est-ce pas ? Personne ne faisait attention à toi ?

NC : ...

IB : C'est agréable d'avoir de l'attention sur soi, hein ? D'avoir le sentiment qu'on t'écoute, qu'on s'intéresse à toi ?

NC : Euh... oui ?

IB : Et tu as dit aux adultes à la fête foraine que tu pensais avoir vu Mallory juste avant sa disparition ?

NC : Je l'ai vue, oui. Avec Morgan. Mallory tenait des ballons.

IB : Ah oui ?

NC : Ils étaient attachés à son poignet pour qu'ils ne s'envolent pas.

IB : Tu étais donc assez près d'eux pour voir tout ça. Tu leur as dit bonjour ?

NC : Non.

IB : Alors Morgan et Mallory ne t'ont pas vue ?

NC : Je ne pense pas.

IB : Pourquoi les suivais-tu ?

NC : J'avais peur. Je voulais rentrer à la maison.

IB : Ah oui ?

NC : Je ne connaissais personne. Tata Ally était partie et je pensais que la mère de Morgan me ramènerait chez moi. Je voulais demander à Morgan si je pouvais retourner à Port Bellamy dans leur voiture.

IB : Tu voulais rentrer chez toi, parce que tu t'étais fait enfermer dans le coffre en bois ?

NC : Oui.

IB : Je comprends. Ça a dû te faire très peur.

NC : Je voulais le raconter à maman et papa.

IB : Mais ils étaient occupés avec Tim, n'est-ce pas ?

NC : Oui.

IB : Leur raconter que tu t'étais fait enfermer dans une boîte et que tu avais vu une petite fille se faire enlever… c'est beaucoup de choses à raconter, hein ? Tu as eu toute leur attention avec ces histoires.

NC : …

IB : Parfois quand on parle de ce qu'on a vécu, on ajoute plein de détails pour que l'histoire devienne plus intéressante, n'est-ce pas ?

NC : Je n'ai rien inventé.

IB : OK.

NC : Je l'ai vu faire. Il l'a emportée.

IB : Est-ce que quelqu'un d'autre l'a vu ?

NC : Je ne pense pas.

IB : Et pourquoi ?

NC : Je pense que personne d'autre que moi ne le voit.

21
MAINTENANT

Je rentre avec Benny en courant, incapable d'oublier le doigt accusateur de Mallory. Je voudrais comprendre son message. Elle se rappelle que j'étais à la fête foraine. Est-ce qu'elle m'a vue au moment où Moineau l'a enlevée ?

Est-ce que j'y étais pour quelque chose ?

Est-ce que je l'ai suivie dans les toilettes ?

Je rejette cette dernière hypothèse. C'est impossible, je m'en serais souvenue. C'est Moineau qui l'a kidnappée, c'est certain.

Ouais, c'est ça... ton ami imaginaire qui n'existe pas.

Arrivée dans l'allée d'Ally, je tremble furieusement. Je mets un temps infini à reprendre mon souffle.

Sur la véranda, je passe quinze minutes à écrire des messages à Mallory, que j'efface sans lui envoyer, ignorant les SMS de Sadie qui arrivent pendant que je réfléchis à comment formuler ma pensée. Par chance, Morgan a rapidement interrompu notre petite rencontre devant les toilettes, ravi de ses croquis et super partant pour les reprendre plus tard dans la soirée. Quand il m'a invitée chez lui, j'ai réussi à le convaincre que ce serait mieux qu'on se voie ici plutôt que chez lui. Jamais je n'aurais le courage de m'asseoir à une table devant Mallory entourée de ses parents.

Laissant Benny somnoler sous un arbre, j'ouvre la porte de l'abri de jardin pour chercher le vélo dont m'a parlé Ally quand elle m'a fait faire le tour du propriétaire. Le cabanon est exigu et en désordre et je dois déplacer une vieille cage pour chien et trois sacs de paillis pour atteindre la bicyclette. J'arrive étrangement à dompter la panique qui monte.

C'est un vieux machin rouillé avec des pneus blancs et un grand panier en fer. Heureusement, il paraît assez solide pour faire l'aller-retour jusqu'au supermarché de Greenwillow. Je rapporte la clé de l'abri de jardin dans la cuisine et verrouille la maison avant de repartir, soulagée de me changer les idées en organisant le dîner, même si je ne fais que remplacer une raison d'être nerveuse par une autre. Le tête-à-tête avec Morgan me met dans tous mes états.

Je tourne dans les rayons pendant une demi-heure avant de choisir des pâtes, ma migraine s'intensifiant sous le poids de cette décision. La douleur rend le retour très pénible. J'arrive à peine à orienter le guidon et quand je suis devant la porte d'Ally, ma vision est totalement floue. Je pose mes courses dans la cuisine et prends deux comprimés avant de m'écrouler sur le canapé pour fermer les yeux quelques minutes.

Quand j'ouvre les paupières, il fait déjà noir. De longues ombres s'étendent dans le salon.

Non, non, non. Ça a recommencé. Cette maison se transforme constamment sans que tu t'aperçoives de rien.

Je bondis et presse l'interrupteur sur le mur, avant d'allumer toutes les lampes dans la pièce. J'ouvre ensuite la porte de la cuisine pour rappeler Benny à l'intérieur. Morgan sera là dans quinze minutes et je n'ai ni commencé à préparer le dîner ni pris ma douche.

Après avoir rempli la gamelle, je tapote l'acier avec mes doigts en la portant dans la véranda. Je me sens affreusement coupable de l'avoir laissé si longtemps dehors. Tu parles d'une dog-sitter ! Ce n'est qu'après avoir posé le repas du vieux chien sur les marches et fait le tour du jardin que je suis gagnée par la panique.

Benny n'est pas là.

Le portail est bien fermé, la clôture en parfait état, et je ne vois pas de trou dans le sol par lequel il aurait pu s'enfuir. Il ne peut pas passer sous la maison et je doute qu'il soit capable de grimper par-dessus l'abri de jardin.

– Benny ?

Je tente de siffler mais mes lèvres tremblent. S'il a réussi à sortir, il pourrait être à des kilomètres d'ici.

– *Benny ?* Allez, viens !

Une faible plainte résonne derrière moi. Je me tourne, mais ne vois rien. Peut-être dans les buissons ? J'appelle Benny encore et encore et en réponse me parvient un gémissement. Je m'élance dans sa direction. En approchant de l'abri de jardin, je remarque alors que la porte est légèrement entrouverte.

Je l'ai refermée après avoir pris le vélo. À clé, même.

Je pousse la porte et tâtonne sur le mur à la recherche d'un interrupteur, terrorisée à l'idée de faire un pas à l'intérieur.

J'entends la respiration haletante de Benny avant que le néon s'allume en crépitant au-dessus de ma tête. Une lumière blanche éclaire alors les placards et les établis, les cartons et les piles de bazar. Et soudain, entre un vieux frigo et le mur, j'aperçois une touffe de poils dorés.

Pas juste dorés.

Parsemés de taches pourpres.

Je m'élance vers lui.

– Benny, mon Dieu ! Qu'est-ce que tu as fait ?

Il s'est entortillé dans des barbelés, les piquants enfoncés profondément dans sa fourrure. Plus il se débat, plus les barbelés transpercent sa peau. Quand je tente de le libérer, Benny pousse un grognement plaintif.

– Je suis désolée. Je te fais mal ?

Je tremble si violemment que j'empire certainement la situation. Je cherche sur l'établi de quoi couper les barbelés, chassant de mon esprit les images de Benny en train de se débattre pendant que je faisais la sieste. Coincée dans le fond du cabanon, je me mets à transpirer à grosses gouttes. Le lieu semble rétrécir.

Après avoir trouvé des cisailles, je me dépêche d'essayer de trancher les boucles les plus serrées. Benny a vraiment dû paniquer pour s'empêtrer à ce point. Les barbelés se tordent entre les lames des cisailles, refusant de se laisser sectionner.

Benny pousse un nouveau grognement. S'il avait pu se libérer, il m'aurait mordue.

– Je sais, je sais, dis-je tout bas pour tenter de le calmer.

Je lâche les cisailles, dépitée, et caresse Benny doucement, là où les barbelés ne le touchent pas.

– Chuuuut. Chut.

Je me sens de plus en plus claustrophobe et l'odeur métallique du sang de Benny me fait tourner la tête. Il gémit, a du mal à respirer. Il tente de s'asseoir, mais ne parvient qu'à enfoncer les piquants plus profondément encore.

Je le caresse derrière les oreilles et ma main se couvre d'une substance poisseuse.

– Je vais appeler quelqu'un. Je vais demander de l'aide.

Je cours hors de l'abri et tombe, m'égratignant sur les pierres infestées de mauvaises herbes.

La cuisine étincelle d'une lumière dorée, même si la maison est glacée. Un feu de cheminée pourrait chasser la fraîcheur de cette nuit sans nuage, mais il ne parviendrait pas à me réchauffer. La clé de l'abri de jardin n'est plus sur le crochet où je l'avais laissée.

Je cherche mon portable sur le plan de travail, puis fouille rageusement dans mon sac à dos, laissant des taches de sang sur tout ce que je touche.

Où est-ce que je l'ai mis, bon sang ?

Je me rue dans le salon pour m'assurer qu'il n'est pas tombé de ma poche pendant que je dormais. Et je pense à m'essuyer les mains sur mon jean, avant de toucher aux coussins.

Rien.

Je ratisse chaque pièce de la maison pour trouver un téléphone fixe.

Quelle perte de temps ! Je dois prendre le vélo d'Ally et foncer jusqu'au voisin le plus proche pour chercher de l'aide. M'emparant des clés de la maison, je pars vers la porte d'entrée et quand j'arrive dans le couloir, une silhouette se plante sur mon chemin. Je lui entre dedans et ricoche sur le mur.

L'espace d'un instant, tout est noir, un sifflement résonne dans mes oreilles, mon crâne lancine à l'endroit du choc. Un grognement m'échappe, mais à ma grande surprise, je suis encore debout, les clés de la maison dans ma main.

Un intrus, me souffle mon cerveau.

Je chasse les points blancs dans mon champ de vision, glissant deux clés entre mes doigts. Je me tourne pour faire face à mon agresseur, prête à frapper.

– Waouh ! lâche-t-il, se protégeant le visage avec son bras. Qu'est-ce que tu fais ? C'est moi ! Rien que moi !

Morgan recule et lâche son sac de provisions, choqué par ma réaction. Un pot de glace roule sur le sol.

Je baisse la main qui tient les clés et pose l'autre sur la bosse qui grossit sur mon front.

– Comment t'es entré ? dis-je d'une voix éraillée.

– J'ai frappé plusieurs fois, tu ne répondais pas. La porte d'entrée n'était pas fermée à clé...

Il ne finit pas sa phrase, déstabilisé par les traces de rouille sur mes bras et les taches rouges sur mon tee-shirt et sur mon jean. Il s'avance vers moi, ses mains tendues pour me prendre par la taille.

– Qu'est-ce qui... ? Tu es... ?

Je secoue rapidement la tête en me dégageant.

– Ce n'est pas mon sang. Benny s'est coincé dans des barbelés dans l'abri de jardin. Il est gravement blessé et j'ai besoin d'aide...

– Montre-moi.

Je l'emmène dehors et attends à côté de la porte pendant qu'il examine Benny. J'aurais aimé réconforter le pauvre chien, mais je n'arrive pas à y retourner.

– Il faut l'emmener chez un vétérinaire, lance Morgan par-dessus son épaule. Tout de suite ! Tu en connais un ?

– À Ellenbrook… j'ai vu un aimant sur le frigo. Et il y a une espèce de cage qu'on pourrait utiliser pour l'emmener. Je l'ai vue quand j'ai pris le vélo tout à l'heure.

Je me penche par l'embrasure de la porte et la lui montre sous l'établi. Mais il n'y a plus rien.

Mais comment… ?

– Elle était là. Je te jure, juste là.

– Ce n'est pas grave. On n'aurait pas pu le fourrer dans une cage dans son état. Mieux vaut l'allonger à l'arrière de la fourgonnette de mon père.

Il s'accroupit, caresse délicatement Benny et réfléchit à un moyen de le transporter.

– Ce serait même mieux que le vétérinaire vienne ici. Je n'arriverais pas à le porter sans le blesser davantage.

– OK.

Je glisse mes doigts tremblants dans mes cheveux, mon cœur déchaîné, alors que je me penche une nouvelle fois pour constater que la cage n'est plus là.

– D'accord, je vais l'appeler.

Je m'apprête à retourner dans la maison, quand Morgan se lève et m'attrape par la main. Il la presse tendrement, avant d'y glisser son portable.

– Respire, me conseille-t-il. Tout ira bien.

***

À vingt heures passées, sous une nuit noire, Margaret, la vétérinaire, une femme d'une cinquantaine d'années, a administré un sédatif à Benny et l'a libéré des barbelés. Elle et son assistant l'ont transporté à l'arrière de leur camionnette blanche, éclairés par les lumières que Morgan et moi allumions pour eux. Elle doit recoudre Benny dans son cabinet, une fois qu'ils auront nettoyé ses blessures.

– Tout va bien, m'assure-t-elle. Il ira bien. Arrête de t'en vouloir.

– J'ai laissé la porte du cabanon ouverte...

J'ai beau prononcer ces mots, je n'y crois pas moi-même.

– Je suis censée veiller sur lui et je l'ai laissé se mettre en danger.

Margaret retire ses gants en latex avec un claquement autoritaire.

– J'ai vu bien des choses pendant ma carrière. Des animaux dans toutes sortes de situations insolites. C'est sûr qu'ils peuvent faire des choses imprudentes. Mais là, je dirais que c'est un acte malveillant délibéré.

– Pardon ?

– Quelqu'un lui a fait ça ? intervient Morgan.

– Ce câble était vraiment serré autour de lui, répond Margaret. Même s'il a mis sa tête dans la bobine, je ne vois pas comment il aurait pu la resserrer comme ça autour de son cou.

– Qui ferait une chose pareille ?

– Des gosses désœuvrés ? suggère Margaret en haussant les épaules. C'était peut-être un gage qui a mal tourné.

Le sergent Blake a dû élucider une affaire du même genre à Jamison récemment. Un gars avait torturé le chat de son ex pour se venger. Est-ce que tu sais qui pourrait essayer d'attirer ton attention ?

L'oiseau mort sur mon paillasson.

Moineau dans le centre commercial.

– Non, dis-je en chassant ces pensées.

– Tu étais chez toi tout l'après-midi ? demande Margaret.

– J'ai laissé Benny quand je suis partie faire des courses vers treize heures. Ça m'a pris environ une heure.

– Il était dans le jardin à l'arrière de la maison, quand tu es rentrée ? demande Margaret. Est-ce que tu as vu si la porte du cabanon était ouverte ?

– Je… je ne sais pas. J'avais super mal à la tête et je me suis endormie sur le canapé.

– Quoi ? Pendant trois heures ? s'étonne Morgan, dubitatif. Tu n'as rien remarqué d'anormal ?

– Non ! dis-je sèchement, agacée qu'ils me cuisinent comme ça. Je *dormais.*

Le visage de Morgan s'adoucit.

– Désolée, Tash. Ce n'est pas ta faute. C'est juste que ça ne me plaît pas trop de te savoir endormie dans une maison avec toutes les portes ouvertes. Surtout si un malade se promène dans le jardin.

– La maison était fermée à clé, dis-je, mais sans conviction.

Je ne me souviens plus de rien d'autre que mon mal de crâne.

– OK, mais la porte n'était pas fermée à clé quand je suis entré, continue-t-il en grimaçant.

En jetant un regard vers la maison, je me sens soudain épuisée. Je n'arrive plus à savoir si ce que je dis a la moindre valeur. Margaret ferme la portière de sa camionnette et se tourne vers moi, son carnet dans la main.

– Benny n'est pas un de mes patients réguliers, explique-t-elle. Donc je vais devoir reprendre les coordonnées de ta tante. Tu as un numéro auquel je pourrai la joindre ?

– Je ne retrouve plus mon portable, dis-je, consciente que je dois lui sembler totalement perchée. Et je ne connais pas par cœur le numéro d'Ally. Elle est à Byron Bay pour le week-end, elle revient lundi. Je vous appelle demain matin pour prendre des nouvelles de Benny. Je suis sûre que j'aurai retrouvé mon téléphone.

Margaret me tapote le bras.

– Allez, va te laver. Benny est entre de bonnes mains.

Elle se tourne vers Morgan.

– Tu veux bien lui tenir compagnie cette nuit ? Je pense qu'elle est un peu perturbée.

– Oui. C'est une bonne idée, confirme-t-il en m'adressant un sourire rassurant. Je vais appeler mes parents. Je ne pense pas qu'elle devrait rester seule.

***

Morgan allume un feu dans le salon et nous prépare des pâtes pendant que je me douche. Je laisse sur le séchoir mes vêtements que j'ai passés sous l'eau, les taches de sang encore visibles comme un rappel funeste de ma négligence. Avant de dîner, on fait une nouvelle fois le tour de la maison, pour vérifier que toutes les portes et toutes les fenêtres sont bien fermées, et on finit sur le canapé en patchwork. Morgan retire ses chaussures pour s'asseoir en tailleur sur les coussins et je me détends, soulagée de ne pas rester seule la nuit.

Je suis tellement vidée que j'arrive à peine à garder les yeux ouverts, mais des images bouleversantes continuent à jaillir dans mon esprit comme si le repos m'était refusé : le visage accusateur de Mallory ; Benny décidé à me mordre ; l'incrédulité de Morgan quand j'ai expliqué que j'avais dormi trois heures. J'appuie la tête sur l'arrière du canapé, me laissant envahir par le sommeil, à peine consciente que Morgan m'enveloppe les genoux et les épaules avec une couverture. Cependant, je ne perds pratiquement jamais conscience du crépitement des flammes dans l'âtre et du ronronnement de la télévision. À un moment, je suis réveillée par les ronflements de Morgan et je remarque que je dormais en position fœtale, la tête sur ses jambes.

Bien plus tard, la lumière du jour, qui filtre sous les rideaux, me sort du sommeil. Elle m'arrive en plein sur le visage, comme si j'étais sous la lampe des policiers pendant une garde à vue. Je suis allongée sur le canapé, des coussins sous la tête.

Morgan est à côté de moi. Je sens la chaleur de son corps contre mon dos, son bras sur ma taille et son souffle dans mes cheveux. Je me blottis contre lui et il bredouille quelques mots ensommeillés, avant de tendre le bras pour le resserrer contre moi et m'attirer à lui.

Je me sens replonger dans le sommeil, enveloppée par sa chaleur rassurante, quand j'entends deux bips dans le hall.

Je me redresse aussitôt.

Mon téléphone.

Je me lève du canapé le plus discrètement possible, mais ça réveille Morgan, qui bâille et place les bras au-dessus de sa tête. Dans la cuisine, mon portable trône au milieu de la table, parfaitement en évidence. Hormis quelques appels en absence, j'ai un nouveau message. De la part de Mallory.

Qu'est-ce que tu veux ?

Je le relis plusieurs fois, sidérée. Au-dessus, il y a le message que je lui ai envoyé le samedi d'avant pour la prévenir que j'allais lui apporter un plateau dans sa chambre. Je ne comprends pas ce qu'elle m'écrit. Qu'est-ce que je veux ? Par rapport à quoi ?

Le doute grandit dans mon ventre comme une graine empoisonnée. *Mallory sait.* Elle sait que mes interrogations sur sa disparition ne sont pas que de la curiosité polie. Elle veut connaître mes motivations, pourquoi j'ai envie de me rapprocher d'elle.

Salut Mallory. Je ne suis pas sûre de comprendre ta question.

J'entends Morgan bouger dans le salon. Je jette un coup d'œil dans sa direction, il se gratte le ventre et passe une main dans ses cheveux.

J'ai encore le téléphone dans la main quand il vibre avec la réponse de Mallory.

Mon portable m'indique trois appels en absence de ta part, au milieu de la nuit. Pourquoi tu n'as pas laissé de message ?

Intriguée, je vais sur l'historique de mon téléphone : je l'ai appelée à deux heures quarante et une, trois heures trente-six et cinq heures deux. *C'est quoi encore ?* Je n'avais pas mon portable depuis treize heures la veille. Si Morgan l'a trouvé, pourquoi aurait-il téléphoné à sa sœur trois fois dans la nuit ?

Et qui voudrait appeler Mallory ? Elle ne parle pas.

Alors que je cherche une réponse, Morgan arrive dans la cuisine.

– Je l'ai trouvé dans la nuit, annonce-t-il. Quand je suis allé aux toilettes.

– Quoi ? Où ?

– Par terre dans le couloir.

Il avance vers les placards.

– Tu as dû le faire tomber hier quand tu m'as percuté.

– Non, c'est impossible. Je ne l'avais déjà plus.

Il prend deux tasses du placard au-dessus des plaques de cuisson et jette un coup d'œil dans ma direction.

– T'es sûre ?

– Oui, je le trouvais plus. C'est pour ça que je me préparais à aller chez les voisins. Pour utiliser leur téléphone.

– OK, ponctue Morgan en haussant les épaules.

– Et combien de fois on a été dans le couloir hier soir ? Pourquoi on ne l'a pas vu, s'il était là ?

Il lève les mains, sur la défensive.

– Eh, je disais juste où je l'ai trouvé.

Je disais juste.

Une pointe d'impatience teinte ses paroles, et je me rappelle le doute dans ses yeux la veille quand j'ai dit que j'avais verrouillé toutes les portes. Pense-t-il que je mens ? Ou est-ce que c'est lui qui ne dit pas la vérité ?

– T'es allé aux toilettes à quelle heure ?

Il part vers le garde-manger et hausse de nouveau les épaules.

– Je ne sais pas. Autour d'une heure ? Pourquoi ?

– Et t'as fait quoi avec mon portable quand tu l'as trouvé ?

Sa main s'arrête sur une boîte de café.

– Euh, je l'ai posé sur la table de la cuisine. C'est quoi cet interrogatoire ?

– Je suis juste un peu troublée.

– Ouais. Tu m'étonnes.

Les sourcils froncés, il m'apporte le café, espérant peut-être que ça me remettra les idées en place. Je reprends mon portable pour répondre de la seule façon qui ne me fera pas passer pour une barge.

Désolée, il a dû appeler tout seul dans ma poche. Ça se reproduira plus, promis.

J'éloigne mon portable sur la table comme si je craignais ce dont il est capable. Mais c'est de moi que je devrais plutôt me méfier.

– Où est la bouilloire ? demande Morgan.

Je prends la vieille bouilloire en cuivre sur la plaque de cuisson pour la remplir. Mon regard se pose alors sur le jardin. Le cabanon ne paie pas de mine en bordure des buissons, ne trahissant rien de l'horreur qui s'y est jouée, il y a quelques heures à peine.

D'instinct, je me tourne vers le crochet où on suspend toujours sa clé. La bouilloire me tombe de la main en claquant au fond de l'évier et le filet d'eau qui coule sur la poignée éclabousse partout.

– Waouh ! s'exclame Morgan en venant fermer le robinet. On dirait que t'es pas complètement réveillée.

Il me pousse délicatement pour éponger la catastrophe que je viens de causer. Je recule dans un vertige. Je ne remarque même pas quand Morgan me tend un chiffon pour m'essuyer.

– Tout va bien ? demande-t-il en m'effleurant le dos.

Non, ça ne va pas du tout ! La clé de l'abri de jardin est à sa place ce matin !

Je pince les lèvres et une douleur lancinante me prend derrière les yeux. J'ai envie de demander à Morgan s'il a aussi retrouvé la clé du cabanon. J'ai envie de lui demander ce qu'il a fait après notre départ du site de la fête foraine, où il était quand je suis allée faire des courses et que Benny était seul ici. J'ai envie de lui demander comment il a pu entrer dans la maison, alors que je suis certaine d'avoir fermé la porte à clé.

Mais en réalité, comment puis-je être certaine de quoi que ce soit ?

– Et si on sortait un peu ? propose Morgan en me faisant face. Viens passer la journée avec ma famille au bord de la rivière.

Il glisse une mèche de mes cheveux derrière mon oreille en souriant.

– Ce serait l'occasion pour toi de rencontrer mes parents.

Je secoue la tête, incapable de croiser son regard.

– Je dois ranger un peu ici. J'ai des coups de fil à passer, je dois nettoyer l'abri de jardin...

– Je vais t'aider.

Je refuse et le renvoie chez lui, même si je n'ai aucune envie de me retrouver seule ici. Ensuite, je range le salon, lave la vaisselle dans la cuisine, et emporte un seau d'eau savonneuse derrière la maison. Il me faut deux heures pour retirer les taches de sang, entre crises de larmes et crises de panique.

J'appelle Margaret pour prendre des nouvelles et lui donner le numéro de ma tante, puis je laisse un message détaillé à Ally sur son répondeur.

Et ensuite, je fais ce que j'aurais tant voulu faire à huit ans.

J'appelle mon père pour qu'il vienne me chercher.

22

AVANT

The Mid Coast Times / Archives
Section : nouvelles locales
Date : 15 mars 2008

PORT BELLAMY, NOUVELLE-GALLES DU SUD – La famille Fisher quitte Port Bellamy en laissant derrière elle les mauvais souvenirs.

La famille de Mallory Fisher, la fillette de six ans qui a disparu pendant une semaine en janvier, a désormais déménagé à une adresse tenue secrète pour « laisser le passé derrière eux », selon une source proche de la famille. Le cabinet d'orthodontie de Daniel Fisher, le père de Mallory, a fermé le mois dernier.

Après deux mois d'enquête, la police n'a pas avancé sur le mystère de la disparition de Mallory, qui a été retrouvée au parc national de Barrington Tops.

Daniel et Annabel Fisher, qui ont été disculpés, ont déclaré que l'enquête se poursuit. « Nous pensons que les enquêteurs ne vont plus tarder à élucider l'affaire. Et nous coopérons avec la police de toutes les manières possibles afin que le ravisseur soit arrêté. Nous invitons les témoins potentiels à se manifester. »

Une source proche de la famille explique que Mallory a été profondément traumatisée et qu'elle ne parle plus, ce qui ralentit les progrès de l'enquête.

L'inspecteur John Malcolm l'a confirmé : « Même si Mallory se rappelle s'être retrouvée dans le parc national, elle ne se souvient pas comment elle y est arrivée. »

L'inspecteur Malcolm a également précisé que les réponses de la fillette sont toujours non verbales à ce stade. Cependant, les questions ont été soigneusement préparées par un psychologue spécialiste des enfants afin que les réponses soient claires et sans ambiguïté.

« Dans le cas d'une enquête aussi délicate, a expliqué l'inspecteur Malcolm, il est important de donner à l'enfant le temps de se rétablir. Un traumatisme émotionnel peut souvent affecter les souvenirs de la victime, mais nous sommes décidés à rester patients. En attendant, nous explorons chaque piste dont nous disposons. »

Les amis de la famille Fisher rapportent que les enfants souffrent de l'attention médiatique dirigée sur eux et ne sont pas retournés à l'école.

« Ils ont besoin d'un nouveau départ. Un jour, peut-être, quand tout sera tassé, ils reviendront à Port Bellamy. »

23

MAINTENANT

J'ai dû lire tous les vieux journaux traitant de la disparition de Mallory. Ces derniers jours, j'ai consacré mon temps à mes photos, à chercher des indices sur des ravisseurs potentiels, même les plus insignifiants ou les moins suspects. Dans aucun article je ne trouve ni nom ni portrait-robot. On ne parle pas plus de véhicule étrange que de promeneur louche dans le parc national de Barrington Tops.

Nulle part il n'est précisé que Mallory aurait été enlevée.

C'est comme si le coupable avait disparu de la surface de la terre.

Ou qu'il était particulièrement doué pour se cacher.

L'échéance pour notre devoir sur les paysages de rêve approche à grands pas et je dois éditer mes photos de la fête foraine, mais chaque fois que je tente de m'y mettre je replonge dans les souvenirs de Willow Creek, et l'horreur qu'a subie Benny me frappe de plein fouet. J'ai laissé tellement de messages à Ally que j'ai dû saturer son répondeur.

Je n'arrive plus à enchaîner deux mots avant qu'un bip m'interrompe.

Pourquoi ne me rappelle-t-elle pas ? Ally est un mystère pour moi. Quel est son métier ? Qui sont ses amis ? Quand est-ce que mon père et elle ont cessé de s'entendre ?

Je me sens tellement inutile dans une salle de classe, pendant que Benny se rétablit dans une clinique à cent kilomètres d'ici. Alors, je relis de vieux articles, en quête de...

Quoi ? Des preuves que Moineau est réel ?

– Salut, toi, ça faisait longtemps.

Sadie passe la tête par la porte de la salle informatique. Mis à part quelques messages, on s'est à peine parlé depuis dimanche soir quand je lui ai raconté mon week-end. Je suis passée très rapidement sur mon baiser avec Morgan, parce que je n'avais pas envie d'être jugée.

– Quelle chance qu'il se soit de nouveau trouvé là, a-t-elle dit avec une pointe de ce qui m'a semblé être de la jalousie.

Ce n'est que plus tard que je me suis dit que ça devait plutôt être du soupçon.

Même si je me suis moi-même interrogée sur le comportement de Morgan, je suis toujours sur la défensive quand elle me fait des commentaires sur ses motivations. Et c'est pareil avec le reste des Fisher, je sens toujours le besoin de les protéger. C'est pour ça que je réduis aussitôt la fenêtre sur mon écran, ne laissant qu'une page vide.

Sadie fronce les sourcils en le remarquant, mais concentre rapidement son attention sur moi.

– Je me disais que je te trouverais ici. C'est là que tu vis, maintenant ?

– Je suis en plein tri.

Elle s'est plainte trois fois cette semaine que je préfère passer mon déjeuner ici plutôt qu'avec elle. Mais elle n'a pas de gros devoir à rendre avant les vacances de printemps, elle. Et j'évite aussi Morgan depuis le week-end. J'ai besoin d'être seule.

– OK, lâche-t-elle en levant les mains en signe de défaite. Je voulais juste confirmer avec toi que t'étais toujours d'accord pour la soirée de collecte de fonds de Francine Han samedi prochain.

– Je t'ai dit que j'y serai, non ?

Servir des petits fours et sourire poliment aux Han est la dernière chose dont j'aie envie en ce moment. Mais je ne veux pas faire faux bond à la mère de Sadie, et j'ai besoin de cet argent pour payer les frais de vétérinaire de Benny, au cas où Ally me les réclamerait.

Sadie s'appuie sur le montant de la porte.

– Il y a quelque chose que t'as envie de me dire ? Même si ces courtes réponses tranchantes me ravissent, bien sûr.

Je fais pivoter mon fauteuil pour lui faire face, les coudes sur les genoux.

– C'est ce truc avec le chien de ma tante. Ally ne répond pas à mes messages, je pense qu'elle est super en colère contre moi.

Ça ne résume qu'une petite partie de mes soucis, mais ça fera l'affaire pour l'instant.

Sadie réfléchit en se mordillant l'intérieur de la joue.

– Elle est sûrement encore sous le choc, ça fait moins d'une semaine. Et si elle t'en veut, alors elle débloque et il ne vaut mieux pas discuter avec elle.

– J'étais censée veiller sur Benny.

J'essaie de ne pas penser aux heures de sieste, à la clé déplacée, à mon téléphone introuvable.

– J'étais responsable de lui. C'est ma faute.

Elle hausse les épaules et regarde par-dessus son épaule au moment où quelqu'un passe dans le couloir.

– Oui, alors de là à imaginer que le chien entrerait dans l'abri de jardin ? Et qu'il se coincerait dans le bazar de ta tante ? Les merdes, ça arrive.

Elle dédramatise ce qui me fait bouillir le sang. Elle n'a aucune idée de combien je me sens responsable, de combien j'ai besoin d'une meilleure explication pour ce qui vient de se passer.

– Écoute, je suis un peu occupée, là...

Sadie ne se laisse pas impressionner.

– Tu ne veux pas plutôt me parler de ce qui t'embête vraiment ?

– Pas particulièrement...

– C'est bien ça, le problème. Tu es renfermée et fuyante.

– Pas du tout !

Elle fait un signe de la tête vers l'écran.

– Alors dis-moi ce que tu étais en train de lire.

– Rien.

– C'est pas l'impression que j'avais. T'as dit que t'étais là pour trier tes photos.

– Oh je suis désolée, madame l'inspectrice, dis-je, exaspérée. Arrêtez-moi parce que je faisais une pause.

– Hmm, OK, ça devient chelou. Appelle-moi quand ma

meilleure amie sera revenue parce que pour ça, je ne suis pas prête.

– Ça marche. Autre chose ?

– Je ne pense pas, lâche-t-elle platement. Oh, si...

Elle fouille dans son sac avant d'en sortir un petit paquet entouré d'un ruban jaune. Elle me le jette et j'arrive à le rattraper au vol.

Elle est déjà repartie dans le couloir quand je l'entends ajouter :

– Bon anniversaire.

***

Le rappel de mon anniversaire ne me fait aucun plaisir. Je n'en parle pas à Morgan, en cours d'art. Et même quand une lueur s'allume dans les yeux de Rachael quand elle voit la date, il n'en est pas question. À la maison, je demande à ma mère de repousser la fête au week-end, parce que je ne suis pas d'humeur. Comme je suis revenue de Willow Creek pâle et apathique, maman conclut que j'ai chopé un virus et m'envoie au lit pour deux jours. Je n'ai raconté ni à elle ni à papa ce qui était arrivé à Benny.

Le samedi après-midi, je n'ai toujours pas ouvert le cadeau de Sadie qui trône sur mon bureau. Elle ne m'a pas écrit en constatant mon absence au lycée, et je sens qu'entre nous une tension impossible à dénouer s'est installée. Même pendant la soirée de collecte de fonds de Francine Han, Sadie se ferme dès que j'entre dans la cuisine.

– J'avais dit chemise blanche pour aujourd'hui, me gronde-t-elle en montrant le col de son polo *Un Délice de Traiteur.* Désolée, maman, je le lui avais rappelé.

Baissant les yeux sur ma chemise noire, je tente de m'en souvenir.

– Pas grave, pas grave, lance Kiri dans son polo blanc impeccable. Aucun problème, Tash.

Elle tapote le bras de Sadie, en lui murmurant que ça n'a aucune importance, avant de passer à l'ordre du jour.

À l'étage, dans la salle de réception, j'offre aux invités vin pétillant et jus de fruit, avant de récupérer les verres vides que je rapporte dans la cuisine pour remplir le lave-vaisselle. Et je recommence plusieurs fois le même circuit. Quand Sadie arrive avec les hors-d'œuvre, j'aide Kiri à arranger sur des assiettes les boulettes de risotto et les blinis de saumon fumé.

Les convives se rassemblent devant une petite estrade sur laquelle Rachael aide sa mère à projeter sur un écran géant sa présentation PowerPoint, pendant que Francine présente des articles à vendre aux enchères. Des prix sont criés, des coups de marteau frappés et de nouveau les invités se jettent sur la nourriture qu'on leur sert.

– Merci d'être venue à ma rescousse, me lance Sadie lors d'un de nos voyages vers la cuisine. Ils ont un bel appétit, ces richards.

Elle me sourit et une vague de soulagement m'envahit. La glace entre nous commence à fondre. Je dois tout de même m'expliquer sur mon comportement des derniers jours.

– Eh, Dee ? On peut s'attendre à la fin du service ? J'aimerais te parler de quelque chose.

– Bien sûr, répond-elle sans hésiter. Tout va bien ? Tu ne vas pas démissionner, rassure-moi ?

– Non, pas du tout. C'est au sujet de Mallory et Morgan Fisher.

Sadie affiche un visage neutre, mais ses sourcils se lèvent imperceptiblement, comme si elle savait pertinemment de quoi je voulais lui parler.

– Laisse-moi deviner, lâche-t-elle sèchement. Toi et Morgan, vous allez vous marier et vous ne savez pas comment m'annoncer que ce sera Mallory la demoiselle d'honneur ?

– Trop drôle. De toute façon, tu m'as toujours répété que tu ne serais jamais demoiselle d'honneur, témoin à la limite.

– Pas faux, acquiesce-t-elle, de meilleure humeur. Tu sais que je ne supporte pas le taffetas.

Elle m'adresse un sourire prudent, alors qu'on recommence à s'affairer dans la cuisine à nos postes respectifs. Je sens qu'elle est mal à l'aise. Mais elle tient parole, et me retrouve à l'étage quand les invités sont partis.

On laisse Kiri charger les cartons dans le camion, pendant qu'on balaie la salle de réception en parlant de tout et de rien.

– Bon, tu vas cracher le morceau, finit par me presser Sadie.

En soupirant, je m'appuie sur le balai.

– OK. Tu sais que j'ai passé un peu de temps avec les Fisher, récemment...

– J'avais remarqué.

– C'est que je les connaissais quand ils habitaient à Port Bellamy, avant.

– Oui, je sais, tu me l'as dit.

– Ce que je ne t'ai pas dit, c'est que j'étais là quand Mallory a été enlevée.

– Quoi ? Elle ne s'est pas enfuie ? Ou perdue ?

– C'est ma tante qui me gardait à ce moment-là. Et j'étais à la fête foraine quand Mallory a disparu.

Je déglutis, hésitant à continuer. Je n'en ai jamais parlé à Sadie de peur de la faire fuir. Mais je sens que je la perds de toute façon, et c'est la seule personne en qui j'ai confiance.

– La police pense que Mallory s'est éloignée de la fête foraine et que quelqu'un l'a enlevée sur une des routes qui partaient de Greenwillow. Mais ce n'est pas ce qui s'est passé. Je l'ai vue se faire enlever.

– Explique, demande Sadie en fronçant les sourcils.

– Ma tante m'a laissée seule à la fête foraine et j'ai vu Mallory et Morgan avec leurs parents. Je mourais d'envie de rentrer chez moi, et je me disais que les Fisher me ramèneraient à Port Bellamy.

– Je vois, ponctue Sadie en me caressant le dos pour me réconforter.

– J'ai suivi Mallory et Morgan aux toilettes... Mais il me suivait. Je l'ai conduit à elle sans le vouloir.

– Attends. De qui tu parles ? Morgan ?

– *Moineau.*

Son nom se coince dans ma gorge et j'entends le tremblement dans ma voix. Je ne me suis jamais avoué à moi-même, et encore moins à quelqu'un d'autre, que Moineau avait choisi Mallory parmi la foule parce que je l'avais conduit à elle.

– Eh, attends un peu ! Ton ami imaginaire, Moineau ? C'est lui qui a kidnappé Mallory, selon toi ?

Je grimace, déçue par le ton incrédule de Sadie et son mouvement de recul. Ça sonne toujours aussi ridicule quand je le dis à voix haute, surtout maintenant que j'ai neuf ans de plus qu'à l'époque.

– Je sais que ça paraît dément. C'est le souvenir que j'en ai. Il m'a regardée dans les yeux en attendant que Mallory sorte des toilettes, comme pour me défier de l'arrêter. C'était soit elle soit moi et je ne voulais plus jouer avec lui. Je pensais que c'était un jeu.

– Tash, lance Sadie, sérieuse. Tu parles de Moineau comme s'il était réel.

– Oui.

– Mais tu l'as inventé, continue Sadie. C'est ce que ta psy t'a dit, non ? Tu l'as inventé parce que tu te sentais seule ?

– Il me paraissait réel.

– OK, mais ma belle, il y a une grande différence entre ce qui semble réel et ce qui l'est. Je me rappelle encore le gâteau en forme de fusée que ma grand-mère m'a préparé quand j'avais six ans. En fait, c'était juste un gâteau roulé avec de la glace au bout pour faire la coiffe. J'ai vu les photos, ça n'a rien à voir avec ce que j'avais gardé en mémoire.

Je pose le balai contre le mur et croise les bras.

– Désolée, mais Moineau était un peu plus angoissant que le gâteau d'anniversaire de ta grand-mère.

Sadie me dévisage longuement et je crains de l'avoir vexée. Elle claque alors des doigts.

– Tu sais quoi ? C'est possible.

– Pardon ?

– Et si tu te rappelais la fusée, plutôt que le gâteau roulé ?

– Hein ?

– Ton esprit peut se souvenir de trucs complètement différents de ce qui est arrivé vraiment.

– C'est en gros la conclusion à laquelle tout le monde est arrivé.

Elle pousse un soupir d'impatience.

– Non. Ce que je veux dire, c'est que ton esprit a peut-être créé ce personnage de Moineau pour cacher l'identité de quelqu'un que tu connais ? Pour éviter que tu sois traumatisée, ou un truc du genre.

Je ris, gênée.

– C'est un peu tiré par les cheveux, non ?

Sadie ouvre de grands yeux.

– Tu plaisantes ? Après que tu viens de me dire que ton ami imaginaire a enlevé une gamine à la fête foraine ?

– Chuut !

Je jette un regard dans la pièce. Elle est toujours vide, mais la porte est entrouverte.

– Parle moins fort. Et tu ne crois pas que Dr Ingrid aurait pu penser à cette hypothèse au cours des dix ans où elle me trifouillait le cerveau ?

Sadie dirige le manche de son balai vers moi.

– OK, alors dis-moi une chose. Est-ce qu'il t'est déjà arrivé de voir Moineau et ta tante dans la même pièce au même moment ?

Je secoue la tête, les yeux levés au ciel.

– Bon sang. Maintenant tu joues les Scoubidou ?

– Mais qu'est-ce que tu veux que je te dise, Tash ? Tu me racontes cette histoire complètement dingue d'un être imaginaire enlevant une gamine bien réelle devant des toilettes publiques. Désolée si j'essaie de trouver une explication plausible qui serait moins perchée !

Son dernier mot reste suspendu dans l'air comme une tache. Elle ferme les yeux, fâchée de ne pouvoir le replacer dans son cerveau d'où il brûle manifestement de sortir depuis un moment.

– OK. On a bien parlé, dis-je en dirigeant des doigts tremblants vers la porte. J'apprécie ton honnêteté.

– Tash...

Sadie veut me prendre le bras, mais je la repousse.

– Arrête. Et dis à ta mère que je rentre à pied, s'il te plaît.

J'ouvre la porte et me retrouve nez à nez avec Rachael Han.

L'espace d'un instant, on reste paralysées, alors que les cheveux soyeux de Rachael retombent sur ses épaules, ses traits déformés par une surprise évidente. Et pas parce qu'elle a eu peur que je la bouscule en sortant, mais parce qu'elle était en train d'écouter notre conversation. Ce qu'elle vient d'apprendre la sidère.

En un clin d'œil, elle se ressaisit.

– J'ai oublié mon ordinateur portable, explique-t-elle en me contournant.

Le claquement de ses talons sur le plancher m'évoque le martèlement des clous sur mon cercueil.

Je croise le regard de Sadie et ses yeux me confirment ce que je sais déjà.

Rachael ne va sûrement pas tarder à utiliser contre moi cette nouvelle information.

24

AVANT

Il fait trop chaud, cette nuit.

Il n'y a pas d'air dans ma chambre et couchée sur les draps, j'attends qu'Ally monte à l'étage. J'ai l'impression d'être allongée sur du bitume brûlant. Mes cheveux collent à ma nuque comme des algues. Je crois entendre une petite brise qui souffle dehors, mais je n'ose pas ouvrir la fenêtre. Depuis que Moineau s'est introduit dans ma chambre, je la garde toujours fermée.

Je laisse les rideaux tirés et la lumière allumée toute la nuit, et je pousse la table de chevet contre la porte. Mais il fait tellement chaud, ici, et j'ai tellement soif. Ally ne me laisse pas me coucher avec un verre d'eau, contrairement à papa et maman à la maison.

Dans la cuisine, ce soir, elle faisait beaucoup de bruit, alors je suis restée loin d'elle. Quand je suis rentrée dans l'après-midi, après avoir joué dehors, la table basse était renversée et un des vases de grand-mère était cassé. Je lui ai demandé ce qui s'était passé. Elle s'est fâchée et m'a envoyée à l'étage prendre mon bain. Mais au dîner, elle m'a préparé des spaghettis et a promis de m'emmener à la fête foraine de Greenwillow demain. Elle m'a beaucoup souri, même si ses yeux ne souriaient pas.

Et maintenant, j'ai soif.

Qu'est-ce qui est pire ? Aller dans la cuisine alors qu'Ally y est encore ? Ou attendre plus tard d'y aller seule dans le noir ?

Je l'entends dans le couloir parler à Benny et son collier tinte alors qu'il la suit dans l'escalier. Je ne bouge pas le temps que le plancher arrête de craquer et l'eau de couler. J'attends qu'il n'y ait plus un seul bruit à l'étage. Je sors alors du lit et avance vers la porte, décalant légèrement la table de chevet. Ally n'a pas laissé de lumière allumée dans le couloir, et l'interrupteur est en bas, à côté de la porte d'entrée. Il fait aussi noir dedans que dehors et le chemin jusqu'à la cuisine me paraît infini.

Si je retiens ma respiration et que je marche sur la pointe des pieds, personne ne m'entendra. Et si je longe le mur, personne ne pourra passer derrière moi. J'attends dans l'embrasure de la porte encore une minute pour m'assurer que les ombres ne bougent pas et repérer toutes les cachettes possibles dans lesquelles il pourrait se tapir.

Quand papa a appelé, après le dîner, je voulais lui raconter ce que Moineau m'avait fait mardi à la crique. C'était méchant et dangereux, et il faut vraiment que je lui en parle. Quand j'ai commencé à lui expliquer, il m'a demandé de lui repasser Ally. Elle a repris le combiné avec un air contrarié et a froncé les sourcils dans ma direction pendant que papa lui parlait.

– Tu me mets dans une position délicate, a-t-elle dit ensuite. On s'était mises d'accord qu'on embêterait pas tes parents avec cette histoire de Moineau. Ils sont déjà assez occupés avec le bébé, tu sais.

Mais il ne reste que quelques jours avant qu'elle me ramène à la maison. Je lui raconterai tout. Je veux que papa et maman sachent ce qui s'est passé. C'est important. Il faut qu'ils le sachent pour qu'ils ne m'envoient plus jamais ici.

Je cours vers la cuisine, oubliant de marcher sur la pointe des pieds et de retenir ma respiration. Quand j'arrive à l'évier, je ne pense plus qu'à ma soif. Alors que le robinet coule, j'examine mon reflet dans la fenêtre.

Quelque chose bouge à côté de mon épaule gauche.

Je fais rapidement volte-face mais la cuisine est vide. Quand je jette un nouveau coup d'œil par la fenêtre, je m'aperçois que ce n'est pas mon reflet. Il y a quelqu'un de l'autre côté de la vitre.

Me hissant sur la pointe des pieds, je vois une silhouette allongée au bout de la véranda, un bras et une jambe par-dessus bord comme une poupée de chiffon.

Je pars vers la porte à l'arrière et écarte le rideau à carreaux, pour regarder par la petite fenêtre. Malgré la pénombre, je distingue dans le clair de lune son bras osseux et ses épaules pointues, le contour de son crâne rasé.

Je sais pourquoi il est là. Il est venu me gâcher ma journée du lendemain. Il ne me laissera pas m'amuser sans lui.

J'allume la lumière extérieure et tape des doigts sur la porte vitrée. Moineau ne bouge pas d'un pouce. Je continue jusqu'à ce qu'il tourne la tête vers moi. Ses paupières sont mi-closes, comme s'il somnolait.

– Ne viens plus ici, dis-je. Je ne veux pas jouer avec toi. Va-t'en !

Il grommelle quelque chose que je n'arrive pas à entendre. Je ne l'avais jamais vu si mou et flasque. Pour atteindre le verrou en haut de la porte, j'approche une chaise et ouvre à peine.

– Tu m'as entendue ? Ne reviens plus. Je n'aime pas comment tu joues.

Il ricane et se frotte le visage avec une main.

– Le jeu n'est pas encore terminé. On n'a pas encore commencé la meilleure partie.

– Je m'en fiche. Je ne joue pas avec toi. Pourquoi est-ce que je voudrais être ton amie ?

Il tape sa poitrine avec sa grosse main.

– Parce que j'ai des pouvoirs magiques.

J'ouvre plus grand la porte et m'appuie contre l'embrasure.

– C'est faux !

Mais parfois je me demande si ce n'est pas vraiment le cas, parce que je suis la seule à le voir. Il apparaît de nulle part.

– Je peux transformer une poignée de cheveux en un seau d'or, déclare-t-il en agitant les doigts.

– Ça ne veut rien dire.

Moineau roule sur un côté et se redresse sur un coude.

– Je peux lire dans tes pensées, continue-t-il en se tapotant la tempe avec un doigt. J'y suis à cet instant même. Je m'y promène et je fouille un peu.

– Non, c'est pas vrai !

– Je vais te dire à quoi tu es en train de penser maintenant, tout de suite.

– Je ne pense à rien...

– Mon nom. Tu m'en as trouvé un.

Je ne pensais pas à ça du tout. Mais maintenant, si. J'essaie de me vider l'esprit et de ne plus penser à rien. Comment il peut savoir que je lui ai trouvé un nom ? Je ne l'ai jamais dit à personne.

– Tu m'appelles Moineau, affirme-t-il en se tapotant la tête. Tu ne peux rien me cacher.

– Ce n'est pas de la magie, dis-je, la panique oppressant ma poitrine. Tu as juste deviné et t'as eu de la chance.

Il m'adresse un sourire ensommeillé avant que ses paupières se ferment comme s'il était trop fatigué pour rester éveillé.

Tandis que je rentre dans la maison, j'essaie de ne pas le regarder en tournant le verrou. Si je l'ignore, il finira peut-être par disparaître.

En tendant la main vers l'interrupteur, je ne peux pas m'empêcher de jeter de nouveau un coup d'œil dans sa direction. Moineau lève lourdement un bras qu'il pointe vers moi.

– Le jeu n'est pas terminé...

25

MAINTENANT

La première semaine d'avril, je me sens perpétuellement fébrile. Ça fait deux semaines qu'a eu lieu la soirée de charité de Francine Han, et je sais que Rachael garde au chaud l'information qu'elle a contre moi. Chaque fois que Morgan s'approche de moi, je me demande si c'est parce qu'elle lui a tout raconté ou si c'est parce qu'il veut comprendre mon attitude glaciale depuis notre week-end à Willow Creek.

J'ai beau vouloir continuer ma relation avec lui et apprendre à mieux le connaître, je ne peux chasser de mon esprit que bientôt Mallory se rappellera les circonstances de son enlèvement, et je serai forcément associée pour elle à sa disparition. Je me sens en état d'alerte permanent.

Pour penser à autre chose, à chaque fois que j'en ai l'occasion, j'essaie de m'occuper avec mon book de photos. Mais en parcourant les images de la fête foraine abandonnée, je replonge dans mes souvenirs d'enfance. Je repense à Moineau qui me suivait entre les stands. Je repense à l'hypothèse de Sadie selon laquelle mon esprit aurait créé Moineau pour masquer la vraie identité de quelqu'un. Et je m'efforce de me rappeler si c'est quelque chose qu'on a exploré avec Dr Ingrid. Je ne retrouve que nos discussions sur mes troubles du comportement, le fait que j'étais la seule à voir Moineau, et Dr Ingrid qui me demande si j'entends des voix.

Rassemblant une série de clichés qui serviront de base aux croquis de Morgan, je me demande si ces photos pourraient entrer dans mon book pour l'université. J'ouvre le portable de maman, scrollant dans l'espoir de trouver un fil directeur. Je remonte jusqu'aux photos de février sur la jetée. Je passe sur quelques grands angles de la plage sans intérêt, quand un détail attire mon attention.

Je double-clique sur une miniature pour l'agrandir. C'est un panorama sur la plage de Port Bellamy, vers l'est. Au-delà des dunes et des touffes d'herbe, la côte s'étend au loin. À un kilomètre de l'objectif, peut-être, une voiture fait face à la jetée. Je zoome dessus autant que possible avant de ne voir que des pixels. Malgré la mauvaise qualité du grain, je n'ai aucun doute sur ce que je vois.

Un pick-up marron métallique avec une bande orange.

En repensant au matin où j'ai pris cette photo, je me rappelle que c'est le jour où j'ai appelé Ally pour venir lui rendre visite. Je suis certaine qu'elle venait de se réveiller, Benny blotti contre elle. Est-ce qu'elle était à Port Bellamy ? Et si oui, pourquoi ?

Bien évidemment, ce n'est pas le seul vieux pick-up qui doit circuler autour de la plage, je me souviens d'au moins une autre fois où j'ai vu le même type de véhicule garé sur Banksia Avenue, près de la maison des Fisher. Je sais que ce n'est qu'une crise de paranoïa provoquée par tout ce qui vient de se passer, mais je prends quand même mon téléphone pour appeler Ally. Ça fait près de trois semaines que Benny a été blessé et elle n'a toujours pas répondu à mes messages. Elle m'évite et je ne comprends vraiment pas pourquoi.

Salut Ally. Tu as eu mes messages ? J'ai vraiment besoin de te parler.

La sonnette de la porte retentit au moment où j'appuie sur « envoyer », suivie par une voix claire et tonique. Francine Han. J'avais oublié que maman l'avait invitée cet après-midi pour organiser le conseil d'école. Rapidement, des pas me parviennent de l'escalier. C'est sûrement Tim qui part se cacher pour ne pas jouer les hôtes.

Mais non, c'est Rachael qui apparaît sur le pas de ma porte.

– Qu'est-ce que tu fais ici ?

– Maman m'a dit de t'inviter à ça, annonce-t-elle en me balançant une carte.

C'est une invitation aux dix-huit ans des jumeaux dans le restaurant de leur oncle.

– Je sais que tu ne viendras pas, mais dis à ta mère que tu as reçu l'invitation, d'accord ? Parce que ma mère lui demandera.

Je la lui rends.

– Pourquoi tu t'embêtes à me la donner, alors ?

– Je ne veux pas mentir à ma mère, explique-t-elle en la jetant dans la corbeille sous mon bureau.

– Bien sûr. Parce que ce serait la première fois.

Rachael lâche un grognement méprisant.

– Quoi ? Tu vas me faire une leçon sur le mensonge ? Et si on commençait par ton ami imaginaire qui enlève Mallory ? Ou par toi qui caches à Morgan ce côté loufoque de ta personnalité ?

– Écoute, dis-je en me levant prudemment de mon lit. Je ne sais pas ce que tu crois avoir entendu à la soirée...

– On sait toutes les deux ce que j'ai entendu. Et pour être honnête, ça ne me surprend même pas vraiment.

– Pardon ?

Rachael croise les bras et plisse les yeux.

– J'ai toujours trouvé que t'avais quelque chose de barge, Tash. Je l'ai su dès que je suis arrivée ici, avant même d'entendre les rumeurs.

– C'est toi qui les as lancées, dis-je en croisant les bras à mon tour.

– C'est faux. Les autres t'appelaient la tarée ou la cinglée bien avant que j'habite à Port Bellamy. J'ai appris que tu avais des crises de panique pour attirer l'attention, que tu jouais toujours les victimes pour qu'on te plaigne.

– Tu penses vraiment que c'est ce genre d'attention que je recherchais ?

Je déteste le son de ma voix, stridente et chargée d'une émotion évidente.

– J'avais de vraies crises d'angoisse. Et je n'ai pas à me justifier, de toute façon.

– Quand est-ce que tu vas parler de tout ça à Morgan ?

Je m'affole et mets trop de temps à répondre. Une lueur de victoire s'allume dans les yeux de Rachael.

– Qu'est-ce que tu veux, Rachael ?

J'aurais voulu parler sur un ton dégoûté, mais je me fais plutôt l'effet d'une condamnée désespérée de passer un marché.

– Laisse cette pauvre famille tranquille, lâche-t-elle comme si elle s'inquiétait vraiment pour les Fisher, alors qu'elle veut juste avoir Morgan pour elle. N'appelle plus. Ne va plus chez eux. Ne t'approche plus d'eux, tout simplement.

– Et pourquoi je t'obéirais ?

– Parce que je te rends un service ! Je te donne l'occasion de lâcher l'affaire avant que tu sois complètement humiliée.

– Et si je ne t'écoute pas ?

Rachael prend un air excédé.

– Je raconte aux Fisher ce que j'ai entendu et ils te prendront pour une malade mentale.

Je fulmine intérieurement.

– Donc quoi qu'il arrive, je m'éloigne de Morgan, c'est ça ?

Elle affiche un sourire supérieur.

– Je n'ai jamais dit que je ne me rendais pas service à moi aussi.

***

Une heure plus tard, alors que la voiture des Han quitte notre allée, j'enrage toujours. Je m'empare de mon portable pour appeler Sadie, même si depuis la soirée de charité, c'est devenu encore plus tendu entre nous. On fait semblant de se parler normalement et poliment, mais on n'a plus eu de vraies conversations. Aucune de nous deux n'a abordé la question des Fisher ou de Moineau.

– Salut, me répond-elle après deux sonneries. Quoi de neuf?

Sa voix est dénuée de cette chaleur familière qui me fait habituellement tant de bien.

– Je viens de parler à Rachael.

– Beurk. Qu'est-ce qu'elle veut ?

J'entends de la musique à l'autre bout du fil. Sadie semble occupée à autre chose.

– Tu peux parler, ou...

– Oui, pas de problème. Je suis juste au ciné avec Alice.

– Quoi ? C'est un rancard ?

Je regrette tout de suite le peu d'enthousiasme que je mets dans ma voix.

– Euh, oui. Tu m'autorises ? demande-t-elle en riant.

Mon humeur sombre encore plus bas.

– Désolée. Je te laisse, alors.

– Attends, me retient-elle. Ça va ? Tu as besoin de quelque chose ?

Besoin ? Pourquoi j'aurais toujours *besoin* de quelque chose ? L'irritation monte mais je la ravale.

– Rachael me menace de dire à Morgan ce qu'elle a entendu à la soirée de charité.

– Oh. C'est pas bon. Tu vas devoir lui parler avant.

– Quoi ?

– Coiffe-la au poteau.

– Je ne peux pas dire ça à Morgan ! Il va me détester !

Je n'entends plus que des grésillements, sûrement parce qu'elle a mis la main sur le micro. Quand elle revient à l'autre bout du fil, j'entends les derniers mots qu'elle dit à quelqu'un d'autre.

– Dee ?

– Écoute. Je sais que tu as ce truc pour Morgan Fisher...

– Ce truc ? C'est quoi cette façon de le présenter ? Je te rappelle qu'au début, tu l'encourageais, ce truc.

– Ouais, mais c'était avant.

– Avant quoi ?

– L'incident de la buanderie et la disparition de Tim dans le centre commercial. Et tu ne trouves pas bizarre la manière dont il s'est retrouvé à l'intérieur de la maison de ta tante ?

– Parce que c'est un crime d'entrer chez les gens ? dis-je sèchement. Heureusement qu'il était là pour m'aider à m'occuper du chien de ma tante, je te rappelle.

– Je sais. C'est bizarre, c'est tout.

– Je ne savais pas que tu tenais des comptes sur tout ce qui m'arrive.

– C'est pas ça, objecte Sadie en soupirant. Je sais qu'il te plaît, mais... quelque chose dans tout ça m'inquiète.

– Oublie que je t'en ai parlé.

– C'est bien le problème. Tu ne parles plus que des Fisher depuis quelques jours. Sérieux, il se passe quoi entre cette famille et toi ?

Je suis sur le point de répondre quand mon téléphone m'annonce un nouveau SMS. Je suis hyper curieuse de le lire. Ça pourrait être Morgan. Ou *Mallory*.

– Écoute, je dois te laisser.

– Tash, lance Sadie, rapidement. C'est quand ton prochain rendez-vous avec Dr Ingrid ?

– Hein ? Pourquoi tu me poses cette question ?

J'ai l'impression de recevoir un coup de poing dans le ventre.

– Je me disais juste que ça te ferait du bien...

– Je dois y aller, dis-je de nouveau, lui coupant délibérément la parole avant qu'elle me fasse des remarques que je ne veux pas entendre.

Perchée. Maintenant qu'elle l'a dit, je ne peux plus l'oublier.

Je vérifie mon nouveau message et en lâche presque mon portable quand je vois la provenance.

Ne t'en fais pas mon chien va bien tu reviens quand ?

Dans l'état de mes nerfs, je dois le relire une deuxième fois.

Non seulement Ally m'assure que tout va bien, mais elle m'invite même à revenir à Willow Creek ? Pourquoi lui a-t-il fallu tellement de temps pour me déculpabiliser au sujet de Benny ? Je tremble en tapant une réponse évasive. Je suis tentée de rappeler Sadie pour lui demander ce qu'elle pense de ce message, mais je sais qu'elle va m'accuser de me prendre la tête comme toujours.

Je m'écroule sur mon lit, la sensation de solitude plus étouffante que jamais.

Je ressasse les évènements des dernières semaines, parce que je n'ai personne à qui parler, personne qui comprendrait. La seule qui pourrait comprendre ce que je ressens est incapable de parler.

Je prends mon téléphone et descends dans ma liste d'anciens messages jusqu'à ceux de Mallory. Mes pouces restent un moment en suspens au-dessus des touches.

Salut Mallory. J'espère que tu ne vas pas trouver ça impoli de ma part, mais je suis curieuse. Quand on était à la fête foraine, l'autre jour, je t'ai demandé si tu te souvenais de quelque chose et tu m'as montrée du doigt. Qu'est-ce que tu voulais dire ?

J'appuie sur « envoyer », avant de pousser le téléphone loin de moi comme s'il était infecté. Est-ce que je viens vraiment de commencer cette conversation ? Est-ce que j'ai vraiment envie de savoir ?

Après quelques minutes, elle répond.

Je t'ai reconnue quand tu faisais la serveuse à la fête de mes parents. Je ne savais plus d'où. Quand je t'ai vue à côté du stand de pop-corn samedi, j'ai eu un flash. Comme si on avait déjà été toutes les deux là-bas. J'ai raison ?

En mâchonnant l'intérieur de ma joue, je tape une réponse.

Oui. Tu te rappelles autre chose ?

Aucune réaction pendant un long moment. Je me dis que Mallory n'a pas envie d'en divulguer plus. Et soudain :

Une violente douleur à la main, comme une ficelle qui me déchire la peau. Maman m'a dit qu'elle avait attaché des ballons autour de mon poignet. J'imagine qu'ils me faisaient mal, alors je les ai retirés.

Non, ai-je envie de lui écrire. *C'était Moineau. Il te les a arrachés avant de t'entraîner avec lui.*

Je respire pour ne pas trembler en écrivant la question suivante. C'est maintenant que je vais découvrir la vérité. Soit Moineau existe vraiment, soit je l'ai inventé.

Est-ce qu'il y avait quelqu'un avec toi quand tu es sortie des toilettes ?

Le message part et je pose mon portable plus délicatement sur mon lit. Quand il vibre de nouveau, j'ai presque peur de regarder.

Comme je le répète depuis toutes ces années, je ne me souviens de rien.

Je pousse un soupir de défaite. Je plaçais mes espoirs dans les réponses de Mallory, mais je n'avance pas. Et mon instinct me souffle qu'elle ne me dit pas tout. Elle était en colère quand elle m'a vue à côté des toilettes, il y a trois semaines. Elle me cache quelque chose.

Un autre message apparaît.

En vrai, je ne suis pas à l'aise pour parler de ça avec toi. Je te connais à peine. Ça ne te regarde pas.

Ça me regarde complètement, ai-je envie de répondre, mais je me retiens. *Plus que tu imagines.* Je tapote mon portable du bout des doigts pour trouver la bonne formulation.

Je veux t'aider, crois-moi, c'est la vérité.

Elle met un moment à répondre cette fois.

Pourquoi ? Comment savoir si je peux te faire confiance ?

Je tape le plus rapidement possible.

Parce que je sais ce que ça fait de se sentir perdue et seule, d'avoir l'impression que ton cerveau te trahit en déformant tes souvenirs. Cette journée à la fête foraine détient des réponses pour nous deux. J'ai besoin de savoir autant que toi.

Je relis ce que j'ai écrit, mais reviens en arrière, avalant toutes les lettres. À leur place, je ne tape que deux mots qui veulent dire la même chose.

Tu peux.

***

Ma conversation avec Mallory me trotte encore dans la tête, quand Morgan m'arrête dans le lycée, la veille de la fête d'anniversaire des Han. J'ai réussi à l'éviter depuis l'ultimatum de Rachael. La plupart du temps, ça n'a pas été un problème, parce qu'on a très peu de cours en commun, et quand il nous arrive de nous retrouver dans la même salle, je m'arrange pour arriver la dernière et partir parmi les premiers.

Le cours d'art est le seul où je suis assise à côté de lui, mais sous la surveillance rapprochée de Rachael. Et j'ai toujours réussi à limiter nos conversations à notre projet de paysages de rêve, même quand il baissait la voix pour ne parler qu'à moi.

Ce n'est que pour un temps, me dis-je pour me rassurer. *Juste histoire de trouver une solution pour que Rachael ne dise rien.*

Mais Morgan a compris mon petit jeu et m'attend devant la salle d'art, bien que la porte soit fermée et que tout le monde soit déjà installé. Le visage sombre, il m'attire entre deux rangées de casiers.

– Qu'est-ce qui ne va pas ?

Je redoute sa réponse. Est-ce que Mallory lui a parlé ? Rachael a-t-elle mis ses menaces à exécution ?

– Pourquoi tu ne m'as pas dit que c'était ton anniversaire il y a trois semaines ? me demande-t-il. Rachael m'en a parlé tout à l'heure, je me suis senti trop con.

– Parce que ça n'a aucune importance. J'ai eu une semaine difficile, je n'ai pas pensé à en parler.

Mais ce n'est pas ce qui le perturbe le plus, c'est évident.

– Je pensais qu'on était...

Il jette un regard par-dessus son épaule pour s'assurer que le couloir est vide.

– ... qu'on était ensemble. À Greenwillow, la façon dont tu m'as embrassé... je pensais que je te plaisais. Depuis, tu m'évites et je ne sais pas ce que j'ai pu faire pour gâcher ça.

J'ai envie de passer un doigt sur son front pour en chasser la ride qui se creuse entre ses yeux, mais j'enfourne les mains dans mes poches et détourne le regard.

Est-ce que ne pas dire la vérité revient à mentir ? Parce qu'en tout cas, ça fait le même effet.

– Est-ce que tu es... enfin, nous...

J'ai l'impression que c'est aux casiers qu'il pose la question, parce qu'il n'essaie même pas de croiser mon regard.

– C'est déjà terminé, nous deux ? Tu me largues ?

Ça ne devrait pas me surprendre que Morgan soit arrivé à cette conclusion, et ça me fait de la peine de l'entendre le formuler. J'aurais tellement aimé le supplier d'être patient, lui assurer que ça ne durerait pas. Même si Rachael menace de me faire passer pour une folle, je devrais trouver les mots pour qu'il ne soit pas blessé.

Mais ses yeux trahissent déjà la douleur qu'il ressent. J'aurais voulu le soulager, le consoler, lui expliquer. Je ne veux pas du tout m'éloigner de lui, au contraire, même.

Morgan prend mon silence pour une réponse et il fait un pas pour partir. Je m'interpose et place mes mains sur son torse. Je glisse mes bras dans sa veste et me serre contre lui, respirant son parfum de savon, légèrement salé. Il se raidit, incapable d'interpréter mon geste autrement que comme de la pitié ou des adieux.

– Je ne comprends pas ce qui se passe, murmure-t-il dans mes cheveux.

Je lève la tête et l'embrasse parce que je n'ai pas confiance en ce que je pourrais lui dire. Je n'ai pas envie de le bouleverser davantage avec mes confessions. Mes lèvres font taire ses questions et me dispensent d'explications.

Alors que mon corps s'abandonne à sa chaleur et à son goût, mon esprit s'affole : plus le baiser se prolonge, plus la situation devient compliquée. Parce qu'à trente mètres de nous, dans la salle d'art, Rachael n'a d'yeux que pour les deux chaises qu'on a laissées vacantes.

Les représailles sont inévitables.

26

AVANT

27 mars 2012

Retranscription de séance, cabinet du docteur Ingrid Ballantine

Psychiatre pour enfants et adolescents

Clinique pour enfants, Newcastle

Patiente : Natasha Carmody, treize ans

IB : Bonjour Natasha. Ça fait plaisir de te revoir. Ça se fête !

NC : Pourquoi ?

IB : En février dernier, ça faisait pile quatre ans qu'on s'était parlé pour la première fois. Maintenant qu'on ne se voit plus que tous les six mois, je suis toujours étonnée de voir combien tu as grandi.

NC : Moi, j'ai l'impression d'être exactement comme avant.

IB : Mais c'est faux, n'est-ce pas ? Ton comportement a bien changé depuis tes neuf ans, quand tu venais me voir au début.

NC : J'avais huit ans.

IB : Ah oui. Donc tu étais...

NC : Je me souviens de tout ce qui s'est passé cette année-là.

IB : Une année difficile pour toi. Tu as dû affronter beaucoup d'épreuves.

NC : ...

IB : Comment se sont déroulés pour toi les six derniers mois ? C'est ta première année au lycée, n'est-ce pas ?

NC : Mmm.

IB : Tu es toujours amie avec Sally ?

NC : Sadie.

IB : Sadie. Bien sûr.

NC : C'est ma meilleure amie. On se fait rire.

IB : C'est magnifique que vous vous soyez trouvées. Je sais que par le passé, tu avais un peu de mal à te faire des amis.

NC : À les *garder*.

IB : On peut le formuler ainsi. Est-ce que Sadie et toi, vous avez un peu élargi votre cercle, ou est-ce que vous ne restez qu'entre vous deux ?

NC : On a rencontré une autre fille au début du trimestre. Elle s'appelle Rachael Han.

IB : C'est une excellente nouvelle.

NC : On a fait une soirée pyjama chez elle, il y a quelques semaines. J'ai détesté.

IB : Pourquoi ?

NC : J'avais trop chaud dans mon sac de couchage et j'ai roulé sous le bureau de Rachael dans mon sommeil. Je pense que j'ai fait un cauchemar.

IB : Ça arrive parfois quand on a trop chaud dans son lit.

NC : Rachael dit que je l'ai réveillée parce que je parlais dans mon sommeil. Elle dit que je parlais de Moineau. J'ai essayé de m'asseoir, mais je me suis cogné la tête à son bureau. J'avais l'impression d'être retournée dans la boîte.

IB : C'était sûrement effrayant.

NC : Il faisait noir et je ne savais pas où j'étais. J'ai un peu paniqué.

IB : Ah oui ?

NC : J'ai eu un accident.

IB : Tu t'es blessée ?

NC : Non, je veux dire que je me suis fait pipi dessus. Comme quand j'étais petite.

IB : Je vois.

NC : Et après, Rachael n'arrêtait pas de me poser des questions sur Moineau. Mais je ne veux pas parler de lui. Je ne veux plus parler de rien de tout ça.

IB : C'est compréhensible.

NC : Je pense que Sadie lui en a parlé. Elle lui a raconté que j'avais un ami imaginaire ou un truc du genre.

IB : Pourquoi tu penses ça ?

NC : Parce que Rachael ne me demande plus rien et me regarde bizarrement.

IB : Tu ne penses pas que ça vaudrait la peine de t'asseoir avec Rachael pour tout lui expliquer posément ? Tu te sentirais peut-être mieux, ensuite.

NC : Pas du tout. Ça me fait peur.

IB : Tu as peur de quoi ?

NC : Cet endroit sombre.

IB : La chambre secrète de Moineau.

NC : Non, ce n'est pas ça. Je sais que Moineau n'est pas réel. Sa chambre secrète n'a jamais été réelle.

IB : Alors quoi ?

NC : Je ne veux pas retourner dans cet endroit sombre où mon cerveau voit des choses qui n'existent pas vraiment.

IB : Ça t'est encore arrivé ?

NC : Pas vraiment. De temps en temps, j'ai l'impression que Moineau pourrait me surveiller. Comme s'il était revenu pour finir le jeu.

IB : De quel jeu s'agit-il ?

NC : Je ne sais pas. Il n'y a pas de jeu, n'est-ce pas ? Tout est dans ma tête.

IB : Tu te souviens qu'on a discuté de ton angoisse et comment ces choses, ces sensations, revenaient quand tu étais stressée ou que tu te sentais seule ? Tu as éprouvé ces émotions récemment ?

NC : Peut-être un peu. C'est que... depuis que Rachael traîne avec nous, j'ai parfois l'impression que Sadie la préfère à moi.

IB : Qu'est-ce qui te fait penser ça ?

NC : Parce qu'elle n'a pas à veiller sur Rachael ou à lui trouver des excuses quand elle fait des trucs bizarres. Rachael est sûre d'elle, et moi, je suis dingue. On m'appelle encore comme ça à l'école.

IB : C'est tellement important pour toi ce que les gens pensent ?

NC : Ce que Sadie pense, c'est important, oui. Je ne veux pas la perdre.

IB : Peut-être que Rachael n'essaie pas de l'éloigner de toi. Elle cherche peut-être seulement des amies, non ?

NC : Ce n'est pas moi qui l'intéresse, en tout cas. J'ai peur qu'elle raconte à tout le monde que j'ai fait pipi au lit.

IB : Tu as fait une crise d'angoisse. Rachael comprend sûrement que c'était quelque chose d'incontrôlable pour toi.

NC : Elle s'en fiche complètement.

IB : Qu'est-ce qui lui importe, alors ?

NC : Avoir Sadie pour elle toute seule.

IB : Si Sadie et Rachael deviennent bonnes amies, tu vas devoir réfléchir à ta réaction. Tu arriverais à partager l'amitié de Sadie avec quelqu'un d'autre ?

NC : Pas vraiment.

IB : Pourquoi ?

NC : Je serais seule.

IB : Tu pourrais te sentir seule par moments...

NC : Non ! Ça ne peut pas arriver ! Ça ne se passe pas bien pour moi quand je suis seule...

27

MAINTENANT

Je passe la plus grande partie de la journée du samedi au centre commercial avec Morgan qui cherche des cadeaux d'anniversaire pour Rachael et Christopher. Avec son père, il va à leur fête dans la soirée. Sa mère et Mallory, en revanche, ont décidé de faire l'impasse. Quand Morgan me ramène, plus tard, je lui demande de me déposer à côté de l'abri à bateaux au bout de ma rue. Je l'embrasse jusqu'à ce que les vitres soient couvertes de buée et que ma bouche me fasse mal, et pourtant, j'ai encore envie de continuer.

– S'il te plaît, dis-moi que tu seras à Willow Creek pendant les vacances de printemps, me supplie-t-il en déposant de petits baisers le long de mon cou.

– Tu seras à Greenwillow ?

Il lève la tête avec un petit sourire.

Je pourrai te rendre visite chez ta tante. Allez, viens !

– Euh... peut-être.

Je me laisse enivrer par l'image de nos deux corps enlacés sur le canapé du salon. Passer du temps seule avec Morgan est la seule raison qui pourrait me convaincre de retourner à Willow Creek.

– Ma tante m'a invitée. Je ne lui ai pas encore répondu.

Morgan affiche un air ravi et fait mine de chercher mon portable dans mes poches.

– Qu'est-ce que tu attends ? Fais-le maintenant !

Quand je sors enfin de la voiture, je me sens délicieusement légère. Je file chez moi récupérer mon appareil photo et pars directement au vieux moulin pour profiter de ces bonnes ondes. J'enchaîne les prises de vue dans le vent frais, réchauffée par la perspective d'un avenir avec Morgan, envahie de l'espoir que je peux me réinventer.

Le sourire aux lèvres, je retourne à la maison, alors que le soleil se glisse derrière des nuages orageux. Maman remarque ma bonne humeur dès que j'entre dans la cuisine.

– On dirait que tu as passé une bonne journée, me salue-t-elle en levant les yeux de la planche sur laquelle elle coupe des carottes.

J'ai l'impression de lire de l'affection dans son regard.

Une nouvelle vague d'émotion me submerge.

– Oui, très.

Je suis tentée de lui raconter, mais j'ai envie de garder pour moi mes moments de complicité avec Morgan.

– Alors, ça va peut-être la rendre encore meilleure, annonce maman en s'essuyant les mains sur un torchon.

Elle sort une petite boîte enveloppée d'un papier kraft de l'alcôve à côté du réfrigérateur.

– C'était sur le paillasson quand je suis rentrée.

Elle me la tend. Pas de timbre. Mon nom est écrit au marqueur noir sur le dessus. La lettre *o* de mon nom de famille est barrée.

– Un cadeau d'anniversaire en retard, peut-être ? suggère maman.

Je pense à Morgan qui m'avait demandé pourquoi je ne lui avais pas dit, mais ne m'en a plus reparlé depuis. Je souris et prends la boîte des mains de ma mère en me demandant comment il a fait pour la déposer devant ma porte, alors qu'on a passé pratiquement toute la journée ensemble.

Elle est très légère et quand je la secoue, je sens que ça bouge à l'intérieur. Maman a clairement envie de savoir ce que c'est, mais elle reprend la préparation du dîner et me prévient qu'on mange à dix-neuf heures quand papa et Tim rentreront du foot. Elle m'offre un peu d'intimité, ce qui est une victoire dont je devrais me contenter, seulement, la perspective de passer du temps seule avec Morgan est trop tentante.

– Maman ? dis-je en m'arrêtant à la porte. Tata Ally m'invite à Pâques. Je pense accepter.

– Oh, Tash, je ne sais pas..., commence maman en posant son couteau.

– Juste deux jours. Ça me permettra de terminer mon projet d'art.

– Mais Pâques est une fête de famille.

– Ally est de la famille.

Maman grogne.

– Je vais en parler avec ton père.

Ce n'est pas un non.

– D'accord. Merci, maman.

Je lui décoche un franc sourire auquel elle répond par une petite moue.

Je fonce dans ma chambre et ferme la porte avant qu'elle change d'avis. Assise sur mon lit, je me dépêche de déchirer le papier, plus excitée qu'un matin de Noël. À l'intérieur, je trouve une boîte à chaussures noire. Je me bats avec le scotch, mes doigts refusant de coopérer. Je retiens ma respiration avant d'ouvrir le couvercle, persuadée que je ne pourrais qu'aimer un cadeau venant de Morgan.

Je retire deux couches de papier froissé.

Au fond de la boîte gisent cinq moineaux morts.

***

Je mange mon dîner en silence, à peine capable d'avaler, sans rien entendre de ce que Tim raconte sur le score serré de son match de foot. Maman semble perdue, totalement décontenancée par mon changement d'humeur. Ces oiseaux morts tournent en boucle dans mon cerveau, comme s'ils étaient revenus à la vie. Ils volettent, planent, me taquinent et me hantent.

Moineau m'envoie un message.

Il y a une boîte remplie de moineaux morts à cet instant même sous mon lit. Je ne l'ai pas imaginée, elle est bien là-haut, dans ma chambre.

Et s'il était revenu ?

Comment ? D'où, exactement ? C'est maman qui me l'a donnée. Celui qui l'a déposée est bien réel.

Et si lui aussi était réel ?

Comment est-ce possible ? Il n'y a strictement aucune preuve que Moineau existe en dehors de mes souvenirs douteux.

Non, ces oiseaux ont été mis là par quelqu'un qui veut me bouleverser. Quelqu'un que ça arrangera si je deviens folle.

Ça ne peut être que Rachael. C'est la seule possibilité logique.

J'aurais dû aller lui parler quand je l'ai soupçonnée d'avoir mis le premier moineau mort devant notre porte. Je lui aurais fait passer l'envie de se moquer de moi si je l'avais affichée publiquement. Maintenant, ça se complique avec Morgan. Rachael m'a demandé de ne plus l'approcher et ce n'est vraiment pas ce que j'ai fait. Elle n'abdiquera plus aussi facilement.

Je pousse les aliments dans mon assiette, mon appétit complètement coupé. Morgan et Rachael sont ensemble à la fête en ce moment même et elle lui raconte certainement ce qu'elle veut sans que je puisse me défendre. Il ne doit apprendre que de moi ce que j'ai dit à la police, il y a neuf ans, Sadie a raison. Il faut que je sois en mesure de m'expliquer.

Je demande à sortir de table, même si je n'ai pratiquement touché à rien, et je fonce dans la chambre pour appeler Morgan. Je tombe sur sa messagerie. J'enfile des tennis et un pull à capuche et décide, après réflexion, de prendre la boîte. Elle pourra me servir de preuve.

Quand je redescends dans la cuisine, maman et papa débarrassent.

– Je dois faire un saut chez Sadie, elle m'invite à regarder un film.

– Je pensais que Sadie allait à la fête des Han ? s'étonne maman.

– Quoi ? dis-je, sonnée. Impossible. J'y crois pas.

– C'est ce que Kiri a dit quand je l'ai croisée au supermarché, réplique maman en haussant les épaules. Elle a dû se tromper. Ne tarde pas, OK ?

Sadie n'est sûrement pas à l'anniversaire de Rachael. C'est ce qu'elle a dû prétexter à sa mère, sans doute pour sortir avec Alice. Quelle importance ? De toute façon, je ne vais pas vraiment chez elle. Mais ça m'attriste quand même un peu de ne pas être au courant des projets de Sadie pour ce soir. Et je suis déçue de ne pas être son alibi.

– Je t'y emmène, propose papa.

– Je prends mon vélo, dis-je en m'emparant de mon casque sur la table du couloir. C'est à cinq minutes à peine.

Le Kimchi, le restaurant coréen que tient l'oncle des jumeaux, est en réalité à deux kilomètres de chez moi, à côté de la jetée. Christopher y est serveur depuis près d'un an et il a obtenu un petit boulot de garçon de cuisine pour Morgan les vendredis et samedis soirs. Contrairement aux autres jours, la promenade est déserte à cause d'une légère pluie et de l'annonce d'une tempête. Je perçois la musique et les rires provenant du Kimchi avant de voir la lumière de ses néons réfléchie sur les flaques devant moi.

Alors que j'approche de la grande vitrine, j'ai l'impression de regarder un écran de cinéma. Des invités circulent entre les tables couvertes de nappes blanches et des serveurs leur tendent des plateaux de nourriture. Sur la grande banderole suspendue au-dessus du bar, on lit «Joyeux anniversaire, Rachael et Christopher ! » et plusieurs ballons gonflés d'hélium flottent au-dessus de chaque table.

Un buffet ancien sous la fenêtre croule sous une pile de cadeaux, rangée à côté d'un énorme gâteau au chocolat. Une rouquine plonge en douce son index dans le glaçage avant de le mettre dans sa bouche, hilare. Son amie se sert plus copieusement encore et les deux partent d'un éclat de rire incontrôlable.

Je mets quelques secondes à reconnaître Alice. Et son amie est *mon* amie.

Sadie est bien à la soirée de Rachael.

La colère m'envahit et je m'éloigne de la vitrine, en quête d'explications de sa présence à cette fête. J'ai beau chercher, c'est pour moi une trahison.

Pourquoi est-elle venue ? Pourquoi ne me l'a-t-elle pas dit ?

Et pourquoi je me sens comme le dindon de la farce ?

Je prends sur mon guidon le sac plastique dans lequel j'ai rangé la boîte des moineaux morts et laisse mon vélo dans l'abribus, pour entrer dans le restaurant avant de devenir complètement dingue.

L'entrée du Kimchi est bordée de chaises noires en vinyle et de ficus en pots, dont les grandes feuilles forment une barrière de protection sur la salle à manger. Ça me permet de rester cachée, mais ça rend aussi l'endroit exigu et encombré. Je tente de prendre confiance, en me disant que la porte n'est pas loin et que je pourrai toujours sortir rapidement s'il le faut.

Un serveur en costume trois-pièces apparaît soudain et m'explique que le restaurant est fermé pour une soirée privée.

– Je comprends, dis-je. Je ne reste pas. Il faut juste que je parle à quelqu'un.

J'aperçois Morgan à côté du bar. Il vient manifestement de faire une remarque amusante à son père, parce que M. Fisher est plié de rire. Morgan porte une chemise noire aux manches retroussées jusqu'aux coudes, ses cheveux peignés toujours de la même façon. Il est beau, l'air heureux. Et, comme il y a trois mois, quand il est sorti de la voiture de son père, le monde se fige autour de moi pendant que je le contemple.

Est-ce que j'ai vraiment envie de lui faire des aveux maintenant ? Il pourrait très bien ne plus jamais m'adresser la parole.

Avant que je puisse ajouter un mot, le serveur s'éloigne dans la salle à manger. Je piétine, hésitante, quand soudain, il revient accompagné de Christopher.

– Salut, Tash ! lance-t-il en approchant. Content que tu aies pu venir.

Il sourit chaleureusement, ce qui ravive ma culpabilité. Je me suis comportée comme une imbécile avec lui, chez les Fisher, le mois dernier. Et il ne m'en a tenu aucune rigueur. Il a fait comme si rien ne s'était passé, et n'a même pas tenu à ce que je lui présente mes excuses. C'est un type bien et je ne laisserai pas l'opinion que j'ai de sa sœur gâcher notre relation, d'autant que c'est l'ami de Morgan.

– Salut, Chris, dis-je en admirant son tricot noir et son pantalon à rayures. T'es super élégant. Bon anniversaire !

– Merci. Tu peux prévenir ma mère que je suis officiellement adulte maintenant ? Parce que c'est elle qui m'a préparé mes vêtements sur mon lit, tout à l'heure. Je pense qu'elle n'a pas compris le message.

Je me force à rire, malgré ma nervosité.

– Ta mère est une femme organisée.

– C'est la façon polie pour dire qu'elle veut tout contrôler ?

Un sourire aux lèvres, je sens ma détermination baisser. Je me détends trop, là. Je suis ici dans un but bien précis et je dois m'en tenir à mon plan.

– Écoute, je suis désolée. Je ne peux pas rester, en fait.

– Oh, OK. Tu veux parler à Rachael ?

– Non, non. J'étais...

– Attends, m'interrompt-il en scrutant les lieux. Je pense qu'elle est avec le DJ.

Sans que je puisse l'arrêter, il traverse déjà le restaurant en courant. Je l'entends l'appeler. C'est dingue ce qu'il peut être naïf ! Il pense que sa sœur et moi, on est toujours les mêmes fillettes qui sortaient ensemble au cinéma...

Ou peut-être qu'il veut qu'on le redevienne.

Rachael arrive dans l'entrée, vêtue d'une magnifique robe de soirée, le visage lumineux. Quand elle me repère, ses épaules s'affaissent et son sourire s'efface. Dire que la voir me fait le même effet est un euphémisme.

– Tu plaisantes, là, c'est pas possible, lâche-t-elle en me toisant de la tête aux pieds. Pourquoi t'es là ?

– Pas pour ton anniversaire, en tout cas, tu peux me croire.

Je regarde par-dessus son épaule pour voir Morgan. Rachael me bloque la vue.

– Il n'était pas question que tu restes loin de lui ?

– Depuis quand j'obéis à tes ordres ?

– Va-t'en, maintenant, dit-elle les bras croisés. Pas question que tu restes ici et que tu gâches la fête.

– Comme si je voulais me donner en spectacle.

– Ah non ? Chercher l'attention, c'est pas tout ce que tu sais faire ?

Son regard hautain permet à ses mots de m'atteindre en plein cœur. Brusquement, l'ambiance festive, les conversations légères, la bonne humeur de Morgan et de son père me frappent de plein fouet. Moi, je suis avec mon jean troué, mon pull délavé, les yeux d'une furie, et les cheveux en pagaille après mon trajet à vélo.

J'ai eu tort de venir. Ce n'est ni le lieu, ni le moment de parler à Morgan de mes problèmes. Que je m'humilie en public, passe encore, mais je n'ai pas envie de l'embarrasser, lui.

Le sac en plastique crisse dans ma main. Je me sens démunie.

Désespérée.

Elle t'a envoyé une boîte remplie d'oiseaux morts, bon sang. Fais quelque chose !

– Il faut que je te parle, dis-je en brandissant le sac. Maintenant.

– Allez, dis-moi ce que tu as à dire, qu'on en finisse. J'aimerais retourner auprès de mes invités.

– Pas ici, dis-je en regardant de nouveau Morgan.

Je fais un signe de tête vers la rue éclairée par les lampadaires qui longe la jetée de Port Bellamy.

– Retrouve-moi devant le Seaspray. Et viens seule.

– T'es pas sérieuse.

– Parce que tu préfères que je raconte à tout le monde ce que tu as fait ?

Elle pose sur moi un regard perplexe, le doute s'immisce dans son esprit. Même avant les moineaux morts, sa méchanceté remonte à des années et elle le sait. Ce n'est pas exactement la conversation à laquelle elle s'attendait le jour de ses dix-huit ans.

Je tourne la tête et m'aperçois que Sadie m'a vue à travers les plantes. Elle se faufile vers nous, l'air inquiet. Je sors rapidement, au moment où elle rejoint Rachael près de la porte. J'accélère, persuadée que Sadie va me suivre et crier mon nom pour me rappeler.

Mais non, rien.

***

Sur la jetée, l'océan m'entoure comme une mare d'encre géante qui s'écrase sur les coques des bateaux. De temps en temps, un éclair de lumière incendie l'horizon. Quand j'arrive devant le petit cabanon vétuste de Seaspray, je pose une main sur le mur pour me stabiliser. Le vent me malmène, ébouriffe mes cheveux et transperce ma peau pour s'insinuer jusqu'à mes os.

Je commence à douter que Rachael viendra, quand le vent m'apporte le cliquetis de ses pas sur la passerelle derrière moi. Sa silhouette apparaît dans la lumière des lampadaires pour disparaître aussitôt après, avalée par l'obscurité. En approchant, elle grelotte et s'emmitoufle dans sa veste en cuir.

– Tu as deux minutes, m'avertit-elle. Qu'est-ce que tu veux?

Je sors la boîte à chaussures noire du sac plastique sous le regard impassible de Rachael. J'en oublie l'accusation que j'avais préparée. J'ouvre le couvercle et lui montre le contenu.

– Tu peux m'expliquer ça ?

Elle prend un air profondément dégoûté.

– Mais... ? lâche-t-elle en reculant. Beurk !

Elle soulève un bras sous le choc. La boîte m'échappe des mains. Les moineaux morts tombent par terre.

– T'es malade, ou quoi ? Qu'est-ce qui ne tourne pas rond chez toi ?

– Qu'est-ce qui ne tourne pas rond chez *toi*?

Le vent emporte la boîte vide par-dessus la jetée et vers l'océan.

Rachael resserre sa veste plus près de son corps.

– Bon sang, t'es vraiment dingue !

– Tu ne peux pas me laisser tranquille ?

– T'es sérieuse ? T'as jamais réussi à te dire que tout ne tourne pas autour de toi ?

– Je le sais parfaitement.

– Ah oui ? Parce qu'on en a tous plus que marre de tes drames.

– Pardon ?

– Tout doit toujours tourner autour de toi. « Les crises d'angoisse de Tash » et « la claustrophobie de Tash » et « Tash ne veut plus qu'on soit amies toutes les deux, parce qu'elle est trop fragile et en manque d'affection ».

– C'est Sadie qui est censée avoir dit ça ? Bien essayé. Jamais elle sortirait des trucs pareils.

N'est-ce pas ? Sadie ne pense pas ça de moi. Elle me soutient, elle m'a toujours soutenue.

– Tu ne t'étais jamais dit que je voulais juste me faire des amis, quand je suis arrivée ici ? demande Rachael. Sadie et toi, vous m'avez proposé de rester avec vous, mais t'étais maladivement possessive. Tu l'es encore. Pourquoi elle ne pouvait pas être mon amie, à moi aussi ?

À force de souffler, le vent me fait mal à la tête et je n'arrive plus à suivre le fil de mes pensées.

– Je ne sais pas de quoi...

– Tu ne t'en souviens probablement pas. Mais tu faisais tout pour m'exclure. Tu as monté Sadie contre moi, et je refuse que tu recommences avec Morgan.

Elle referme de nouveau sa veste, sa robe battant contre ses cuisses. J'essaie de comprendre ce qu'elle me dit. Était-ce vraiment comme elle le décrit ? Ce n'est pas comme ça que je m'en souviens.

D'un autre côté, est-ce que je peux me fier à ma mémoire ?

Je ne monte pas Morgan contre toi. Il n'a pas besoin de moi pour voir qui tu es.

– Moi ? Et toi alors ? Il sort avec une malade mentale, et il ne le sait même pas.

– Tu peux dire ce que tu veux sur moi, Morgan ne te croira pas.

Les traits de Rachael se durcissent et on dirait qu'elle cherche quelle insulte elle peut me servir maintenant. Soudain, elle sort son portable de sa veste pour me le brandir au visage. Son étui Hello Kitty me fait l'effet d'un drapeau rouge.

– Alors heureusement que j'ai enregistré ta conversation avec Sadie. Morgan pourra entendre tes mots directement sortis de ta bouche.

Je fixe son portable d'un regard incrédule. Elle bluffe. Elle n'avait pas son téléphone dans la main quand je l'ai surprise devant la porte.

N'est-ce pas ?

Un mouvement attire mon attention de l'autre côté du Seaspray. Une ombre se faufile derrière le cabanon.

– Je t'avais dit de venir seule.

– Eh ben oui, réplique Rachael sans se tourner, comme si elle savait depuis le début qu'il y avait quelqu'un avec elle.

Un témoin. Son témoin.

– Ton imagination te joue encore des tours, Tash ? Quelle cinglée.

Elle secoue la tête avec un tel dédain que je me sens humiliée, comme si des dizaines de personnes nous voyaient et nous écoutaient. Il suffit d'une seule personne pour que cette rencontre fasse le tour du lycée et ravive le harcèlement et les insultes. Ma dernière année devait être différente. *Je* devais être différente.

Rien ne change jamais.

– Prends ta vidéo et montre-la à tout le monde, dis-je, furieuse. Et pour info, je ne voulais pas que Sadie devienne ton amie, parce que j'avais plus besoin d'elle que toi. Je n'avais personne. Tu as la moindre idée de ce que ça fait ? De se sentir complètement seule ? Toi, après deux semaines seulement, tout le lycée te mangeait dans la main. T'avais pas besoin de nous. Tu n'avais pas besoin de Sadie.

Je me tape la poitrine avec la main.

– Moi, j'avais besoin de Sadie. Et j'ai besoin d'elle, maintenant, mais elle est à ta soirée d'anniversaire.

Des larmes de rage brouillent ma vision et je me détourne pour partir et la laisser entourée d'oiseaux morts. En marchant vers la plage, je lance un regard noir à son complice. Une silhouette est recroquevillée derrière le Seaspray, tapie dans la pénombre.

Eh, salut, toi, je te vois !

Je me retiens de le crier tout haut.

De la tête, le complice de Rachael me suit et me regarde le regarder. Son visage est caché sous une capuche.

Pareille à celle de Moineau.

Non.

Sur la banquette sous la fenêtre. Dans le centre commercial.

Arrête.

Pareil à Moineau dans absolument tous mes cauchemars.

Je pose le pied dans un trou sur la passerelle et tombe de tout mon long sur la jetée.

– Ça va ? demande Rachael.

J'imagine combien je dois être ridicule à ses yeux, affalée devant elle, comme une bête blessée incapable de se relever.

Je parviens à me redresser, frottant mon genou et mon coude et imaginant déjà les bleus que j'aurai au réveil. Quand je tourne la tête, il n'y a plus personne derrière le Seaspray. Personne prêt à bondir, personne qui s'enfuit sur la jetée. Il n'y a que Rachael Han, son portable à la main, sans doute ravie d'avoir filmé ma chute et prête à l'envoyer à Morgan.

Je la déteste à un point ! La raison m'oblige à m'éloigner le plus vite possible, avant de dire ou faire quelque chose que je risque de regretter.

Mais le retour de Moineau prouve au moins une chose : j'ai perdu la raison.

***

Je roule dans les rues désertes de Port Bellamy, longeant le lycée pour arriver en haut d'Old Bluff Road. J'ignore le flot de messages et d'appels de Sadie, son angoisse clairement lisible dans les majuscules du dernier SMS.

RÉPONDS-MOI !

Ce n'est que lorsque la pluie m'a trempée jusqu'aux os que je décide de rentrer. Maman somnole sur le fauteuil quand j'arrive – il est plus tard que j'imaginais – et encore une fois, j'ai l'impression d'avoir perdu la notion du temps. Je la réveille délicatement pour la prévenir que je suis rentrée et monte dans ma chambre avant qu'elle soit en état de poser des questions.

J'ai l'impression que je viens à peine de m'écrouler sur mon lit, quand je suis réveillée par une sonnerie. La lumière du jour s'infiltre par les fentes de mon store, dessinant des rayures sur ma couette. Je tapote mon jean pour trouver mon téléphone, avant de me rappeler qu'il est dans la poche de mon pull trempé que j'ai abandonné par terre.

Mon coude me fait grimacer de douleur et les évènements de la veille ressurgissent dans mon esprit.

Mon secret doit avoir fait le tour de la ville.

Sur le point de me cacher sous la couette et de rester au lit toute la journée, je sursaute quand la porte de ma chambre s'ouvre en grand. Le visage écarlate, maman tient son téléphone dans la main.

– C'est Francine au bout du fil. Rachael est à l'hôpital.

– Quoi ? Pourquoi ?

– Elle s'est fait attaquer hier soir sur la jetée.

– Pardon ?

– Natasha, articule ma mère d'un ton grave. La police veut te parler dès que possible.

28

AVANT

The Mid Coast Times / Archives
Section : chronique judiciaire
Date : 8 février 2017
Histoire : Jennifer Nguyen. Photos : Jack Allen.

PORT BELLAMY, NOUVELLE-GALLES DU SUD – Retour au port pour les Fisher.

Pendant le week-end, une rue de la banlieue tranquille de Port Bellamy a célébré le retour d'une famille qui a fait les gros titres de la presse locale il y a bientôt dix ans. Les spéculations se poursuivent concernant ce bel après-midi de janvier 2008, quand la petite Mallory Fisher, six ans, a disparu de la fête foraine de Greenwillow.

À l'époque, les autorités avaient déclaré que la fillette avait certainement erré dans le parc national de Barrington Tops pendant quarante-huit heures maximum, ce qui n'explique pas les cinq autres journées de sa disparition. Ses sandales blanches et son cardigan rose n'ont jamais été retrouvés lors de recherches étendues qui auraient dû permettre de localiser l'endroit exact où elle a été libérée. En l'absence de caméras de surveillance à Greenwillow en 2008, les enquêteurs n'avaient aucun moyen de savoir si Mallory avait été enlevée à la fête foraine ou si elle s'en était éloignée d'elle-même.

Pendant des années, des théories complotistes ont visé Daniel et Annabel Fisher qui auraient inventé le kidnapping de leur fille pour attirer l'attention des médias et récolter de l'argent. D'autres pointaient du doigt Morgan, le grand frère de Mallory, l'accusant d'être responsable de sa disparition. Ses parents auraient été au courant mais ne l'auraient pas dénoncé à la police.

Quelques jours après l'incident, l'inspecteur John Malcolm avait déclaré lors d'une conférence de presse : « Nous ne pouvons écarter la possibilité que le ravisseur de Mallory soit une personne qu'elle connaissait, et nous continuerons évidemment à explorer cette piste. »

Mais après neuf ans, il semble que nous n'ayons pas plus de réponses quant à l'enlèvement de Mallory Fisher. Connaissait-elle la personne qui l'a emmenée ? A-t-elle été prise de force ou l'a-t-elle suivie de son plein gré ?

Une chose est certaine : Mallory Fisher est la seule capable de nous dire ce qui lui est arrivé. Mais elle ne parle pas.

29

MAINTENANT

Dès mon lever, le lundi matin, maman m'emmène au commissariat de Port Bellamy pour que je puisse être interrogée sur l'agression de Rachael. Une policière d'une trentaine d'années, avec des boucles noires coupées court et un pantalon parfaitement repassé me conduit dans une petite salle avec des fauteuils et une fenêtre. Rien à voir avec les salles d'interrogatoire qu'on voit à la télé. Elle invite maman à se joindre à nous, même si je ne suis plus mineure. Elle nous prend des cannettes au distributeur, dans le couloir. Je prends tout ça comme un bon signe : je ne suis pas soupçonnée.

– Vous avez dû apprendre que votre amie Rachael a été agressée samedi soir sur la jetée de Port Bellamy, explique la détective Gordon.

Elle a une peau noire toute lisse et des dents d'un blanc immaculé. J'hésite à lui expliquer que Rachael et moi, nous ne sommes plus amies depuis un moment, mais j'imagine qu'une enquêtrice comme elle a dû se renseigner.

– Quelqu'un l'a frappée par-derrière si fort qu'elle a perdu connaissance.

Maman pousse un petit cri d'effroi même si Francine lui a certainement déjà tout raconté. Rachael ignore combien de temps elle est restée inconsciente. Quand elle est revenue à elle, elle était seule sur la jetée et son téléphone avait disparu. Elle a réussi à revenir au Kimchi malgré un mal de tête à pleurer et avec un vague souvenir de notre conversation.

Je hoche la tête poliment.

– C'est terrible.

L'enquêtrice ne réagit pas à ma remarque.

– Nous avons besoin de connaître vos déplacements samedi soir, avant et après votre rencontre avec Rachael. À ce que je comprends, vous êtes la dernière personne à lui avoir parlé avant qu'elle ne soit agressée.

Maman m'adresse un froncement de sourcils inquiet. La détective sirote son coca. Je n'arrive pas à savoir si elle est vraiment détendue, ou si elle tente juste de me faire baisser la garde.

Je glisse les mains sous mes genoux, et agrippe la chaise en donnant ma version des faits. Je saute tous les détails inutiles. Quel intérêt de surcharger mon témoignage ?

– Donc, vous vous disputiez avec Rachael ? demande la détective Gordon sur un ton léger, en griffonnant dans son carnet.

Elle connaît déjà la réponse. Rachael lui a-t-elle également raconté à quel sujet ?

– Elle m'avait joué un mauvais tour. J'étais fâchée. Je lui ai demandé de me laisser tranquille.

– Et vous êtes partie ? demande la détective.

– Oui, dis-je, intriguée qu'elle ne mentionne pas les oiseaux morts.

Rachael n'en a peut-être pas parlé. Il faut dire, elle aurait passé pour une sacrée vicieuse dérangée.

– Est-ce que quelqu'un peut confirmer vos déplacements une fois que vous l'avez quittée ?

– Euh... non.

– Vous n'avez croisé personne ? Quelqu'un qui pourrait confirmer où vous vous trouviez après vingt heures trente ?

– Non.

– Et avant de partir de la jetée ? Avez-vous vu quelqu'un ?

Je serre les pieds de la chaise et ravale ma panique. Je sais qui j'ai *cru* voir, mais je ne peux pas le dire tout haut. Maman me presse du regard et soudain, je me revois, à huit ans, m'embourber dans des explications sur Moineau pour ne trouver devant moi qu'incrédulité et confusion.

Personne ne me témoignera d'indulgence, cette fois. Personne ne mettra ça sur le compte d'une imagination infantile débordante. Au mieux, on m'accusera de mentir pour attirer l'attention. Au pire, ma santé mentale sera remise en question et je pourrai dire adieu à l'université.

– Non, dis-je en me raclant la gorge. Il n'y avait que nous deux.

Le stylo de la détective gratte le papier. Elle lève les yeux – petit clin d'œil, léger sourire – et je sens mes joues s'empourprer. Elle me pose encore quelques questions qui n'ont pas l'air de l'intéresser particulièrement avant de se lever et de me tendre la main.

– C'est terminé ? demande ma mère en glissant la lanière de son sac à main sur son épaule.

– Je vous appelle si j'ai besoin d'autre chose, réplique la détective en nous raccompagnant à la porte. Ne quittez pas la ville, d'accord ? lance-t-elle en me montrant du doigt.

Je sens un poids dans la poitrine.

– Je... je vais chez ma tante à Pâques. Mais c'est sur la côte. À moins de deux heures de voiture.

La détective rit en nous regardant tour à tour, ma mère et moi. Elle m'adresse un clin d'œil.

– Je plaisante. J'ai dit ça à tous les jeunes que j'ai interrogés à cette soirée, détendez-vous.

Je ne suis pas la seule qu'elle ait interrogée ? Merci, mon Dieu. Je ne suis qu'un témoin potentiel, rien de concret.

Je souris pour lui faire croire que je le savais depuis le début.

La détective Gordon nous tient la porte. Elle se penche vers moi quand je sors dans le couloir.

– Si vous pensez à autre chose, n'hésitez pas à me contacter.

Je hausse les épaules, abandonnant mon coca sur la table.

– Je vous ai dit tout ce que je savais.

Son sourire ne laisse aucun doute. Elle ne me croit pas.

***

Maman ne dit pas grand-chose pendant le court trajet entre le commissariat et le lycée, mais elle tapote nerveusement sur le volant.

– Tu ne m'as pas dit que tu allais à la fête de Rachael samedi soir, lance-t-elle enfin.

– Sadie n'était pas chez elle, alors je suis allée faire un tour.

– À vingt heures ? demande-t-elle, peu convaincue. Et tu as décidé de passer au restaurant des Han où tu as pu discuter avec Rachael ?

– Ouais.

Elle s'engage sur le parking du lycée.

– Je ne te crois pas.

– Ah, au moins, tu es prévisible.

Elle se gare et tire sur le frein à main, avant de se tourner vers moi avec un regard noir.

– Qu'as-tu dit à Rachael ? Est-ce que tu l'as contrariée ?

Je bouge sur mon siège pour lui faire face.

– Et si c'était elle qui m'avait contrariée ? Et si on parlait de toute la merde qu'elle m'a fait subir ?

– Surveille ton langage.

Je regarde le tableau de bord et secoue la tête.

– Tu ne m'as même pas demandé quel est le mauvais tour que Rachael m'a joué et pourquoi ça m'a bouleversée. Tu n'en as peut-être rien à faire, d'ailleurs ?

La voiture continue de ronronner. Maman prend un air las, ses yeux se perdent dans le vide.

– Bien sûr que j'en ai quelque chose à faire, Natasha. Je me fais constamment du souci pour toi. Et à vrai dire, je suis épuisée d'avoir à supporter ça depuis des années. Tes crises d'angoisse, tes cauchemars, tout ce cinéma au lycée. Et maintenant tu es convoquée au commissariat et interrogée pour agression ?

– Tout le monde a été interrogé ! dis-je, stupéfaite. Ce n'est pas moi ! Je n'ai rien fait !

Maman soupire et regarde droit devant elle.

– Je sais que tu rencontres des obstacles...

– Eh, merci, Dr Ingrid.

– J'essaie juste de t'aider. Comme tout le monde. Mais parfois, j'ai l'impression que tu n'as pas envie d'être aidée. On dirait que tu t'es convaincue que tous ces mensonges sont vrais.

– Je n'ai pas menti. Je n'en avais pas l'intention.

Elle se tourne vers moi, abattue, comme si elle avait échoué dans son rôle de mère.

– Tu as toujours eu du mal à distinguer la vérité.

Je prends mon sac et triture les bretelles. Je sens qu'elle me contemple comme elle le fait souvent : comme si j'étais un puzzle avec des pièces qui manquent, un casse-tête qu'elle n'a pas l'énergie de résoudre.

Elle coupe le moteur, se penche pour ramasser son sac à main qu'elle a posé de mon côté et fouille dedans.

– C'est arrivé vendredi, annonce-t-elle en lissant quelque chose sur sa cuisse.

Elle me tend une enveloppe blanche avec le logo de l'Institut Royal de Technologie de Melbourne sur le devant. Ça doit être la brochure d'information que j'ai demandée à l'université pour mes études de photographie.

– Ça, commence-t-elle en tapotant l'enveloppe. Tu sais que c'est impossible.

– Pardon ?

– Habiter loin de la maison, c'est une mauvaise idée pour toi en ce moment.

– J'ai dix-huit ans, maman...

– Tes angoisses reprennent le dessus. Tu te comportes de façon irresponsable...

– Je te l'ai dit, ce n'est pas moi qui ai agressé Rachael !

– Je parle de *Tim*. Je te l'ai confié une heure à peine et regarde ce qui est arrivé. Alors comment est-ce que tu vas pouvoir veiller sur toi à l'université ?

Ma gorge se serre. Je tire sur un fil de mon sac.

– Je te dis ça parce que je me fais du souci pour toi, continue-t-elle. Tu as des périodes où tu te débrouilles vraiment bien, et à d'autres moments, il y a un élément déclencheur et rien ne va plus.

– Il n'y a aucun élément déclencheur.

– Les Fisher, c'est évident. Maintenant qu'ils sont revenus, tous les évènements de cet été remontent à la surface, tu recommences à chercher l'attention et à avoir des comportements paranoïaques.

Elle secoue la tête vers le volant.

– Je pense que nous devrions mettre en suspens toute décision concernant l'université jusqu'à ton prochain rendez-vous avec le docteur Ballantine. Je suis sûre qu'il y a des campus assez proches d'ici pour que tu fasses l'aller-retour dans la journée. C'est ce qu'elle nous conseillera, je pense.

– Mais j'ai besoin d'un nouveau départ ! J'ai besoin de recommencer à zéro.

Maman m'adresse un regard triste qui veut tout dire : ça n'arrivera pas. Et pourtant c'est aussi ce qu'elle voudrait pour moi. Mais je me sabote.

– Laisse-moi aller chez Ally à Pâques, dis-je, implorante. Laisse-moi te montrer que j'arrive à me débrouiller loin de la maison. Tu n'as pas à t'inquiéter.

– Natasha, je m'inquiète en permanence, riposte-t-elle.

J'ouvre la portière pour sortir, mais au moment de la refermer, je me penche vers l'intérieur.

– S'il te plaît, ne prends encore aucune décision concernant l'université.

– Tu es en retard, répond-elle en chaussant ses lunettes de soleil et en redémarrant le moteur. On en discutera plus tard.

Et ça n'arrive pas. Le soir, au dîner, maman et papa ne disent pas un mot sur la brochure de l'université et ils ne parlent pas de Pâques non plus. J'envoie tout de même un message de confirmation à Ally. Elle me répond *Super*, mais j'appréhende cette visite. Comment se comportera-t-elle avec moi ? Il s'est peut-être écoulé assez de temps depuis l'accident de Benny, peut-être qu'elle m'a pardonné.

Ou alors, ce sera peut-être la dernière fois que je mettrai les pieds à Willow Creek.

***

Le reste de la semaine, on ne parle plus que de l'agression de Rachael, et je passe mes journées à améliorer mes méthodes d'évitement : j'ignore les regards de travers des potes de Rachael, je sèche pas mal de cours et je déjeune dans la salle informatique. Ce n'est que pendant le cours d'art que je retrouve Morgan. Sadie a renoncé à l'idée de me coincer dans les couloirs.

Le Vendredi saint, on frappe à la porte d'entrée, et quand j'entends la voix tout excitée de Tim, je comprends que c'est Sadie. Je me sens tout de suite de meilleure humeur, même si notre amitié est au point mort.

– Salut, lance-t-elle en entrant dans le salon. Tu as une seconde ?

Je la conduis dans le patio, où on se blottit en général sur la balançoire. Mais là, elle choisit la chaise en bois en face de moi, et s'installe juste au bord, comme si elle s'apprêtait à partir en courant.

– Donc, pour Rachael, commence-t-elle.

– Quoi ?

– Tu as parlé à la détective Gordon ?

– Oui.

– Et... ?

Et quoi ?

– Qu'est-ce que tu lui as dit ?

Je sens qu'elle se retient, ce qui va à l'encontre de sa nature. C'est sûrement pour ça qu'elle est si tendue.

– Ce qui s'est passé, dis-je. On s'est parlé sur la jetée. Ça s'est corsé, alors je suis partie. Et le lendemain matin, j'ai découvert ce qui lui était arrivé, comme tout le monde.

– Tu étais la dernière à lui parler avant l'agression.

– Oui, je sais, Dee. Qu'est-ce que tu sous-entends ?

Sadie se lève et commence à faire les cent pas.

– Tu avais l'air bouleversée quand tu t'es pointée au Kimchi.

– Et alors ? D'ailleurs, pourquoi est-ce que tu y étais, toi ? C'est ta meilleure amie, Rachael, maintenant ?

Le visage de Sadie se rembrunit. Je ne supporte pas de l'avoir blessée, mais c'est trop tard.

– Je savais que t'en ferais tout un plat, grommelle-t-elle. Alice fait du taekwondo avec Christopher, le jeudi. Il l'a invitée à son anniversaire et elle m'a proposé de l'accompagner.

– Toi et Alice, vous êtes en couple, alors ?

– Ah super, lance Sadie. Tu es connectée avec l'extérieur.

– Ça veut dire quoi ?

– Il t'arrive quelque chose, Tash. Tu es chelou. J'ai regardé les articles sur les Fisher que tu passes ton temps à lire. Et maintenant, ce truc avec Moineau recommence. Tu te comportes vraiment...

– Quoi ?

– Comme une stalkeuse. Tu n'es plus toi-même. Depuis le retour en ville des Fisher, t'es parano, t'as des absences.

Je me détourne en grignotant la peau de mon pouce.

– Tu as dit à la police que tu avais donné à Rachael une boîte d'oiseaux morts ? Parce qu'elle, elle l'a dit. Faut que tu dises vraiment tout, parce que sinon, ça donne l'impression que tu caches quelque chose.

– C'est une accusation ?

– Je ne vais pas te mentir, Tash, mais tu ne ressors pas sous ton meilleur jour, là.

– Rachael a posé cette boîte avec des moineaux morts sur mon paillasson. *Des moineaux*, dis-je en croisant les bras. Elle a entendu tout ce que je t'ai dit à la soirée caritative. Elle essaie de me piéger, de me rendre dingue.

Sadie prend un air perplexe.

– Pourquoi elle ferait ça ?

– À cause de Morgan.

Elle semble agacée, à présent.

– Sérieux ? Je ne pense vraiment pas que Rachael va perdre la tête et vouloir passer tout son temps avec ce type.

Je m'adosse sur mon siège et l'examine. Je comprends soudain pourquoi on s'est éloignées au cours des derniers mois.

– Tu n'as donné aucune chance à Morgan depuis ma crise d'angoisse dans la buanderie.

Sadie reste impassible.

– C'est parce que moi, je lui fais confiance, et t'aimes pas ça ? T'es jalouse, en fait ?

– Wouhou ! Arrête tout de suite.

Je vais trop loin, mais je ne peux plus m'arrêter. Une partie sombre de moi veut mettre sur Sadie un peu du poids et de la souffrance de toute cette situation.

– Est-ce que c'est parce que tu ne supportes pas que je puisse m'appuyer sur quelqu'un d'autre que toi ?

– Pardon ?

– Question très sérieuse : qu'est-ce que tu tires de tout ça ?

– De quoi exactement ?

– De notre amitié. De traîner avec moi. Est-ce que t'es avec moi parce que je suis en manque d'affection ? Est-ce que ça te fait te sentir importante que je dépende autant de toi ?

– Tash, attention à ce que tu dis...

– Je n'ai pas besoin que tu t'occupes de moi tout le temps ! dis-je en me levant à mon tour. J'ai besoin d'une meilleure amie, pas d'une nounou.

– Ah oui ? On ne dirait pas, lâche Sadie, tranchante. Tu perds ton frère dans un centre commercial, le chien de ta tante se blesse alors que tu devais le garder, et maintenant tu es suspectée d'avoir agressé Rachael.

– Mais c'est faux ! Je ne suis pas une suspecte !

– C'est quoi le dénominateur commun, ici, Tash ? C'est tout ce que je demande.

Sadie évite mon regard.

– Tu penses que c'est moi qui ai frappé Rachael ?

Elle croise les bras, les yeux rivés sur la corde à linge.

– Je ne sais plus quoi penser. Tu ne parles plus à personne.

Quelque chose en moi se casse. Comment en suis-je arrivée là ? Je suis complètement dépassée.

Sadie pousse un soupir.

– Écoute, je sais que tu n'aurais pas fait de mal à Rachael exprès. Mais parfois, quand les gens s'emportent, ils font des choses qu'ils refoulent ensuite. Alice dit...

– Tu as parlé de moi avec Alice.

Sadie rougit, ce qui est inhabituel. Et je comprends qu'elle est gênée pour moi.

– Tu dois faire le tri dans tes pensées.

– J'essaie.

– Retrouver la vérité.

– Je sais, dis-je en regardant mes chaussures.

– Tu es toute nouée, Tash, lance Sadie, d'une voix plus

douce. On dirait que tu es bloquée à cet été de tes huit ans et que ça t'embrouille les idées.

Je hoche la tête et elle fait un pas vers moi.

– Ça va continuer à te ronger si tu n'arrives pas enfin à démêler le vrai du faux.

Elle pose une main sur mon épaule et la presse en me contournant. Je la regarde traverser la maison.

Et je sais qu'elle a raison : j'ai l'impression de me perdre. Je n'arrive plus à me fier à mon propre cerveau, embourbé dans les sables mouvants de mes souvenirs confus. J'ai besoin d'affronter la vérité pure et simple, même si elle s'avère insoutenable et brutale.

Ce sera le seul moyen de me libérer.

30

AVANT

15 septembre 2014

Retranscription de séance, cabinet du docteur Ingrid Ballantine

Psychiatre pour enfants et adolescents

Clinique pour enfants, Newcastle

Patiente : Natasha Carmody, quinze ans

IB : Parle-moi de ta tante Ally.

NC : Pourquoi ?

IB : Tu ne m'en as plus reparlé depuis longtemps.

NC : Je ne l'ai plus revue depuis Noël, il y a plusieurs années.

IB : Son nom revenait souvent dans nos séances.

NC : Ah oui ?

IB : Cet été, dans sa maison, en tout cas.

NC : C'était il y a très longtemps.

IB : Tu penses souvent à elle ?

NC : Pas vraiment. Je n'ai pas grand-chose à faire avec elle.

IB : Parce qu'il reste entre vous un nœud à démêler ?

NC : Je ne comprends pas ?

IB : Eh bien, si on repense à cet été, tu étais très contrariée quand elle a raconté à tes parents que tu fabulais et te comportais mal.

NC : Ouais. Mais je suppose qu'elle n'avait pas le choix. Elle estimait que mes parents avaient le droit de savoir.

IB : Est-ce que tu as cherché à reprendre contact avec elle depuis ?

NC : Pas vraiment...

IB : Pourquoi ?

NC : Parce que j'ai l'impression que je ne peux pas lui faire confiance.

IB : Je vois.

NC : Elle m'a dit qu'elle était de mon côté, et après, elle m'a trahie.

IB : C'est comme ça que tu le vois ?

NC : C'est ce que j'ai ressenti à l'époque.

IB : Et maintenant, tu le vois comment ?

NC : Une partie de moi trouve toujours que c'était injuste.

IB : Injuste ?

NC : Ouais, parce que, au bout du compte, c'est sa parole contre la mienne.

31

MAINTENANT

Willow Creek ne dégage pas du tout la même atmosphère cette fois-ci. La lumière est douce et les contours du paysage se fondent les uns dans les autres. Les grands saules qui bordent l'allée tombent mollement, et les montagnes verdoyantes derrière la maison semblent touffues et impénétrables. Les quelques cris d'oiseaux sont l'unique preuve qu'il y a de la vie ici.

Le pick-up n'est pas dans l'allée quand on arrive le samedi matin. Papa consulte sa montre à plusieurs reprises, pressé de repartir. Lui, maman et Tim sont invités à un barbecue chez les Han pour le déjeuner.

– Typique, lâche papa en regardant par les fenêtres de devant.

Il a déjà frappé à la porte trois fois et appelé Ally deux fois.

– C'est si difficile d'attendre l'arrivée de ses invités ?

– J'ai les clés, dis-je, en brandissant son trousseau. T'inquiète pas, elle est sûrement allée acheter des chocolats.

Papa pose sur moi un regard peu convaincu, et il a probablement raison. Mais je m'en fiche. Je veux juste parler à Ally, je veux avoir mes réponses.

Il me serre dans les bras un peu plus longtemps que d'ordinaire.

– De la part de maman, aussi, explique-t-il en m'embrassant le haut du crâne.

J'ai vraiment envie de le croire.

Alors qu'il s'éloigne dans un nuage de poussière, j'entre dans la maison et je constate qu'elle a besoin d'être aérée. Je tends l'oreille, sûre d'entendre le cliquetis des griffes de Benny sur le plancher, mais il a dû accompagner Ally. J'emporte alors mes affaires à l'étage, dans la chambre où j'ai dormi la dernière fois. Les draps n'ont pas été changés, le lit est encore en vrac, comme je l'ai laissé.

Une heure à zapper sur la télé plus tard, Ally n'est toujours pas rentrée. Je prends mon portable pour l'appeler et tombe sur son répondeur. Quand je pense que ma famille est en route pour un barbecue, je me sens soudain abandonnée. Et j'écris à maman.

J'espère que vous allez bien vous amuser aujourd'hui.

Le silence pesant de la maison d'Ally est propice à la réflexion. J'ajoute donc :

S'il te plaît, dis à Rachael que je lui souhaite un prompt rétablissement.

Ensuite, j'appelle Morgan.

– Salut, répond-il. J'ai l'impression que ça fait des années que je t'ai plus parlé. T'as séché les cours, cette semaine ?

– J'avais des rendez-vous et des trucs à faire, dis-je, mais c'est un mensonge. T'es là ? À Greenwillow ?

– Pas encore. On arrive ce soir.

– Tu fais quoi pour le lundi de Pâques ?

– Content que tu me le demandes ! réplique-t-il, un sourire dans la voix. Les cousins de mon père viennent dîner. Je serais super content que tu te joignes à nous.

Mon cœur s'emballe quand j'accepte, et pas juste parce que je suis nerveuse à la perspective d'une soirée avec sa famille. Je me sens responsable de la disparition de Mallory, même si je n'arrive pas à savoir quel rôle j'y ai joué.

Pour le meilleur ou pour le pire, ce qui est certain, c'est que je m'approche irréversiblement des Fisher.

***

À l'heure du dîner, je n'arrive pas à décider si je dois être sidérée ou vexée par l'absence d'Ally. Vu mon expérience avec elle, j'imagine qu'elle essaie de me faire passer un message. Veut-elle m'effrayer ? Me punir ? Ou m'a-t-elle simplement oubliée ?

J'ouvre les placards pour chercher de quoi me préparer à dîner, mais elle n'a pas rempli le garde-manger depuis ma dernière visite. Heureusement, dans la boîte à pain, je trouve une demi-miche dans un sac plastique. Quand j'en sors une tranche, je me retiens de la lâcher. Elle est couverte de moisissure verte.

Dégoûtée, je jette le tout dans la poubelle près de la porte de derrière, cognant avec mon pied la gamelle d'eau de

Benny. Elle est sèche et une araignée y a même élu domicile, à en croire la toile qui la recouvre.

Je pars chercher le sac de croquettes. Le niveau n'a pas baissé d'un millimètre.

Mon cœur se déchaîne.

Est-ce que Benny est gardé ailleurs ? Ally a-t-elle menti quand elle m'a écrit qu'il s'était remis de ses blessures ?

Bon sang. Benny n'est-il jamais rentré de chez la vétérinaire ?

Je me jette sur mon téléphone pour appeler Ally, mais je me ravise aussitôt, consciente que je tomberai encore sur sa messagerie. Je décide plutôt de chercher sur le frigidaire l'aimant de la vétérinaire d'Ellenbrook. Une secrétaire me répond après deux sonneries.

– Bonjour. J'espère que vous allez pouvoir me renseigner. Je voudrais des nouvelles d'un chien qui a été soigné dans votre clinique, il y a quatre semaines.

– Un nom ?

– Tash Carmody.

Elle rit.

– Je veux dire le nom du chien. C'est comme ça qu'on les entre dans nos fichiers.

– Oh. Benny. Euh... Carmody, je suppose ?

Je l'entends pianoter sur son clavier.

– Oui, je l'ai trouvé. Un labrador blond de dix ans.

– C'est bien ça.

– C'est écrit... oh. Euh...

– Il y a un problème ?

– Attendez un instant, s'il vous plaît.

Elle me fait basculer sur un disque. Je me ronge le pouce en écoutant un morceau de musique classique, affolée à l'idée que Benny n'ait pas survécu. Pourquoi Ally m'aurait-elle menti ? Pour ne pas me faire de la peine ? Elle n'aurait tout de même pas gardé ça pour elle.

La musique s'interrompt et une voix plus grave retentit au bout du fil.

– Tash ?

– Bonjour ? Margaret ?

– Oui ! lance-t-elle, visiblement soulagée. Je suis contente que quelqu'un prenne enfin des nouvelles.

– Pardon ?

– Nous n'avons toujours pas réussi à joindre ta tante pour le règlement. Dans la panique, j'ai oublié de prendre ton numéro de téléphone, alors nous ne savions pas qui appeler.

Je tire une chaise de sous la table de la cuisine pour m'asseoir.

– Vous n'avez pas parlé avec ma tante quand elle est venue chercher Benny ?

– Ma chérie, personne n'est venu chercher Benny.

– Quoi ?

– On a dû le placer dans un chenil. On n'a pas assez de place ici.

– Je ne comprends pas...

– On a pensé qu'il était arrivé quelque chose à ta tante.

– Non, dis-je en me frottant le front. Non, elle va bien. On s'est envoyé des messages depuis.

– Je peux te donner les coordonnées du chenil si tu veux aller le chercher ?

– Oui, s'il vous plaît. Ce serait parfait. Il peut venir avec moi à Port Bellamy, s'il le faut.

Margaret me donne le numéro de téléphone et on se met d'accord pour qu'elle m'envoie la facture des soins qu'elle a prodigués à Benny.

– Je suis désolée pour tout ça, Margaret. Je ne savais pas qu'Ally n'en voulait plus. Est-ce qu'elle vous a dit pourquoi ?

– Ta tante ne nous a jamais appelés.

***

Dans un demi-sommeil sans repos, le ventre vide, je me laisse bercer par les craquements et les crissements de la maison qui me tient compagnie. Mon corps s'agite sur le matelas comme pour ne pas se laisser écraser par les murs et le plafond qui se referment sur lui. À un moment, je me réveille en sursaut, convaincue d'avoir entendu Benny au rez-de-chaussée. Impossible, bien sûr, et pourtant je me fige, le cœur tambourinant dans ma poitrine. Je sais que je ne fermerai plus l'œil de la nuit, si je ne vérifie pas que toutes les portes et toutes les fenêtres sont bien fermées.

Le dimanche de Pâques, je me lève de mauvaise humeur et avec la migraine. Je me prépare un bol de céréales rassises sans lait, et je me souviens soudain que je ne peux pas faire des courses, parce que les magasins sont fermés. Ally n'a répondu à aucun de mes messages. En parcourant ses réponses laconiques de ces dernières semaines, je sens monter l'irritation. J'ai l'impression qu'elle joue à un jeu avec moi. Elle me ment, m'attire ici avec des stratagèmes bizarres qui me paraissent familiers.

Pour me changer les idées, je pars prendre des photos dans la périphérie de Greenwillow. Rapidement, j'immortalise ce que je vois sans trop réfléchir. Mes pensées tournent autour de mes disputes et discussions récentes. Certains commentaires de Sadie me remontent à l'esprit.

Ton esprit peut se souvenir de trucs complètement différents de ce qui est arrivé vraiment.

Est-ce qu'il t'est déjà arrivé de voir Moineau et ta tante dans la même pièce au même moment ?

Pourquoi est-ce qu'Ally ne voulait pas que je parle de Moineau à mes parents ? Est-il possible qu'elle me faisait du mal et que mon cerveau effrayé de gamine de huit ans masquait son identité ?

Ou peut-être qu'elle m'a planté dans la tête cette idée de Moineau pour couvrir ses agissements. Ce n'est un secret pour personne qu'elle déteste mon père, et le plus facile pour lui nuire, c'est de nuire à sa fille. Mais qu'est-ce qu'elle aurait à y gagner ? Le plaisir sadique de rendre dingue un de ses enfants ? Si c'était son but, alors elle a réussi.

À moins, bien sûr, qu'elle n'ait pas encore terminé.

Frissonnante, malgré le soleil d'automne, je roule sur les sentiers de Willow Creek. Quand j'arrive dans la maison d'Ally, je suis épuisée et déshydratée, un mal de tête connu prêt à me torturer.

Mon téléphone vibre avec un message de Morgan.

On est là ! La cuisine est en ébullition. Je viens te chercher à 18 h ?

Je réponds rapidement avant d'avaler deux verres d'eau et de chercher du paracétamol.

À l'étage, je me déshabille pour entrer dans la baignoire sur pieds et me recroqueville à une extrémité, le jet d'eau chaude taquinant désagréablement ma peau. Ma poitrine se serre, annonçant une nouvelle crise d'angoisse. Je me sèche et défais sur mon lit le contenu de mon sac à dos. Je tente de me concentrer sur ma tenue du soir. En faisant le tri dans mes vêtements, ma main rencontre un objet solide. J'agite un tee-shirt d'où tombe un portable dans son étui.

Les yeux noirs de Hello Kitty se posent sur moi.

Mon Dieu.

J'ai le téléphone de Rachael.

32

AVANT

La grande roue ralentit quand je repère Moineau derrière le guichet. Il regarde la nacelle jaune que j'ai eu la chance d'avoir pour moi toute seule. Maintenant je regrette de ne pas m'être installée avec une gentille famille, ou peut-être les ados à deux nacelles de moi. Si j'étais avec d'autres personnes, il me laisserait peut-être tranquille.

– Va-t'en, dis-je quand je redescends sur la plateforme en bois.

Il me suit jusqu'à la sortie, en bas des deux marches et sur l'herbe boueuse. Il marche à bonne distance pour que les gens pensent que je parle toute seule.

– Laisse-moi tranquille !

Il descend sa capuche sur son front, mais je peux encore voir les cernes mauves sous ses yeux. Il a aussi une longue cicatrice sur la joue. Comment il se l'est faite ? Où va-t-il quand il ne me harcèle pas pour que je joue avec lui ?

– Viens avec moi, demande-t-il. J'ai quelque chose à te montrer. Tu vas aimer, promis.

– Je ne veux pas.

Je tourne entre deux tentes de cirque pour atterrir devant des poubelles.

Je croise les bras.

– Je te l'ai déjà dit, je ne veux pas jouer avec toi.

– Même si je te montre un tour de magie ?

Je lève les yeux au ciel pour lui faire croire que je m'en fiche, mais j'ai l'impression d'avoir des fourmis dans le ventre.

Et s'il était magicien ? Il n'a pas l'air d'un sorcier ou d'un superhéros. Mais ça ressemble à quoi la magie ?

– Je sais comment te faire disparaître, lance Moineau.

La toile de la tente claque dans le vent et j'ai du mal à entendre les bruits de la fête foraine. Les manèges et les gens me semblent très loin.

– Je n'ai pas envie de disparaître.

– Tu ne veux pas rester ici, n'est-ce pas ? Tu es seule, tu t'ennuies.

– Je veux rentrer chez moi.

– Alors c'est parfait, tu ne disparaîtras pas pour de vrai. C'est un tour de magie, tu retourneras simplement chez toi.

Je croise les bras. Il pourrait se montrer aussi méchant qu'à la crique. Je ne pense pas que je devrais l'écouter. Je ne pense pas qu'il dise la vérité.

Mais j'ai tellement soif, et je suis fatiguée. Mes jambes me font mal. J'ai trop chaud et j'ai la peau qui brûle. Et surtout, je n'ai aucune envie de retourner chez Ally. Je n'aime pas être là-bas, je n'aime pas les bruits, les odeurs, les ombres. Et si maman et papa décident de m'y laisser parce qu'ils sont trop occupés avec le bébé ? Deux semaines de plus ?

Peut-être un mois ? C'est peut-être ma seule chance de rentrer chez moi avant qu'ils m'oublient complètement.

– Qu'est-ce que je devrais faire ?

– J'ai trouvé une boîte très spéciale. Tu dois grimper à l'intérieur et je prononcerai la formule magique.

– Je ne sais pas...

Le sourire de Moineau s'efface comme toujours quand je ne dis pas tout de suite oui.

– Allons, viens voir.

J'ai peur et faim et je suis fatiguée. Et papa et maman me manquent tellement que j'ai envie de pleurer. J'aimerais être chez moi, dans mon lit, avec mes livres et mes peluches, avec ma couette préférée.

– J'ai juste à monter dans la boîte pendant une minute ?

Le rictus satisfait de Moineau laisse apparaître ses dents noires et jaunes.

– Moins que ça, répond-il.

33

MAINTENANT

Je ne sais pas ce que j'ai choisi de porter. Ça n'a plus aucune importance. Ce que je sais, c'est que je suis tout habillée, à la table de la cuisine d'Ally avec le portable de Rachael devant moi. Mes cheveux mouillés dégoulinent sur mon tee-shirt et inondent le dossier de la chaise en bois.

Comment je me retrouve avec ça ?

Un frisson me traverse. Et soudain, je ne peux plus m'arrêter de trembler.

Qu'est-ce que je dois faire ? Qui dois-je appeler ?

Je me lève et fais les cent pas. Morgan sera là dans vingt minutes. Je dois me calmer et réfléchir.

Dans le garde-manger, je cherche une tisane ou n'importe quoi pour m'apaiser. Il y a trois bouteilles du vin que j'ai bu avec Ally à ma dernière visite. Ça m'avait bien aidée à me détendre. Ça pourrait suffire à éviter la crise de panique.

Je débouche la bouteille et prends une tasse de café dans le placard. J'avale trois premières gorgées goulûment. Je remplis de nouveau la tasse, en attendant que l'alcool fasse effet. Impatiente, j'avale deux autres gorgées avant de repousser la tasse.

Est-ce que j'ai fait quelque chose à Rachael ?

Est-ce que j'ai fait d'autres choses dont je ne me souviens pas ?

Je me suis concentrée sur Ally, mais si le problème venait de moi depuis toutes ces années ? Et si Ally gardait ses distances pour une bonne raison ? Ces coups de fil chargés de tension, tard dans la soirée… est-ce qu'elle parlait de moi avec mon père ?

Des pensées sombres tourbillonnent dans ma tête et je suis prise de vertige. Ça doit être le vin, mais il ne fait pas taire mes angoisses assez rapidement. Je remplis encore une fois ma tasse, au moment où j'entends Morgan se garer devant la maison.

Je m'empresse de cacher le téléphone de Rachael dans la corbeille à pain, me cognant la hanche sur la table. Ma tasse de vin menace de se renverser, alors je la prends pour la finir au-dessus de l'évier. Quand Morgan sonne à la porte, j'ai pratiquement tout bu et je verse les dernières gouttes.

– Bonjour, salue Morgan, quand j'ouvre la porte.

Il est vêtu d'un pull à col en V et du même pantalon qu'il portait à la soirée de ses parents. Il me transperce de son regard insistant et je sens que la culpabilité se lit sur mon visage.

– Euh… je suis en avance ?

– Pas du tout ! dis-je trop fort.

Appuyée sur le mur, je me penche pour enfiler mes Converses.

– Laisse-moi juste prendre mon sac.

Il attend à la porte, pendant que je retourne dans la cuisine et reviens vers lui. J'ignore si mon sourire est forcé, mais il ne peut pas se douter que quelque chose ne va pas.

– Euh, Tash... il fait un peu frais dehors, prends peut-être un gilet ?

Je constate alors que je suis en petit débardeur blanc et jean déchiré. Ah oui. C'est pour cette tenue que j'ai opté ?

Malgré ma nausée, le trajet jusqu'à la rivière est agréable et douillet. La tête posée sur la vitre, j'écoute Morgan parler, mais j'ai du mal à comprendre ce qu'il dit. Je ne me rappelle pas combien de tasses de vin j'ai fini par avaler. Je suis juste un peu éméchée, rien de plus. Enfin je crois...

J'observe les vitrines des magasins fermés sur la rue principale de Greenwillow. Dans une petite allée, j'aperçois une boutique encore ouverte.

Je me redresse.

– Attends. Arrête la voiture !

Morgan sursaute en entendant le ton de ma voix. Il regarde dans le rétroviseur et obéit.

– Fais marche arrière, dis-je complètement tournée sur mon siège. Allez, maintenant !

– Pourquoi ? demande-t-il en s'exécutant tout de même.

Il n'y a aucune autre voiture, il peut facilement reculer jusqu'au carrefour.

– Qu'est-ce qui se passe ? Qu'est-ce qui ne va pas ?

J'ai le visage si proche de la vitre que mon souffle la couvre de buée. J'appuie sur le bouton pour l'ouvrir et me tords le cou pour regarder dehors.

– J'ai cru voir le pick-up de ma tante. Là, devant la pharmacie.

– Ah... et alors ?

Je plisse les yeux dans le noir. Deux pick-up sont garés au bord du trottoir, mais devant la pharmacie, les places de stationnement sont vides.

– J'aurais juré...

Morgan me touche l'épaule. Je fais un bond.

– Tash, ça va ? Tu as l'air un peu...

– Non, ça va. Je vais bien.

Je me ratatine sur mon siège et ferme la vitre, honteuse.

– Désolée. Oublie, s'il te plaît.

Le visage troublé de Morgan prouve qu'il n'y arrive pas. Je tente d'être discrète en jetant de petits coups d'œil dans le rétroviseur, après avoir repéré deux phares derrière nous qui me donnent l'impression qu'on est suivis.

Quand on s'arrête devant un bungalow à la façade peinte au bord de la rivière, Morgan se dépêche de sortir de la voiture pour venir m'ouvrir la portière.

– T'es sûre que t'es en état ? demande-t-il, alors que je me bats avec ma ceinture de sécurité.

– Bien sûr ! Je m'en fais une joie.

Je dégringole de la voiture et il me rattrape avant que je m'écroule sur le gravier. Derrière nous, la route est plongée dans le noir. Pas de phares. Je souffle.

– Je suis juste un peu fatiguée. Ça ira mieux quand on sera à l'intérieur.

On a à peine mis un pied dans la maison que Mme Fisher me saute dessus avec un sourire chaleureux et un plateau de bruschettas. Elle porte une de ses robes élégantes au motif floral, ses cheveux bruns bouclés tombant en cascade sur ses épaules.

– Je sais que Daniel était ton orthodontiste, annonce-t-elle en se penchant pour m'embrasser la joue. Mais ça me fait très plaisir de voir combien tu as grandi. Morgan parle de toi sans arrêt.

– Maman..., lâche-t-il, gêné.

J'essaie de dessiner un sourire sur mes lèvres, mais elles sont molles et ne m'obéissent pas.

– Merci pour cette invitation, dis-je lentement, m'assurant que je n'oublie aucune syllabe.

Je prends un petit toast sur son plateau, mais il n'arrive pas jusqu'à ma bouche. La tomate et le basilic finement hachés atterrissent sur mon petit haut blanc.

– Oups, lâche Mme Fisher en me tendant une petite serviette en papier. Désolée, ce n'est pas pratique à manger. J'aurais dû me contenter d'un plateau de fromages.

Elle me regarde étaler la tache sur le tissu.

– Morgan, montre à Tash où est la salle de bain. Un peu d'eau évitera que ça s'incruste.

En suivant Morgan dans le petit couloir qui longe le salon, je remarque les regards intrigués de sa famille sur moi. Ils sont tous sur leur trente et un : chemises, pantalons élégants, chaussures en cuir. Moi, j'ai un jean troué et de vieilles baskets. Sérieusement !

Je me cogne l'épaule en entrant dans la salle de bain. Je me tourne vers Morgan.

– Ta mère est vraiment gentille...

– T'es bourrée ? m'interrompt-il, un regard vers le couloir.

– Hein ?

– Combien t'as bu avant que je vienne te chercher ?

Il jette un regard à sa famille qui s'installe autour de la table, des hommes et des femmes de l'âge de son père.

– Je n'ai...

– Tu n'es pas dans ton état normal, insiste-t-il en fronçant les sourcils. Qu'est-ce qui se passe ? Il y a eu un problème ?

Rien ne va, Morgan ! J'ai l'impression de devenir folle.

– Je suis juste fatiguée. Je n'ai pas bien dormi cette nuit. J'arrive dans une minute.

Je ferme la porte le plus doucement possible, et je réussis à la verrouiller au deuxième essai. Je vacille devant le miroir, agrippant la porcelaine du lavabo pour que la pièce arrête de tourner. Je me débarbouille, passe les doigts dans mes cheveux et examine mes petits yeux.

Tu as l'air d'une fille qui a quelque chose à cacher.

Dans la salle à manger, je tente de répondre poliment, heureuse que Morgan soit assis juste à côté de moi. Au moins, comme ça, je ne vois pas son expression quand je bute sur les mots. En revanche, je vois le visage de Mallory : ses yeux bleus perçants, ses cheveux blonds fins et clairsemés qui encadrent ses traits délicats. Assise en face de moi, elle me jette de petits coups d'œil quand elle pense que je ne la vois pas. À un moment, nos regards se croisent et elle m'adresse l'ébauche d'un sourire. Je m'efforce d'y répondre, même si intérieurement j'ai envie de pleurer.

– Il y a eu un incident à la fête à laquelle nous avons été invités, raconte M. Fisher pour faire la conversation. Une amie de Morgan a été assommée et laissée inconsciente sur la jetée de Port Bellamy.

– Terrible, commente un cousin. Ils ont attrapé l'agresseur ?

– L'enquête est en cours, répond Morgan. On l'a attaquée pour lui voler son portable.

Dans ma bouche, la purée se transforme en une pâte gluante. Je n'arrive plus à l'avaler. Je m'enfonce sur mon siège.

– Incroyable ! lance un autre cousin, un frémissement dans la moustache. Il n'y a qu'un malade mental qui prendrait le risque d'attaquer quelqu'un pour lui voler un vieux téléphone.

Oui, mais les malades mentaux, ça ne manque pas, je me retiens de dire.

– Rachael est aussi une amie à toi, Tash ? demande Mme Fisher, avant d'enfourner un haricot vert.

Son mari et elle me sourient en attendant ma réponse.

– Euh..., dis-je en essayant de me redresser. Avant, oui. On n'est plus très proches. C'est terrible ce qui lui est arrivé, quand même.

J'avale mon eau d'une traite. Je vois par le fond de mon verre que Mallory m'observe. La carafe est bien plus lourde que je ne l'imaginais. Mon coude lâche alors que je me ressers, la carafe heurte mon assiette, envoyant valser mes couverts. Un gros morceau de porcelaine se casse.

– Oh, dis-je en bondissant, tous les regards sur moi. Je suis désolée !

– Aucun problème, ma chérie, me rassure Mme Fisher.

Elle se penche sur la table pour prendre l'assiette.

– Juste un petit accident. Ce n'est pas grave du tout.

– Bon, lâche Morgan en repoussant sa chaise pour se lever. Tash et moi, on va prendre un peu l'air avant le dessert.

J'adresse une moue contrite aux autres convives et mes yeux finissent par se poser sur Mallory qui a l'air attristée, comme si elle comprenait mon désarroi. J'aimerais lui parler, mais Morgan se dirige déjà vers la porte.

Je mets un moment à me dépêtrer de ma chaise et m'excuse encore une fois, alors que la conversation reprend autour de la table. Quand je retrouve Morgan dehors, je n'arrive pas à lire son expression.

– Morgan, je suis vraiment désolée pour l'assiette.

– Mais qu'est-ce que t'avais dans la tête pour débarquer chez moi ivre morte ? demande-t-il, les mains sur les hanches. Devant ma famille ! Ils attendaient avec impatience de te rencontrer et bonjour leur première impression.

– Je n'ai pas réfléchi. Désolée...

– Tu es trop bizarre depuis quelque temps. Je n'arrive pas à te cerner avec tes hauts et tes bas permanents...

Je ne sais pas quoi répondre. Je me tais, mais ça le frustre encore plus.

– Sérieux..., lâche-t-il en croisant les bras. J'ai l'impression que tu ne me dis pas tout. Tu me caches trop de choses.

Je baisse les yeux. Je n'ai pas envie de me laisser embarquer sur le sujet maintenant et ici. Je suis décidée à lui parler de Moineau et de la fête foraine, mais ce n'est pas le moment. Je suis trop embrouillée, mes pensées vont dans tous les sens.

– Au lycée, ça parle beaucoup de l'agression de Rachael.

Je lève la tête, inquiète.

– Les gens pensent que tu y es pour quelque chose. C'est n'importe quoi, n'est-ce pas ?

Je grimace en pensant au portable de Rachael dans mon sac.

– Je suis passée au Kimchi le soir de son anniversaire. On s'est disputées.

– Tu étais là ? Pourquoi tu ne m'as pas dit ?

Je hausse les épaules et m'appuie contre un pilier de la véranda.

– Vous vous disputiez à quel sujet ?

– Elle sait un truc que j'ai fait enfant. Un truc dont j'ai honte.

Il s'approche et je résiste à l'envie de m'enfuir.

– C'est quoi ?

Tu ne peux plus faire marche arrière. Tu dois lui dire.

J'agrippe le pilier si fort que mes phalanges blanchissent.

– Ça concerne ce que j'ai dit à la police le jour où Mallory a disparu.

Morgan déglutit. Ses yeux m'examinent de haut en bas, comme s'ils me voyaient déjà différemment.

– Je leur ai dit que j'ai vu Moineau emmener Mallory pendant la fête foraine.

– Moineau ? Ton croque-mitaine ?

– Je le pensais réel. Je pensais qu'il jouait avec moi.

– Attends. Alors tu as vu quelqu'un kidnapper Mallory près des toilettes ?

– Oui. Enfin, non, pas vraiment. Je ne sais pas. Il était imaginaire...

Morgan me dévisage un peu trop longtemps. Je perçois les signaux d'alerte dans son esprit.

– Pourquoi tu as fait une chose pareille ?

– Je suis désolée, dis-je en m'approchant.

Il recule d'un pas.

– Je ne sais pas ce qui ne tournait pas rond chez moi. De toute façon, personne ne m'a crue.

– Parce que tu inventais des histoires, lâche-t-il en montant le ton.

– J'avais huit ans...

– Et alors ? C'est une excuse ?

– Non, je dis juste...

– C'était le pire jour de nos vies, Tash. Et toi, tu inventes des trucs pour te rendre intéressante ?

Je mords ma lèvre de toutes mes forces. Je n'ai aucune excuse. Je n'ai pas de meilleure explication à lui offrir.

– Depuis qu'on est rentrés, t'es tout le temps autour de nous, dit-il. T'es obsédée par ma famille, c'est ça ?

– Bien sûr que non !

– Comment je peux croire ce qui sort de ta bouche ?

Je tente de répondre, mais je ne sais pas quoi dire. Je baisse les yeux. Morgan se détourne de moi.

Je sais que je devrais partir, parce que Morgan ne veut plus rien avoir à faire avec moi. Seulement, quelque chose qu'il vient de dire me trotte dans l'esprit.

Depuis qu'on est rentrés.

Je reviens sur des soupçons que mon cerveau avait formulés sans les approfondir correctement.

Depuis qu'on est rentrés.

Tout a recommencé quand les Fisher sont revenus en ville.

Morgan m'a enfermée dans la buanderie alors qu'il savait que la poignée de la porte ne fonctionnait pas. Il était au centre commercial le jour où Tim a disparu. Il est apparu brusquement dans la maison d'Ally quand j'ai retrouvé Benny blessé, alors que je sais pertinemment que j'avais fermé les portes. Morgan m'a déposée chez moi, le jour où ma mère a trouvé une boîte avec des moineaux morts à l'intérieur, et il était à la fête de Rachael et Christopher. C'est peut-être Morgan qui s'est faufilé derrière Rachael pour l'assommer, lui voler son portable et le mettre dans mes affaires.

Morgan est-il capable de tout ça ? Une telle cruauté pour me torturer, me punir ? Est-ce une vengeance ? S'il me reproche la disparition de sa sœur, il est capable de tout.

– Tu l'as toujours su ? dis-je, comprenant soudain.

– De quoi tu parles ?

Il fait un pas vers moi, son regard trop insistant. À quoi il joue ?

Je serre les poings et les porte à mes tempes. Est-ce possible ? Est-ce de Morgan que je devrais avoir peur ? Et mes doutes sur Ally ?

Et sur moi-même ?

– Je dois y aller, dis-je avant de partir en chancelant.

Il faut que je parte loin d'ici, loin de Morgan. Je retourne vers la porte d'entrée. Elle est entrouverte, une petite silhouette apparaît derrière, à contre-jour.

Elle tire la porte pour me laisser entrer.

– Mal..., commence Morgan, au moment où sa sœur part en courant.

Qui sait ce qu'elle a entendu ? Je veux aller m'excuser, me justifier, mais une voix dans ma tête me hurle *va-t'en, va-t'en, pars d'ici.*

Tête baissée, je longe la salle à manger pour entrer dans la cuisine. Je reprends mon sac au moment où Mme Fisher apparaît sur le pas de la porte.

– Tash, ma chérie ? Qu'est-ce qui ne va pas ?

Elle s'avance pour me toucher le bras mais je recule brusquement.

– Vous vous êtes disputés, Morgan et toi ?

Je me rends alors compte que je suis en larmes. Je cherche rapidement un mouchoir dans mon sac, mais il me tombe des mains et tout le contenu se déverse sur le sol.

Mme Fisher remonte sa jupe en satin pour m'aider à récupérer mes affaires.

– Tout ira bien, m'assure-t-elle en me frottant le dos. Tu as un peu trop bu, c'est tout. Tout ira parfaitement demain matin.

Je hoche la tête en reniflant, mais je n'y crois pas une seule seconde. M. Fisher débarque à son tour, son front plissé d'inquiétude. Le couple échange un regard préoccupé.

– Tu ne peux pas retourner chez ta tante dans cet état, déclare Mme Fisher. Que va-t-elle penser ?

– Je vais bien.

Et pourtant, l'idée de retourner dans cette maison vide et noire me glace le sang autant que de rester ici.

Mme Fisher écarte une mèche de mon visage mouillé pour la glisser derrière mon oreille.

– Tu devrais rester ici, cette nuit, ma chérie.

Je pousse un soupir et secoue la tête.

– Merci pour le dîner, dis-je en me relevant. Je suis vraiment désolée. Pour tout.

– Oh, Tash..., lance Mme Fisher avec un regard triste. Ce n'est qu'une assiette cassée.

M. Fisher insiste pour me reconduire chez ma tante et part chercher les clés de la voiture. Alors que sa femme s'efforce encore de me convaincre de rester, son attention est attirée par quelque chose derrière moi.

– Tu t'occupes d'elle, cette nuit ? demande-t-elle, son visage radouci. C'est sûr ?

Les battements de mon cœur s'accélèrent. Je ne veux pas être seule avec Morgan, je suis trop perdue. Je dois appeler Sadie. Je dois appeler mes parents.

Je fais volte-face pour dire à Morgan que ce n'est pas nécessaire, mais ce n'est pas lui qui se tient dans l'embrasure de la porte, avec un sac à dos et un oreiller. C'est Mallory.

Elle ne me regarde pas, acquiesçant d'un hochement de tête.

34

AVANT

20 décembre 2016

Retranscription de séance, cabinet du docteur Ingrid Ballantine

Psychiatre pour enfants et adolescents

Clinique pour enfants, Newcastle

Patiente : Natasha Carmody, dix-sept ans

IB : Tu vas bientôt commencer ta dernière année au lycée.

NC : Mmm, oui.

IB : Comment te sens-tu ?

NC : Super.

IB : Ton « super » manque un peu d'enthousiasme.

NC : Ah oui ?

IB : Oui. Tu as des réserves ?

NC : Non.

IB : Des angoisses ?

NC : Non.

IB : Ce qu'exprime ton corps est intéressant.

NC : Ah oui ?

IB : Tu me sembles sur tes gardes, aujourd'hui. Renfermée. Tu n'as pas envie d'être ici ?

NC : Pas vraiment.

IB : Et pourquoi ?

NC : Je pense que je n'ai plus besoin de revenir.

IB : Je vois.

NC : ...

IB : Tu as l'impression de faire face à ton anxiété ?

NC : Oui.

IB : Et il n'y a pas eu d'incidents récents ?

NC : De quel genre... ?

IB : Cauchemars ? Claustrophobie ? Crises d'angoisse ?

NC : Tout est parfaitement sous contrôle.

IB : Je ne suis pas sûre que tu y croies toi-même.

NC : C'est bien le problème, personne n'a jamais vraiment essayé de savoir ce que je croyais.

IB : Explique-moi.

NC : J'en ai assez d'expliquer. Qu'on me dise guérie et qu'on en finisse.

35

MAINTENANT

M. Fisher insiste pour nous accompagner jusqu'à la porte de la maison de ma tante. Si j'avais encore un faible espoir qu'elle soit rentrée, il est réduit à néant par les fenêtres noires et l'absence de son pick-up dans l'allée. J'avais oublié de laisser la lumière de la véranda pour mon retour et je dois m'y reprendre à trois fois pour enfoncer la clé dans la serrure. M. Fisher propose d'entrer nous allumer un feu de cheminée. Je lui assure qu'on peut largement se contenter du poêle à huile.

– Bon j'arrête de vous embêter et je vous laisse vous débrouiller, lance-t-il en souriant.

Il s'attarde dans le couloir, jusqu'à ce qu'on ferme les rideaux, et demande à Mallory de leur écrire, à sa mère et à lui, pour les tenir au courant. Je lui promets qu'Ally ne va pas tarder à rentrer, même si je n'y crois plus. Mais je n'ai pas envie d'être seule. Mallory et moi, on se connaît à peine, et pourtant sa présence me réconforte.

– Et ne t'inquiète pas pour Morgan, lance M. Fisher en partant. Il va se ressaisir et s'excuser de t'avoir contrariée. Je ne l'ai jamais vu aussi heureux que ces derniers mois.

Même si je sais qu'il tente de me remonter le moral, sa remarque me dévaste.

Après son départ, je sens le poids du jugement de Mallory sur moi. Je suis contente qu'elle soit ici, mais pourquoi s'est-elle proposée pour me tenir compagnie ? Devrais-je me méfier d'elle aussi ?

Le lien que j'ai senti entre nous pendant le dîner me laisse penser qu'elle est consciente de mon besoin d'avoir quelqu'un de mon côté. Si son frère a vraiment entrepris de se venger depuis leur retour, mon instinct me dit que Mallory n'en sait rien.

Je la guide dans la cuisine.

– Tu veux du thé ? Un chocolat chaud ?

Elle fait non de la tête avant de remarquer la bouteille vide sur la table. Elle s'avance vers l'évier où deux verres à vin sont retournés sur la paillasse.

– Sérieux ? Après la manière dont je me suis donnée en spectacle chez tes parents ?

Mallory hausse les épaules et pose les verres sur la table devant moi. Je me retiens de rire en nous servant généreusement. Et pourquoi pas, après tout ? Ça ne peut pas être pire de toute façon.

On boit chacune une grande gorgée et je me demande soudain si c'est la première fois que Mallory goûte de l'alcool. Mon sens des responsabilités de grande sœur revient au galop. Jusque-là, j'ai adoré être dans le déni, mais je dois freiner Mallory.

– On se met en pyjama ?

Elle pose le verre et lève un pouce.

À l'étage, je lui propose la chambre dans laquelle j'ai dormi la veille. J'insiste pour changer les draps et je prépare pour moi la chambre d'Ally parce que dans la troisième chambre, il n'y a pas de matelas.

On se change lentement, en prenant notre temps, et je vérifie que toutes les portes et les fenêtres sont bien fermées. Mallory me tapote l'épaule quand je passe à côté de la chambre des invités, au rez-de-chaussée, sans y entrer. Je blêmis.

Elle paraît intriguée, mais prend les choses en main et part vérifier la fenêtre. Je ne sais pas si elle remarque ma grimace terrorisée quand je pose les yeux sur la banquette, sous la fenêtre illuminée par le clair de lune.

Je nous trouve deux couvertures crochetées par grand-mère, et on prend nos verres au salon. Je sélectionne un vieux feuilleton des années 1990 à la télé pendant que Mallory écrit à ses parents pour leur souhaiter bonne nuit.

– Merci de me tenir compagnie, dis-je et de nouveau, je me sens au bord des larmes.

Mallory hoche la tête et m'adresse un demi-sourire étrange. Elle se penche pour prendre mon portable sur la table basse, avant de me le jeter doucement sur les genoux. Elle tapote sur son écran et ma sonnerie retentit.

Qu'est-ce qui s'est passé ce soir ? Pourquoi est-ce que tu es tellement bouleversée ?

Quand je la regarde, son visage illustre l'inquiétude que je viens de lire dans son message. À cet instant, je sais que personne ne peut me comprendre mieux que Mallory. Mais comment le formuler ? Et comment lui dire que je soupçonne son frère de malveillance ?

– Une longue histoire. C'est compliqué.

Commence par ce qui s'est passé ce soir, alors. Pourquoi vous vous êtes disputés, Morgan et toi ?

L'air coupable, je bois une grande gorgée de vin.

– Il m'en veut à cause de ce que j'ai dit à la police le jour de ta disparition.

Et les mots déferlent. Je lui parle des deux semaines que j'ai passées ici quand j'avais huit ans, je lui explique que j'ai inventé Moineau, et je lui raconte les années de thérapie qui ont suivi, ainsi que mon enfance perturbée. J'entre même dans les détails de mes souvenirs du jour de la fête foraine.

– Ce n'est que beaucoup plus tard que j'ai compris que Moineau était le fruit de mon imagination. Je ne savais pas que personne ne le voyait à part moi. Je te le jure, quand je l'ai vu t'entraîner loin des toilettes, il me semblait plus réel que le nez au milieu de la figure.

Mallory réfléchit. Elle fronce les sourcils avant de prendre une autre gorgée.

– Je ne veux surtout pas que tu penses que ta disparition était pour moi une espèce de mauvaise blague. Je ne voulais pas faire perdre son temps à la police. J'ai dit aux enquêteurs et à mes parents ce que je pensais qu'il s'était réellement passé. Je voulais vraiment te retrouver.

Mallory prend son téléphone.

Au moins, tu as tenté de leur dire quelque chose.

Je penche la tête, intriguée par ce qu'elle vient d'écrire. J'ai tellement de questions à lui poser depuis tellement longtemps, c'est l'occasion.

– Pourquoi est-ce que tu n'as rien pu dire à personne ? Pourquoi as-tu arrêté de parler ?

Je bois pendant que Mallory écrit sa réponse.

Ma thérapeute appelle ça le mutisme traumatique. Maman dit que chaque fois que la police tentait de m'interroger sur ce qui s'était passé, je me figeais. Et depuis, c'est comme si mon cerveau avait oublié comment on parle. Je bloque sur les mots et je me retrouve la bouche ouverte comme un poisson rouge. C'est nul...

– Et ce qu'ils ont écrit dans les journaux ? dis-je en levant les yeux de mon téléphone. J'ai lu un article où tu expliquais que tu avais dormi pratiquement tout le temps pendant cette semaine-là.

Mallory hoche la tête.

J'ai l'impression d'avoir dormi, parce que je n'ai presque pas de souvenirs de ce qui s'est passé entre le moment où j'ai quitté la fête foraine et mon réveil dans le parc national. Une psychologue de la police m'a fait dessiner ce que je me rappelais. Apparemment, beaucoup d'images de moi, allongée, les yeux fermés. Et ensuite, une forêt touffue.

Je me replace sur le canapé.

– Comme les arbres dans ton carnet ?

Et je me rappelle que je ne suis pas censée avoir ouvert son journal intime.

– Désolée, je les ai vus quand ton carnet est tombé de ton lit, le jour où tu as jeté la lampe sur moi.

Le souvenir la fait rire, et je ris avec elle. Je ne sais pas pourquoi ça nous semble si amusant maintenant. Sur le moment, ça ne l'était pas du tout.

– Et les dessins de l'armoire vintage ? C'est aussi un souvenir ?

Elle secoue la tête en tapant sur son portable.

C'est bizarre. J'ai cette image dans la tête, mais je ne sais pas comment elle y est entrée. Je n'arrête pas de peaufiner les détails. Je n'arrive pas à la reproduire sur le papier comme je la vois dans ma tête.

– Tu veux peut-être devenir ébéniste ? dis-je pour plaisanter.

Mallory sourit et hausse les épaules. Elle se détend sur le canapé et boit une autre gorgée.

– Tu ne te rappelles rien de plus concernant ta disparition ?

Mallory réfléchit un instant, avant de coincer son verre entre ses genoux pour écrire la suite. Au bout d'un moment, elle s'interrompt, le feu aux joues.

Des bribes, seulement. Des odeurs. Un véhicule qui roule, avec la radio allumée, dans lequel je somnole. C'est dégueu, hein, mais je me souviens de m'être fait pipi dessus plusieurs fois. Peut-être même caca. Je sais pas dans quel état on m'a retrouvée, et j'ai trop honte pour demander à maman.

Je lui adresse un sourire compatissant.

– Je faisais régulièrement pipi au lit quand j'étais enfant. J'ai même eu un accident chez Rachael pendant une soirée pyjama, si tu veux parler d'un truc honteux. Remercie ta mémoire qu'elle fasse le tri.

Ce que je viens de dire manque affreusement de sensibilité. Je me reprends aussitôt.

– Désolée. Je ne voulais pas dire ça. Ça doit être tellement frustrant de ne pas te souvenir de ce qui t'est arrivé.

Mallory s'assoit en tailleur, plissant les yeux sur son écran, comme si elle avait du mal à lire ce qu'elle y avait écrit.

Les médecins disent que je souffre d'amnésie dissossive.

– Quoi ? dis-je en lisant son message.

Elle le relit, éclate de rire et le réécrit en faisant attention à chaque lettre.

Amnésie dissociative. Liée à mon incapacité de parler, aussi.

– Attends, dis-je manquant de peu de lâcher mon téléphone. J'en ai entendu parler. Ma psy en a parlé à mes parents quand ils s'inquiétaient que j'invente des histoires pour bloquer un évènement traumatique.

En hochant la tête, elle continue à taper. Ça lui prend plus de temps d'écrire son message, ses pouces soudain plus maladroits.

On m'a dit que j'ai enfoui en moi les souvenirs de ce qui m'est arrivé. De temps en temps, un détail remonte à la surface, en général provoqué par un bruit ou une odeur.

– Comme quoi ?

Comme le jour où tu t'es penchée sur mon lit et que j'ai lancé la lampe sur toi. Je ne sais pas pourquoi j'ai eu peur. Mais j'étais terrorisée.

Elle écrit déjà un autre message.

Je ne pouvais pas voir ton visage. C'était à cause de la capuche

– La capuche ? Tu penses que ça pourrait être un souvenir ?

Ma bouche refuse de coopérer. Mes mots se bousculent. Mallory hausse les épaules. Elle tend la main pour poser son verre vide sur la table basse, mais la rate de plusieurs centimètres. Le verre atterrit sur le tapis. Ça a l'air de l'amuser.

– Moineau portait toujours une capuche. Il l'avait quand je l'ai vu t'enlever.

Dans ma tête, c'est très clair, mais je bafouille, incapable d'articuler correctement. Je sais qu'on vient d'avoir une discussion sérieuse, mais je n'arrive plus à retrouver à quel sujet. Mallory me sourit lentement, comme si je venais de faire une blague, ses paupières sont lourdes. Et soudain, dormir semble la meilleure chose qu'on puisse faire.

On parvient à se lever pour monter à l'étage en se soutenant. J'ai l'impression d'être lourde et pâteuse, et que tout ce que j'ai ingéré ce soir se transforme en bouillie dans mon ventre.

Alors que j'attends Mallory devant les toilettes, je suis prise de sueurs froides. J'entre dans la chambre d'Ally pour trouver un gilet dans sa garde-robe. Les encens au gardénia me causent une violente nausée. Je parviens à ravaler l'acide qui a jailli dans ma gorge assez longtemps pour aider Mallory à entrer dans son lit.

Elle dort debout. Je n'aurais pas dû la laisser boire. Elle n'a que quinze ans et elle est si menue. Je ne pensais pas qu'un seul verre pourrait avoir cet effet.

– Merci d'être ici, dis-je, prise du besoin de l'enlacer.

Elle est comme une poupée de chiffon dans mes bras et je l'emmitoufle dans le gilet d'Ally.

Au moment où je veux la libérer, elle se crispe, tout son corps tendu comme un arc.

– Ça va ? dis-je en la lâchant.

Mallory ne bouge pas. Ses yeux se promènent de ma tête à mes pieds et retour. Elle me regarde comme si elle ne m'avait jamais vue, comme si elle se demandait comment elle est arrivée ici.

– Il faut que tu dormes, dis-je en lui indiquant le lit à côté de la fenêtre.

Sa façon de me dévisager me retourne l'estomac. Ma bouche se remplit de salive et je me précipite dans la salle de bain.

– Bonne nuit, ai-je le temps de dire avant de vomir.

36

AVANT

Il fait nuit noire dans le coffre en bois. Plus noir que la nuit, même. Je ne vois même pas mes mains devant mon visage. Ça sent les serviettes humides, les oignons et les chaussettes sales. Et c'était quoi, tous ces déguisements empilés par terre dans la boue, dehors ? Des chemises colorées et des jolies vestes, des perruques bouclées et des plumes. Ils doivent être sales, maintenant. Ça va encore être de ma faute.

C'était une mauvaise idée. Je n'aurais pas dû accepter.

– Les dix secondes sont passées, dis-je en tapant sur le couvercle de la boîte. J'ai fait ce que tu voulais. Laisse-moi sortir !

Le coffre se penche légèrement et je glisse à l'intérieur. Je me cogne le front. Des taches blanches scintillent devant mes yeux.

– Eh oh !

Je hurle et cogne de nouveau le coffre.

– Arrête.

J'ai mal aux genoux là où ils frottent contre le bois.

– Je veux sortir !

Tout bouge et je reçois encore un coup à la tête. Une douleur aiguë me prend à la nuque. Je suis brinquebalée, comme si on transportait le coffre. Où est-ce qu'il m'emmène ? Il n'a jamais parlé de ça.

Ce n'était pas dans le jeu.

– Ouvre !

Mon cri est étouffé. Ma tête est à un angle qui me fait mal. Je n'arrive plus à respirer.

Le coffre bouge de nouveau. Il m'ignore.

Je suffoque.

Et si je n'ai plus d'air ?

Il m'avait prévenue ! Il m'avait dit que si je ne venais pas jouer dans la cave, il m'enfermerait dans une boîte jusqu'à ce que je meure de faim.

– S'il te plaît ! J'ai changé d'avis. Laisse-moi sortir !

Le coffre se fige brusquement et tombe par terre. Je n'entends plus qu'un martèlement dans mes oreilles et mon souffle se heurte à la paroi du coffre. Mon bras me semble sans force quand je le lève une dernière fois pour taper le couvercle. Le côté de ma main me fait mal et ma gorge me brûle. Je suis sur le point de pleurer.

– S'il te plaît, laisse-moi sortir !

Trop noir, trop noir. Tu vas manquer d'air.

Fais-toi petite.

Respire à peine.

– Au secours !

Je n'entends plus rien. Qu'est-ce qui se passe ? Est-ce qu'il reviendra ?

Je ne veux pas mourir de faim.

Je veux raconter à papa et maman ce que m'a fait Moineau.

Je veux rencontrer mon petit frère.

Une voix étouffée me parvient de l'extérieur. Quelqu'un jure.

Est-ce que... ? C'est impossible...

– Papa ?

Peut-être qu'avec toutes ces secousses, j'ai voyagé dans le temps et l'espace ! Moineau a peut-être tenu sa promesse après tout. Il est peut-être vraiment magicien. Je suis enfin chez moi et les deux semaines chez Ally n'étaient qu'un mauvais rêve.

– Papa !

Le couvercle du coffre se soulève. Au-dessus de moi, je vois le ciel bleu et je plisse les yeux, éblouie.

– Sors d'ici tout de suite ! gronde une voix.

Une forme immense me surplombe. Ce n'est pas papa. Et sûrement pas Moineau.

– J'en ai assez que vous jouiez à cache-cache dans mes affaires ! s'énerve la voix, alors que je me lève. Ce n'est pas une cour de récréation, ici. C'est pour les gens du spectacle. Sors d'ici et retourne chez tes parents !

Un grand gant rouge apparaît devant mon visage. Je l'attrape et il m'aide à sortir du coffre. C'est un homme maquillé en clown avec une perruque bouclée. Il secoue la tête, fâché contre moi, tandis que je tente de reprendre mes esprits.

Moineau m'a emmenée quelque part.

Il pourrait revenir d'une minute à l'autre.

– Désolée, dis-je en reculant, un peu étourdie encore.

Il agite sa main pour me dire de décamper.

Je m'enfuis hors de la grande tente pour me fondre dans la foule autour des attractions. Je ne veux plus être ici. Je dois retrouver Morgan Fisher et tout ira bien. Je l'ai vu tout à l'heure aux autos tamponneuses avec ses parents et sa sœur. Ils habitent à Port Bellamy, aussi, et si je le leur demande gentiment, ils me ramèneront chez moi.

Je me retiens de pleurer en courant vers les camions de nourriture. J'essaie de ne pas penser à mes genoux douloureux et à ce coffre sombre et puant.

Je me raccroche à une idée pour courir plus vite.

Trouver Morgan.

Trouver Morgan.

Trouver Morgan.

Et le trouver avant que Moineau ne me trouve.

37

MAINTENANT

Je me réveille tendue, mes épaules me font mal et l'espace d'un instant terrifiant, j'ai l'impression d'être de nouveau dans le coffre. Sous mon côté droit, je sens une matière désagréable, et ma joue est enfoncée dans quelque chose de froid et rigide. J'ouvre un œil. Ce n'est pas l'obscurité étouffante du coffre qui m'accueille, mais la faible lumière de l'aube. Je chasse les brumes de mon rêve pour enfin comprendre que je me suis endormie sur le sol de la salle de bain.

Quand j'essaie de m'asseoir, ma tête proteste violemment. Ma bouche est plus sèche que du papier à gratter, mon estomac vide et fragile. Est-ce que j'ai vraiment autant bu ? Le souvenir de mes vomissements sur la cuvette des toilettes me revient en tête et je suis à nouveau secouée par un puissant haut-le-cœur.

Je me traîne jusqu'au lavabo pour me laver la bouche, un peu de dentifrice étalé sur mon index. Quand je m'examine dans le miroir, mon reflet me paraît presque macabre. Vraisemblablement, je pue le vin et le vomi et Dieu sait quoi encore, mais je dois aller m'assurer que Mallory va bien avant de prendre ma douche. Si elle se sent aussi mal que moi et qu'elle se réveille dans un sale état, elle aura sûrement besoin d'aide.

En m'avançant vers la porte, j'appuie sur l'interrupteur, et à ce moment-là, je me rappelle que je n'avais pas éteint, la veille. L'aube grise s'infiltre par une petite fenêtre à côté du plafond, ainsi que par le verre dépoli au-dessus de la porte de la salle de bain. Je tourne la poignée en cuivre, mais la porte ne s'ouvre pas. Je change de sens, plus fermement cette fois. La porte craque, mais résiste.

Je me baisse pour regarder par le trou de la serrure. Il n'y a pas de clé. Ally m'a peut-être prévenue que cette porte coinçait. Surtout s'il fait un peu froid le matin.

– Mallory ? Tu es là ?

Je frappe de toutes mes forces.

– Mallory, tu es réveillée ?

Accroupie, je surveille le couloir à travers le trou de la serrure, sans repérer aucun mouvement. Au moment de me relever, j'aperçois une tache rouge sur les carreaux blancs à mes pieds. J'examine ma jambe et remarque des égratignures sur la cheville. La peau est déchirée par endroits, une des écorchures encore à vif, avec de petits points de sang. Je vérifie sur l'autre cheville. Pareil.

Intriguée, je regarde autour de moi.

Qu'est-ce que j'ai bien pu faire dans mon sommeil ?

Il faut vraiment que je sorte d'ici. *Maintenant.* Qu'il y ait une toute petite fenêtre est presque plus agaçant que s'il n'y en avait pas du tout.

– Mallory ! dis-je encore plus fort, en insistant sur la poignée. Mallory, s'il te plaît, viens m'aider !

Je m'agite derrière la porte, comme un lion en cage. Qu'est-ce que je peux faire ? M'asseoir en attendant que Mallory se réveille ? Ou tenter de forcer la sortie ? Je lève les yeux vers le verre dépoli qu'Ally a fait installer au-dessus de la porte pour éviter l'humidité et les moisissures.

Réfléchis, Tash ! Réfléchis !

Mes yeux inspectent les lieux et se posent sur la brosse de toilettes en céramique. J'enveloppe mon poing dans une serviette et, hissée sur la baignoire, je prononce des excuses silencieuses à ma défunte grand-mère avant de cogner le verre, qui explose, propulsant des éclats sur le plancher de l'autre côté. Avec ma main protégée par la serviette, je retire le reste des bris sur le cadre. Arrachant deux serviettes de bain des crochets du mur, je tends l'oreille, sûre d'entendre Mallory accourir. Mais rien.

Est-il possible que ce soit Mallory qui m'ait enfermée là ?

Ou est-ce moi qui me suis enfermée pour me protéger d'elle ?

Je m'agrippe au rebord capitonné et me soulève pour passer à travers. Un moment en équilibre instable entre l'intérieur de la salle de bain et le couloir, je parviens à passer mon genou dans l'ouverture pour me pousser de l'autre côté.

J'atterris lourdement sur la hanche et les fesses, me blessant sur les éclats de verre. J'examine rapidement mes bras et mes jambes pour m'assurer que rien ne s'est enfoncé dans ma peau. Ça aurait pu être pire et le soulagement de m'être extirpée de là m'envahit.

– Mallory ? dis-je une nouvelle fois, retirant le gilet d'Ally que je me rappelle vaguement lui avoir emprunté la veille.

Je le mets sur le sol pour marcher sans risquer de me faire mal. Quand j'arrive dans la chambre où Mallory a dormi, je trouve le lit défait, les draps jetés par terre.

Dans l'escalier, aucun son ne me parvient depuis la cuisine. Pas de bouilloire sur le feu, pas de céréales dans un bol. Il n'y a personne.

Je crie plus fort encore.

– Mallory ! Allez ! T'es où ?

J'inspecte chaque pièce du rez-de-chaussée méthodiquement, mes jambes de plus en plus faibles. Je dois me forcer à entrer dans la chambre des invités que je préfère éviter.

Avec un peu de chance, Mallory est somnambule, elle s'est peut-être retrouvée dans une autre pièce. Je remonte à l'étage et fouille chaque chambre comme si je jouais à cache-cache. De retour dans celle de Mallory, je remarque son portable sur la table de chevet. Ses chaussures sont renversées à côté de son sac au pied du lit.

Par la fenêtre, je vois le gazon recouvert de givre. Je redescends pour me ruer sur la porte de derrière. Sur le point de tourner le verrou, je m'arrête dans mon élan. Mallory ne peut pas être dehors si la porte est encore fermée de l'intérieur.

Dans l'entrée, le verrou et la chaîne de sécurité sont encore en place. Je pars vérifier les fenêtres des autres pièces. Et ce n'est qu'après avoir terminé le tour complet de la maison, sans oublier de regarder chaque garde-robe, sous tous les lits, le garde-manger, la buanderie et derrière le rideau de la baignoire que je cède à la panique.

Mallory a disparu.

Disparu d'une maison complètement verrouillée de l'intérieur.

Mon portable à la main, je m'assois à la table de la cuisine, sur le point d'appeler Mallory, quand je me rappelle que son téléphone est à l'étage. Au comble du désespoir, j'appelle Morgan. Soit il dort encore, soit il m'ignore : en tout cas, je tombe sur le répondeur.

– Morgan, s'il te plaît, rappelle-moi dès que tu entends ce message. C'est urgent. C'est à propos de Mallory.

Je pose mon téléphone et regarde autour de moi, impuissante. Je repense à Ally qui me rassurait en me disant que c'était normal d'être différente. Elle semblait si inquiète que mes parents me croient timbrée. Je voyais des choses qui n'existaient pas et inventais des situations pour attirer l'attention.

Est-ce que je le fais toujours ?

Est-ce que je suis obsédée par la famille Fisher comme m'en a accusée Morgan ?

Et si c'est le cas... est-ce que j'ai pu faire du mal à Mallory ?

La tête dans les mains, je tente de respirer calmement. Les mots de Sadie me reviennent : *C'est quoi le dénominateur commun ici, Tash ?* Je pensais être la victime, mais si j'étais la responsable de tout ce qui m'est arrivé ? Et si j'avais tout manigancé pour qu'on me plaigne et qu'on s'occupe de moi, comme ces parents psychologiquement dérangés qui empoisonnent leurs enfants ?

Et si c'était moi qui avais emprisonné Benny dans les barbelés ?

Et si j'avais fait du mal à Rachael ?

Je tremble de tout mon corps. Plus rien n'a de sens. Et je me dis que je n'ai peut-être jamais été capable de distinguer la réalité de l'illusion. Pas étonnant que mes parents me surprotègent. Ils me comprennent sûrement mieux que je ne me comprends moi-même.

Je tremble tellement que mes os menacent de se briser. Je reprends mon portable pour appeler la seule personne capable de me faire redescendre du précipice au-dessus duquel je suis perchée.

– Hello, répond Sadie après la troisième sonnerie. Il est tôt. Ça va ?

– Sadie, dis-je en murmurant.

– Tash ? Qu'est-ce qui se passe ?

– Je... je pense que j'ai fait quelque chose, Dee. Quelque chose d'affreux.

– Tash, parle plus fort. Je t'entends à peine. Où es-tu ?

– Dans la maison de ma tante à Willow Creek.

– OK. Qu'est-ce qui se passe ?

Je gesticule sur ma chaise et pose une main sur mon front.

– J'ai peut-être fait quelque chose à Mallory.

– Mallory Fisher ? Qu'est-ce que tu racontes ? Où est ta tante ?

– Ally n'est pas là. Et Mallory s'est... volatilisée.

Sadie lâche un petit soupir.

– OK, Tashie ? Tu es bouleversée, ça s'entend. Je voudrais que tu te calmes et que tu m'expliques exactement ce qui se passe.

J'agrippe mon téléphone de toutes mes forces.

– Mallory a dormi ici cette nuit. Ce matin, je ne la trouve plus.

– Elle est peut-être allée se balader. Elle a emprunté tes clés ?

– Non. Elles sont juste là. Elle n'aurait pas pu tourner les verrous de l'extérieur, de toute façon. On ne peut le faire que de l'intérieur.

– Et passer par une fenêtre ? Elle a peut-être paniqué en voyant qu'elle ne pouvait pas ouvrir une porte.

– Les fenêtres aussi sont fermées de l'intérieur.

– Et qu'est-ce que tu aurais pu lui faire, selon toi ?

– Je... je ne sais pas. Je pense que je suis malade. Je pense que j'ai fait des trucs et qu'après je les ai refoulés.

– Comme quoi ? demande Sadie, inquiète.

– Agresser Rachael sur la jetée. Je pense que je lui ai pris son téléphone parce qu'elle avait enregistré ce que j'avais dit sur Moineau.

– Tu n'as pas agressé Rachael, réplique Sadie sur un ton ferme.

– Comment tu sais ?

– Parce que je te connais, Tash. Tu ne lui aurais jamais fait de mal, même si on est tous d'accord qu'elle mérite de bonnes baffes.

– Dee, je plaisante pas.

– Moi non plus ! Tu n'as sûrement pas fait ça. Tu t'en serais souvenue.

– J'en sais rien. Je ne suis pas sûre de pouvoir me fier à ma mémoire...

– Moi, j'en suis sûre !

– Mais tu as dit que j'étais le dénominateur commun de tout ce qui arrivait de bizarre.

Sadie pousse un nouveau soupir, bien plus fort cette fois-ci.

– Je crois qu'on a toutes les deux dit des choses qui dépassaient nos pensées.

– Cette histoire de dénominateur commun, elle est quand même vraie, n'est-ce pas ?

– Oui. Seulement, c'est quelqu'un d'autre. Ce n'est pas toi. Il doit y avoir une autre explication.

– Je suis dingue, c'est la seule explication.

– Tash, tu es la dingue la plus saine d'esprit que je connaisse.

– J'ai vraiment peur. J'ai l'impression de perdre la tête.

– Écoute, tu n'es pas seule. Je suis toujours là pour toi. Je vais emprunter le camion de maman et j'arrive. On essaiera de comprendre ce qui arrive, d'accord ? Donne-moi l'adresse.

En lui indiquant les directions, je presse le téléphone plus fort encore.

– Je pars tout de suite, promet Sadie. Mange un petit-déjeuner et prends une douche. Et attends-moi. Rien de mal ne se passera si tu restes tranquillement dans la maison.

Justement, c'est cette maison, le problème.

C'est là que tout a commencé. Ce serait logique que tout s'y termine aussi.

***

Pour suivre le conseil de Sadie, je décide de me faire griller deux toasts pour le petit-déjeuner. J'ai trop la nausée pour penser à avaler autre chose. Oubliant qu'il n'y avait rien à manger, j'ouvre la boîte à pain, mais je n'y trouve que le portable de Rachael. Ma poitrine se serre quand je le reprends et le tourne dans mes mains. Je l'allume. Il ne me demande pas de mot de passe.

Je parcours sa galerie de photos et trouve des vidéos d'elle sur la plage et à l'école. La plus récente dure trois minutes et a été prise au Kimchi. J'ai beau chercher, il n'y a rien datant de la soirée caritative, aucune trace de ma conversation sur Moineau. Rachael bluffait.

Ou alors, j'ai déjà effacé les preuves.

Repoussant le téléphone sur la table, je regarde autour de moi. Mes yeux se posent sur l'aimant de Margaret. Ally ne l'a jamais appelée. Ça fait déjà deux personnes que je connais qui ont disparu.

Je monte en courant fouiller la chambre d'Ally. J'ouvre tous les tiroirs, en quête d'un indice. Je ne sais même pas ce que je cherche, quand je tombe sur une valise au fond de sa garde-robe. On dirait la même que celle qu'elle avait prise à sa retraite de yoga. Je me souviens de l'avoir vue devant la porte.

Je la tire vers le centre de la chambre pour l'ouvrir. À l'intérieur, je trouve les robes aux motifs floraux d'Ally, ses tee-shirts, ses pantalons de yoga, une brosse à dents et un paquet de cigarettes.

Est-ce qu'elle y est vraiment allée, à cette retraite de yoga ? Elle n'a peut-être pas pris la peine de ranger ses affaires quand elle est rentrée ?

Je me relève et pars vers son bureau, au bout du couloir. C'était une des pièces dont l'accès m'était interdit, il y a neuf ans. Aujourd'hui, je m'assois devant son secrétaire sans le moindre respect pour son intimité.

Je parcours ses post-it et ses carnets, dans l'espoir de la localiser. Sous une pile de courriers jamais ouverts, je trouve un agenda à spirale. Un ruban en satin marque un week-end de mars avec mon nom écrit au stylo sur trois pages consécutives. Le samedi, Ally a ajouté *Vie et Esprit, Byron* en l'entourant. Je cherche un bout de papier sur lequel noter le nom avant de changer d'avis et d'emporter tout l'agenda en bas.

Dans la cuisine, je tape *Vie et Esprit, Byron* sur mon portable. Une fiche d'établissement est le premier résultat sur Google. Je compose le numéro de téléphone indiqué, soulagée d'entendre une voix me répondre, alors qu'on n'est pas encore huit heures le matin de Pâques.

– Bonjour, ma tante a assisté à votre retraite de yoga en mars, dis-je à la réceptionniste, lui précisant la date. Ou du moins, elle en avait l'intention. J'aimerais savoir si elle est vraiment venue.

– Pourquoi ne pas le lui demander ? rétorque la dame, sèchement.

Je m'efforce de prendre le ton poli mais tranchant de Sadie :

– Ma tante a disparu.

Soupir à l'autre bout du fil.

– Un instant.

Elle me met sur un disque de flûte de Pan et clapotis d'eau. Quand elle me reprend, j'entends des papiers froissés.

– Bien, je suis navrée, mais on ne rembourse pas en cas d'absence.

Je m'assois sur la chaise la plus proche.

– Vous voulez dire qu'Ally Carmody n'est pas venue à la retraite ?

– Exact. En revanche, nous l'avons appelée à plusieurs reprises et nous ne pouvons être tenus responsables qu'elle ne nous ait jamais répondu. L'acompte qu'elle a versé ne peut lui être…

Je conclus la conversation et tourne les pages du planning, étudiant les jours qui ont conduit à ce week-end de mars. Ses notes sont si abrégées ou si illisibles que je n'y comprends rien. Je reviens au jour où elle a débarqué chez nous à Port Bellamy, dans un tourbillon de tissu bohème et d'animosité. Deux phrases sont griffonnées sur un coin à travers la page.

La première : *RÉCUPÉRER LES CLÉS CHEZ RICH !!*

Et dessous : *PJ 9 h. Au coin de Mavis et Lindsay, Cessnock.*

Ce qui me saute d'abord aux yeux, c'est PJ. Les initiales de son amour de jeunesse ? Peter ou Patrick quelque chose ? Je pensais qu'il n'était plus dans sa vie depuis longtemps. Apparemment, il est bien vivant et il habite à Cessnock, si c'est bien lui. Ce jour-là, papa avait dit qu'Ally revenait de Hunter Valley. Est-ce pour voir ce PJ qu'elle y était ?

Il sait peut-être où est Ally.

Elle est peut-être à Cessnock avec lui, maintenant.

Je cherche sur Google l'adresse, espérant trouver un annuaire avec des numéros de téléphone. PJ répondra peut-être, lui. Le premier résultat qui apparaît est une page Google Maps. Une flèche désigne le centre carcéral de Cessnock.

Perplexe, je reviens en arrière et tape de nouveau le croisement de rues. Même résultat.

Ally était dans une prison à neuf heures du matin, le jour où elle a débarqué chez nous ? Quand elle a passé le seuil de notre maison, je me souviens parfaitement d'une silhouette en train de fumer sur le siège passager de son pick-up...

Je creuse dans mes souvenirs pour me rappeler ce qu'Ally m'a dit de son ex-petit ami. Il courait pour l'équipe d'athlétisme de son école. On l'appelait la Fusée. Peter Jones ? Patrick Jones ? Patrick Jonas !

Je fais une nouvelle recherche « Patrick Jonas » et « Centre carcéral de Cessnock ». Le premier résultat est un article de journal.

Le souffle court, je clique sur le lien.

38

AVANT

The Shore Observer / Archives
Section : nouvelles locales
Date : 28 février 2008

GLOUCESTER, NOUVELLE-GALLES DU SUD – Un résident de Gloucester condamné à onze ans de prison pour trafic d'amphétamines.

Patrick Michael Jonas a été condamné à onze ans de prison, ce mercredi, pour trafic illicite d'amphétamines.

Patrick Jonas, trente-six ans, a été arrêté le 16 janvier après une descente de police à son domicile de Roberts Road à la suite d'un signalement anonyme. La police a saisi des balances à cristaux liquides, 825 $ en liquide et plusieurs sachets contenant un total de 215 g d'une poudre limpide qui s'est révélée être de la méthamphétamine.

Jonas purgera onze ans de prison dans le centre carcéral de Cessnock avec une peine de sûreté de neuf ans.

39

MAINTENANT

Neuf ans.

Les deux derniers mots de l'article sont comme un signal lumineux en plein brouillard.

Neuf ans depuis mon été affreux à Willow Creek. Neuf ans depuis la disparition de Mallory. Neuf ans depuis que Moineau a fait irruption sur la banquette sous ma fenêtre pour me demander de jouer à un jeu.

Je vérifie de nouveau la date de l'arrestation de Patrick Jonas, le 16 janvier 2008, quatre jours après l'enlèvement de Mallory à la fête foraine et trois jours avant qu'on ne la retrouve. On pense qu'elle a marché seule dans le parc national de Barrington Tops pendant quarante-huit heures. Patrick Jonas habitait dans les environs de Greenwillow au moment de son arrestation.

J'ai l'impression de voir les pièces du puzzle de mon enfance éparpillées au sol, et il me suffit de les emboîter correctement pour tout comprendre.

Je tape « Patrick Jonas arrestation » sur Google, dans l'espoir de trouver une photo de son procès. Je clique sur « images » et des miniatures s'affichent sur mon écran. Je les parcours, grossissant celles des hommes qui pourraient avoir le même âge qu'Ally en 2008. Seulement, aucun d'eux n'est Patrick Jonas, si on en croit les noms de fichiers et les liens associés. Et pourtant, ces visages sont tous aussi effrayants que familiers.

Émaciés, cireux, avec des boutons sur le front ou le nez, des croûtes sur les joues et jusqu'au cou. Le sourire d'un des hommes révèle des dents pourries. Quelques clichés montrent des arrestations répétées de la même personne à différentes occasions, chaque photo attestant de la dégradation rapide et prématurée du drogué. Il est impossible de donner un âge à ces individus.

Mes recherches me conduisent sur l'addiction aux amphétamines, et jusqu'à la vidéo d'un passant qui filme l'arrestation dans un train d'un homme, incapable de se tenir tranquille, ses mains en mouvement perpétuel. Se grattant frénétiquement les bras, il supplie les policiers de le laisser partir, avant de les fusiller de son regard enragé.

Je n'arrive pratiquement plus à respirer. Je reconnais Moineau dans tous ces hommes.

Posant mon portable sur la table, j'enfouis mes deux mains dans mes cheveux pour tenter de relier les points entre eux.

Mallory, Moineau, moi. Patrick Jonas et Ally. Cet après-midi d'été à la fête foraine.

Mon mal de tête refait surface à mesure que les théories se bousculent à l'intérieur de mon crâne. Depuis la cave me parvient le grondement du chauffe-eau qui se remplit après la douche. Si Benny était là, il accourrait vers la porte de la cave pour aboyer de toutes ses forces.

Je me jette à travers la cuisine, mes doigts se posant sur le haut de mon pyjama taché de vomi.

Je ne me suis pas encore douchée.

Ce bruit-là ne peut pas venir du chauffe-eau.

***

Le seul endroit où je n'ai pas cherché Mallory est la cave. Pourquoi ? Il y fait humide et noir. Il n'y a aucune issue. Rien que me trouver devant la porte du sous-sol me met mal à l'aise, sans même penser aux horreurs claustrophobiques qui peuvent se cacher derrière.

Je ne m'y suis aventurée qu'une seule fois du vivant de grand-mère, quand papa l'a aidée à déménager quelques meubles, un an avant sa mort. Je l'ai suivi pour savoir pourquoi il remontait des chaises en noyer qu'il allait mettre dans le pick-up. Je suis restée moins de trois minutes en bas avant que le chauffe-eau se mette à siffler, me renvoyant au rez-de-chaussée plus vite que si un zombie me poursuivait.

Ce dont je me rappelle en tout cas, c'est qu'il n'y a pas de porte vers l'extérieur. Et pas de fenêtre non plus. Si Mallory y est descendue de son plein gré, c'était pour se cacher.

Et si ce n'était pas de son plein gré...

En retenant mon souffle, je tourne la poignée. Je ferme un instant les paupières en la lâchant. Des marches en bois se perdent dans l'ombre. J'appuie sur l'interrupteur.

Une odeur de moisi me saisit et quand j'avance, des toiles d'araignée s'accrochent à mon visage et mes épaules, m'attirant vers le bas.

Plusieurs ampoules au plafond éclairent des murs en pierre et crépis. En bas, du béton a été coulé sur le sol et les poutres d'origine ont été remplacées par une structure en bois plus solide. À côté de l'escalier ont été rangés un établi encombré d'appareils cassés et un frigidaire dont la porte a été retirée. Le chauffe-eau se trouve de l'autre côté, rouillé et vétuste, une flaque d'eau juste en dessous. On dirait un vieillard incontinent. Il me fait presque de la peine.

Marrant comme en affrontant le danger, on trouve soudain inoffensif ce qui nous effrayait le plus.

Dans la deuxième partie de la cave s'accumulent des meubles anciens, tables gigognes, tabourets de bar Art déco, fauteuils au motif floral. Un buffet campagnard a été poussé dans un angle. Contre un mur, dans un coin plus sombre, un lit de fortune a été installé sur une table, avec un matelas et des draps empruntés à une chambre de la maison. Il y a des restes de nourriture et des boîtes vides qui empestent la pourriture. Des bouteilles d'eau vides s'alignent contre le mur comme un jeu de bowling.

Quelqu'un a logé ici ?

Les poils de mes bras se hérissent.

– Mallory ? dis-je doucement.

Un bruit métallique répond à ma voix. Je scrute les lieux pour en trouver la source. On dirait qu'il vient de l'intérieur des murs.

Quand j'approche du buffet en pin, le bruit s'intensifie. Je me glisse dans l'espace derrière et presse l'oreille contre le mur. Au bout de quelques secondes, je remarque qu'il n'est pas en pierre à cet endroit. Je pousse le meuble pour y voir plus clair et découvre une porte en bois.

Reculant, je cherche un objet pour me défendre, terrorisée à l'idée de ce qui pourrait se trouver de l'autre côté. Sur une petite table, dans un coin, il y a deux chandeliers. J'en attrape un et le soupèse. Il me paraît suffisamment lourd.

De nouveau, je colle l'oreille contre la porte. Le bruit métallique a été remplacé par une sorte de gémissement pressant.

Le chandelier dans une main, je tourne la poignée, ouvre la porte et recule. La lumière du jour m'aveugle au point que je dois me couvrir les yeux avec une main.

Deux fenêtres horizontales, près du plafond, inondent de lumière la pièce. Comment n'ai-je pas remarqué ces fenêtres de l'extérieur ?

Mais bien sûr que je les ai remarquées. Le week-end où j'ai cherché Benny. Je l'ai vu en train d'aboyer vers elles, accroupi dehors, à gauche de la maison.

Je plisse les yeux pour en chasser l'éblouissement et distingue d'autres meubles : une tête de lit en acajou, des chevets assortis, une bibliothèque vide qui atteint le bas des fenêtres. Une odeur de pourriture et de saleté me prend à la gorge.

Il y avait quelqu'un ici.

Il y est peut-être encore.

À ma droite, le dos d'une armoire me bloque la deuxième moitié de la salle. Hésitante, je fais un pas, puis un autre, le chandelier toujours fermement vissé dans ma main. J'entends un grattement et un froissement sur le béton qui proviennent d'un coin que je ne peux pas voir. Je veux appeler Mallory, mais mon instinct me souffle de me taire.

J'ai enfin dépassé le meuble quand je vois enfin la cage qui avait disparu de l'abri de jardin à ma dernière visite.

Mallory y est ratatinée.

Mon premier réflexe est de m'élancer vers elle, mais je remarque soudain que les grattements ne venaient pas d'elle. Elle n'est pas seule.

Après avoir réduit la distance entre nous, je regarde de l'autre côté du meuble. À quelques mètres de la cage, une silhouette est recroquevillée contre le mur. Elle me tourne le dos, mais je reconnais le tissu de sa jupe. Ses cheveux pendent, longs et gras sur ses épaules.

– Ally ?

Ma tante tourne la tête en entendant ma voix, les yeux fiévreux de peur. Du scotch gris lui recouvre les lèvres. Tentant de parler, elle ne parvient à émettre que des gémissements, ses narines s'écartant sous l'effort. Je me rue vers elle. Tout son corps se contracte et avec son pied sale, elle frappe sur le tuyau d'eau qui court en bas du mur.

– Oh, mon Dieu ! Qu'est-ce que c'est ?

Mes doigts tremblent alors que je lui retire délicatement le scotch de la bouche. Dès que j'attrape un bout de la bande, Ally tourne violemment la tête pour le décoller entièrement. Sa peau est à vif en dessous.

– Il va revenir ! lance-t-elle aussitôt, sa voix totalement éraillée. Il va revenir !

Son torse se soulève avant qu'une quinte de toux ne la fasse taire.

– Patrick Jonas ?

– Oui, murmure-t-elle.

– Mais pourquoi ?

Je jette un regard vers Mallory, qui semble toujours endormie.

– Dépêche-toi, il peut être là d'une minute à l'autre, insiste Ally en agitant les bras.

Ses mains sont ligotées avec une corde orange en plastique, enroulée autour du tuyau.

– Trouve quelque chose pour la couper.

Je lâche le chandelier et cherche autour de moi. Mes yeux se posent de nouveau sur la cage, un verrou en chrome maintient la porte fermée.

– Mallory ? Tu m'entends ?

– Elle est inconsciente, explique Ally. Il l'a droguée. Il vous a droguées toutes les deux.

– Droguées ? Mais comment… ?

Et soudain, je sais. On a laissé nos verres sur la table de la cuisine, le temps d'aller se mettre en pyjama et de vérifier que la maison était bien fermée.

– Il a versé quelque chose dans nos verres ?

– Je ne sais pas comment tu as fait pour te réveiller, confirme Ally.

– J'ai vomi avant de m'endormir. J'ai dû sortir un peu de poison de mon organisme.

– Heureusement, dit-elle en faisant un signe de la tête vers Mallory. Il l'a emmenée ici dans la nuit. Je m'attendais à ce qu'il revienne avec toi, aussi.

Je repense à mes épaules douloureuses, aux écorchures sur mes chevilles.

– Il m'a enfermée dans la salle de bain.

– Trop lourde, lance Ally en me regardant. Estime-toi heureuse qu'il ne t'ait pas balancée dans les escaliers, comme il l'a fait pour moi. Je me suis réveillée couverte de bleus.

J'examine Mallory, si frêle dans son pyjama à fleurs. L'idée qu'il l'ait portée, touchée...

– *Vite !* lance Ally pour me secouer. Dépêche-toi, maintenant ! Trouve quelque chose pour couper ça. *Maintenant.*

Je pivote sur moi-même. Ici aussi, il y a des restes de nourriture, des bouteilles d'eau éparpillées et des rouleaux vides de papier toilette.

Contre le mur, sous les fenêtres, dans une grande commode en bois, sont rangés un tas d'accessoires de cuisine. Je fouille entre les moules rouillés et les boîtes en fer-blanc, dans l'espoir de trouver des ciseaux ou un grand couteau.

– Ça fait combien de temps que tu es ici ?

– Des semaines, grogne Ally en essayant de détendre ses épaules. Depuis le week-end où tu es venue garder Benny.

Je tourne la tête vers elle.

– Mais tu m'as écrit ! Tu m'as invitée pour Pâques.

– Ce n'était pas moi, crache-t-elle en brandissant ses poings liés. C'était lui. Il voulait te faire revenir.

– Moi ? dis-je, stupéfaite. Pourquoi ?

– Ça ne s'est pas passé comme il le voulait ce week-end-là. Il m'a enfermée ici la première nuit et il avait l'intention de t'y emmener le lendemain, une fois qu'il aurait descendu la cage.

Elle montre Mallory d'un signe du menton.

– Il n'a pas pu, parce qu'il y avait quelqu'un d'autre dans la maison avec toi.

– Morgan, dis-je tout bas.

Je n'en reviens pas de m'être méfiée de Morgan. Il m'a en réalité sauvée cette nuit-là.

– Il est resté avec moi parce que j'étais bouleversée pour Benny.

Ally se redresse, malgré ses liens, pour me regarder.

– Tash, je n'ai plus entendu Benny depuis le jour où je me suis réveillée ici. Qu'est-ce que PJ lui a fait ? demande-t-elle sans pouvoir cacher son émotion. Qu'est-ce qu'il a fait à mon chien ?

– Benny va bien, dis-je pour la rassurer, alors que je me sens totalement dépassée.

Il a aboyé devant la fenêtre et gratté la porte de la cave. Il devait savoir.

– Il était blessé, on a appelé le vétérinaire. Il est dans un chenil et on peut aller le chercher quand tu veux.

On échange un regard grave : personne ne pourra aller chercher Benny dans le chenil si je ne me dépêche pas.

Abandonnant mes recherches dans la commode en bois, je me dirige vers un buffet en noyer. J'ouvre le tiroir du dessus et mets de côté stylos, élastiques et rouleaux de scotch. Des papiers volent par terre. Le tiroir du milieu ne contient que des babioles qui me font lâcher des jurons. Le tiroir que j'examine ensuite, lui, déborde de couverts ! Je pioche, entre les fourchettes à dessert et les cuillères à soupe, un gros couteau en argent.

Quand je me relève, mon pied glisse sur une des bricoles que j'ai jetées au sol. C'est un sachet en plastique sur lequel quelqu'un a inscrit au stylo « 11 Boronia Avenue ».

L'ancienne adresse des Fisher à Port Bellamy ?

Je reconnais l'écriture. Les *o* sont barrés.

À l'intérieur, il y a encore un ruban couleur crème. Je soulève le sachet vers la fenêtre, pour que la lumière éclaire le tissu.

Ce n'est pas un ruban.

Je plisse les yeux.

Est-ce que... ?

– Ça fera l'affaire, me presse Ally. Vite ! Dépêche-toi. *Dépêche-toi !*

Je la dévisage. Elle a les yeux rivés sur le couteau dans ma main.

Après avoir fourré le sachet dans ma poche de pyjama, je retourne vers le tuyau et m'agenouille à côté d'Ally sur le sol crasseux. J'arriverai peut-être à couper la corde en plastique autour des poignets d'Ally, mais sûrement pas le verrou de la cage de Mallory.

Je ravale la panique qui monte dans ma gorge.

Respire, Tash. Une chose à la fois.

– C'est qui, ce type ? dis-je en sciant le plastique entre les poignets d'Ally et le tuyau.

Elle s'affaisse contre le mur. Sa peau est à vif là où le plastique a frotté quand elle s'est débattue pour se libérer.

– Mon âme sœur, répond-elle en secouant la tête comme si c'était une mauvaise blague. Qui me racontait que des sornettes et de belles promesses. On se sépare et on se rabiboche régulièrement depuis le lycée. Je t'ai parlé de lui à ta dernière visite. Tu...

Elle pousse un long soupir.

– Tu le connais sous un autre nom.

Elle détourne la tête.

– Moineau. Patrick est ton Moineau.

Ma gorge se serre. Je n'arrive pratiquement plus à parler.

– *Mon* Moineau ?

Elle dit ça comme s'il n'était qu'à moi, comme s'il continuait à être le fruit de mon imagination.

– Tu le savais ? dis-je, sous le choc.

Elle fixe le mur, sa voix étonnamment détachée.

– C'était compliqué...

– Tu le savais ?

Je jette le couteau et me lève.

– Tout ce temps, tu savais ce qu'il faisait et tu ne disais rien ?

– Il ne t'a jamais vraiment fait quelque chose, si ?

– Il me harcelait. Il me terrifiait. Il a failli me noyer dans la crique !

– Je ne savais pas qu'il...

– Tu as laissé tout le monde m'accuser de mentir pour attirer l'attention. J'ai fait des cauchemars pendant des années parce que personne ne me croyait.

Ally baisse la tête, évite de croiser mon regard.

– Je sais. J'en étais malade. C'était mieux d'oublier tout ça. PJ était en prison de toute façon, hors d'état de nuire.

– Je n'ai plus jamais été la même.

– Mais tu vas bien maintenant, tu vois ?

– Ah oui, c'est l'impression que tu as ? Tu ne sais rien de ma vie.

– Écoute, Tash...

– Je te faisais confiance !

Ma voix tremble, part dans les aigus.

– Tu m'as fait croire que j'étais différente. Tu as dit que toi et moi, on était pareilles. Mais je n'ai rien à voir avec toi. Jamais je ne voudrais te ressembler.

Ally s'affole, au comble de l'agitation.

– Écoute, il va revenir. Tu ne comprends pas ça ? Une fois qu'on sera sorties d'ici, tu pourras aller raconter à tout le monde que je suis horrible...

– Ça n'étonnera pas mes parents.

Je me détourne d'elle, ravalant ce que j'adorerais lui balancer au visage. Ma colère me donne le vertige. Je réprime les pleurs que je ne veux pas lui offrir. Pour me ressaisir, je pose une main sur la grande armoire et mes doigts effleurent une rosette gravée sur la porte. Je l'examine et suis des yeux les décorations qui ondulent jusqu'à la serrure d'où ressort une clé en cuivre, pour se terminer en haut de l'arche élégante au sommet.

En faisant un pas en arrière, je contemple le meuble en entier.

C'est l'armoire victorienne que Mallory dessine.

Je tourne sur moi-même pour regarder la fille qui bouge dans son sommeil, sa joue pâle appuyée contre le grillage. Une autre pièce de cet affreux puzzle trouve sa place : Mallory a déjà été maintenue captive dans cette cave. J'ai vu son carnet. J'ai vu ses souvenirs.

– C'est ici qu'il la gardait, dis-je tout bas.

Je vois du coin de l'œil Ally qui m'examine. J'avance vers elle.

– Pourquoi Patrick Jonas a-t-il kidnappé Mallory à la fête foraine ?

Ally lève la tête et grogne.

– On n'a pas le temps pour ça.

– Tu as tout fait pour éviter les explications pendant neuf ans, Ally. Tu as intérêt à te mettre à parler, maintenant.

Elle m'adresse un regard noir chargé du mépris qu'elle réserve en général à mon père. Elle désigne le couteau au sol entre nous.

– Tu me libères et je parle.

40

AVANT

20 décembre 2016

Retranscription de séance, cabinet du docteur Ingrid Ballantine

Psychiatre pour enfants et adolescents

Clinique pour enfants, Newcastle

Patiente : Natasha Carmody, dix-sept ans

NC : J'ai lu une phrase, l'autre jour. Depuis les mots se sont gravés dans mon esprit.

IB : C'était quoi ?

NC : « Un oiseau sur un arbre n'a jamais peur que la branche casse, parce qu'il ne se fie pas à la branche, mais à ses ailes. »

IB : Je vois. Qu'est-ce que ça veut dire selon toi ?

NC : Il est question de confiance en soi, non ? Est-ce que je m'appuie trop sur les autres ? Est-ce que je crois assez en mes capacités de me sauver moi-même ?

IB : Et c'est quoi ta réponse ?

NC : C'est le problème. Il va falloir attendre que la branche casse pour le savoir.

41

MAINTENANT

Je recommence à scier le cordon en plastique. Il est tellement enroulé sur lui-même qu'il est impossible à trancher. Mallory remue dans sa cage. La voir si vulnérable me rend folle de rage. J'aurais voulu prendre sa place maintenant. Et il y a neuf ans aussi.

Ma tante grogne quand je tire sur le cordon plus fort que nécessaire.

– Tu es allée chercher PJ en prison ?

– Il y a trois mois, oui, confirme-t-elle.

– C'est un dealer d'amphétamines.

– Un *toxicomane*, accro aux amphétamines.

– J'ai lu un article sur ce que les policiers ont trouvé dans son appartement.

Ally se tait un instant, les yeux sur le couteau, puis avoue :

– Il fallait que je fasse quelque chose ! Il se droguait trop et devenait violent. Ça devenait ingérable.

– Si c'est juste un toxico et pas un dealer, comment ça se fait qu'on ait trouvé tellement d'amphétamines chez lui ?

Je réussis à libérer un de ses bras. Avec les dents, elle retire le cordon de son poignet.

– Ally ?

Elle me décoche un regard impatient.

– J'ai laissé mon stock chez lui et j'ai appelé les flics.

– Quoi ?

– C'était mon business, OK ? PJ m'aidait. Ou s'aidait lui-même, disons.

Les appels et les livraisons, les pièces fermées à clé où je n'avais pas le droit d'entrer... Tout s'explique.

– Je n'en ai plus jamais revendu depuis. Juste de l'herbe. Et quelques pilules.

Je suis sidérée. Elle lève les yeux au ciel.

– Oh, épargne-moi ton indignation effarouchée ! J'en ai bien assez de la part de mon frère.

Ally reproche à mon père d'être conservateur et coincé, alors qu'elle gagne sa vie sur le malheur et la misère des autres. Comment peut-elle se regarder dans le miroir ? Tout ce yoga et son alimentation bio... quelle grosse blague.

– PJ en consommait sans arrêt. Il perdait du poids, sa peau devenait grise. Même ses gencives. Il perdait ses dents. Son corps pourrissait de l'intérieur.

Elle remue par terre et se gratte les omoplates avec sa main libre.

– Je me disais qu'il en prenait dans notre stock. Les chiffres ne correspondaient à rien. On devait de l'argent à Carter, notre fournisseur. Il a fallu que je verrouille les portes, que je fasse toutes les livraisons moi-même. Je ne pouvais pas prendre le risque que PJ se serve dans notre marchandise.

– Donc, tu as laissé un drogué aller et venir librement chez toi pendant que tu me gardais ?

– Je lui ai dit de ne pas t'approcher. Mais il traînait autour de la maison et se faufilait à l'intérieur la nuit.

Elle montre d'un geste du menton la fenêtre au-dessus de la bibliothèque.

– C'est par ici qu'il arrivait à s'introduire dans la maison.

Je repense à la chambre des invités où je dormais, à Moineau perché sur la banquette. Il ne voletait pas paisiblement, désireux de se lier d'amitié avec une gamine abandonnée de huit ans. Il entrait par effraction, en junkie qu'il était.

– Pourquoi l'as-tu laissé s'approcher de moi ?

– Il est tombé sur toi, dans la chambre des invités, la deuxième nuit de ton séjour ici. Il voulait demander une rançon à ton père. Pour qu'on rembourse nos dettes.

– Et toi... ?

– Il a tout fait foirer. Il essayait tout le temps de te faire descendre à la cave. Cette maison est le premier endroit où auraient cherché les flics !

– Vous alliez vraiment organiser mon enlèvement ?

Elle déglutit et détourne les yeux.

– Au bout d'un moment, j'ai compris que PJ t'aurait tuée. J'ai eu peur. Je lui ai dit que je ne voulais plus le faire.

La bile monte dans ma gorge.

– Ally...

– Je lui ai dit de partir. Il est parti, mais il l'a quand même fait.

Elle désigne Mallory.

– Au lieu de toi, il a pris cette gamine.

Je tombe, lâchant le couteau, sidérée. Je remarque à peine quand Ally le ramasse pour essayer de scier ce qui reste de ses liens.

– Il ne me l'a dit qu'après, explique-t-elle, les joues roses de l'effort qu'elle déploie. Il m'a emmenée ici. Je lui ai dit qu'il devait la rendre, mais c'était impossible de lui faire entendre raison. Il était trop abîmé…

– Mallory…

– Chaque fois qu'elle se réveillait, PJ lui donnait à manger avec un somnifère dans la nourriture et elle s'évanouissait aussitôt.

– Comment a-t-elle fini à Barrington Tops ?

– J'ai dû attendre que ton père vienne te chercher pour la sortir de la cave et la monter dans mon pick-up.

L'horreur de la situation me percute : Mallory était maintenue captive sous mes pieds. Et ma propre tante l'a balancée dans la nature comme un vulgaire sac-poubelle.

Je comprends maintenant pourquoi Mallory s'est raidie quand je lui ai fait un câlin avant d'entrer au lit. Le cardigan d'Ally est imprégné de son odeur de transpiration et de cigarette, tout comme le pick-up.

– Tu l'as abandonnée en plein parc national ? Elle avait six ans…

Toujours affairée sur son cordon, Ally fait mine de ne pas m'entendre.

Je repense à toutes les fois où Moineau a essayé de m'attirer dans la cave, sa tentative de me noyer pour que je tombe dans les pommes et qu'il puisse m'y traîner. Il a failli réussir à la fête foraine en m'enfermant dans un coffre prêt à être chargé dans une voiture.

Est-ce moi qu'il aurait fourrée dans cette cage à la place de Mallory ? Aurais-je fini dans le parc national, affamée, le crâne en sang, des touffes de cheveux arrachées ?

Quand je jette un regard aux boucles blondes de Mallory qui ressortent par le grillage, un souvenir me revient en mémoire : Moineau étalé sur la véranda de derrière, qui me parlait de magie et de jeux.

Je peux transformer une poignée de cheveux en un seau d'or.

Avec l'impression d'étouffer, je mets la main sur le sachet plastique où a été écrite l'adresse 11 Boronia Avenue.

– Moineau lui a arraché des cheveux...

Je n'ai même pas besoin qu'Ally me le confirme.

– Pour la rançon.

Ça devait être mes cheveux.

Ça devait être moi.

Ally grogne en continuant à scier le cordon qui retient son poignet gauche au tuyau.

– Il allait les envoyer à ses parents pour prouver qu'il la retenait.

Elle le dit d'une façon tellement désinvolte que j'en reste sans voix. Mallory et moi, nous n'étions que de la monnaie d'échange pour un couple de dealers endettés.

Je secoue la cage avec une telle violence que ses charnières tremblent. Le verrou gigote dans tous les sens, sans céder. Je hurle :

– Où est la clé ? *Où est la clé ?*

Je dois me retenir pour ne pas aller me défouler sur elle.

Elle lève la tête brusquement.

– Tu ne comprends pas ? Il n'y a pas de clé ! On n'est pas supposées sortir d'ici !

Je tourne autour de la cage pour trouver une ouverture.

– Pourquoi Mallory et moi ? C'est pas nous qui l'avons balancé aux flics !

Ally parvient enfin à se défaire de ses liens.

– Il a un plan avec les gars qu'il a rencontrés en prison. Un labo de meth à Victoria. Ils lui ont dit de mettre de l'ordre dans ses affaires, se tenir à carreau et attendre qu'ils l'appellent.

– Qu'est-ce que ça veut dire ? Il veut nous tuer ?

Elle jette le couteau et s'appuie sur le tuyau pour se relever. Trop faibles, ses jambes la portent à peine.

– Il est sorti de prison il y a des mois. Pourquoi n'a-t-il rien fait avant ?

Ally essaie de se relever encore une fois en grimaçant.

– Il fallait qu'il la piste, explique-t-elle en montrant Mallory d'un signe de la tête. Il t'a suivie pour saisir une occasion.

L'occasion de quoi ?

Et je frissonne en me souvenant de Moineau au centre commercial, du pick-up à Port Bellamy, de mon sentiment d'être suivie en route vers chez les Fisher. Ally a conduit Moineau jusqu'à moi, le jour où elle l'a cherché à la prison, et ensuite, je l'ai guidé jusqu'à Mallory, exactement comme je l'avais fait à la fête foraine quand on était enfants. Mallory était toujours enfermée chez elle. Moineau ne pouvait pas l'attraper.

Jusqu'à la nuit dernière, quand je l'ai laissée me tenir compagnie ici.

– Mais j'étais si souvent seule, il aurait pu me prendre, moi, déjà.

Je repense à mes matinées seule sur la plage, aux heures que j'ai passées après mon échange avec Rachael...

– Il a agressé Rachael.

– La fille avec le portable ? Ouais. Il l'a entendue te menacer. Elle a dit qu'elle avait tout enregistré. Il fallait qu'il se débarrasse de cette preuve de l'enlèvement.

– Il ne s'en est pas débarrassé. J'ai trouvé le portable dans mon sac hier.

– Il n'y avait rien dessus.

– Alors pourquoi me le donner ? Il aurait pu le fracasser en mille morceaux.

Je reste un instant stupéfaite. Ally secoue la tête.

– Tu ne comprends toujours pas, Tash ? Tu es son petit joujou. Tu l'étais déjà à l'époque et tu l'es encore maintenant. Ça l'excite de te faire peur.

Je déglutis, gênée. Si c'est vrai, alors il n'a pas dû être déçu.

– Comment le sais-tu ?

– Tu veux rire ? Quand il prend de l'acide, il raconte tout, on peut plus le faire taire. Je suis ici depuis des semaines, Tash ! Tu penses que je ne lui pose pas de questions ? Que je n'essaie pas de le convaincre de me laisser remonter ?

– Si ça fait des semaines, pourquoi n'a-t-il pas essayé de m'enlever plus tôt ? Ou Mallory...

– Trop tôt, répond Ally en me contournant péniblement. Trop compliqué. Il voulait vous faire venir toutes les deux à Willow Creek.

– Pourquoi ?

– C'est moins suspect si on disparaît toutes les trois en même temps, que séparément.

– Je ne vois pas en quoi. Un triple homicide ?

– Un incendie. Un accident malheureux.

– *Quoi ?*

– Arnaque à l'assurance, lâche-t-elle, agacée de devoir tout m'expliquer. Cette ordure m'a embobinée pour que j'en fasse mon héritier. La maison brûlera, avec nous à l'intérieur... et lui, il récupèrera le pactole.

– Les enquêteurs s'étonneront de trouver un corps dans une cage, dis-je en désignant Mallory.

Ally avance avec difficulté jusqu'à la porte.

– Et alors ? Tu penses que PJ réfléchit avec lucidité ? Quand tu l'as amenée à la maison hier soir, c'était le jackpot pour lui. Toutes les trois sous le même toit. Il est allé faire des courses en ville pour mettre son plan à exécution, *aujourd'hui.*

Elle me tourne le dos pour remonter dans la maison.

– Attends ! Aide-moi à libérer Mallory !

Elle m'ignore.

– Aide-moi, dis-je, implorante. Tu lui dois au moins ça !

Elle s'arrête sous les fenêtres et penche la tête. Je me dis que j'ai réussi à la convaincre, mais elle lève les yeux, une main sur la bouche.

– Tu entends ça ? C'est mon pick-up sur Cowpasture Road, s'écrie-t-elle, affolée. Il arrive ! On doit y aller, *maintenant* !

Je m'empare du chandelier sur le sol.

– Aide-moi à remonter Mallory !

Je frappe le verrou, faisant trembler toute la cage.

– Je vais aller chez les voisins, promet Ally. Pour leur dire d'appeler la police.

– Ils n'arriveront jamais à temps !

Je tourne la tête. Elle n'est plus là. Je n'y crois vraiment que lorsque j'entends ses pas dans l'escalier de la cave.

– Rapporte-moi au moins mon téléphone ! dis-je plus fort. Il est sur la table de la cuisine. *Ally !*

J'entends la porte s'ouvrir, la moustiquaire claquer. Ally a fait ce qu'elle sait faire le mieux : s'occuper d'elle avant tout.

Je tape encore et encore sur la cage, sans me soucier des éclats du chandelier qui volent dans tous les sens. Le bruit réveille Mallory. Encore dans les vapes, les yeux plissés vers moi, elle lève une main vers le grillage.

J'attrape ses petits doigts.

– Ça va aller, Mallory. Je vais te sortir d'ici.

Elle tente de se redresser tandis que je me bats encore avec la porte de la cage. J'ai réussi à tordre légèrement le métal. Mais ça ne suffira pas.

– Moineau t'a enfermée, dis-je. Il est réel. Il est revenu ici pour nous.

Mallory aperçoit la porte sculptée de l'armoire et ouvre de grands yeux. Je ne peux qu'imaginer la panique qui la saisit de se retrouver dans ce cauchemar.

Je m'interpose pour lui en bloquer la vue.

– Je vais te sortir d'ici, d'accord ? Je ne te laisse pas ici toute seule.

Elle croise mon regard et hoche la tête, rassemblant son courage pour ne pas pleurer. Alors que je m'apprête à lui demander si elle peut taper sur le grillage depuis l'intérieur, je suis interrompue par un crissement de freins. Le pick-up s'est arrêté devant la maison. Je jette un coup d'œil aux fenêtres au-dessus de la bibliothèque. L'une d'elles est légèrement entrouverte.

Mallory gémit. Je pose l'index sur la bouche et traverse la pièce à pas de loup. Je ne peux pas faire sortir Mallory. Ai-je le temps de remonter chercher mon portable, barricader la porte et revenir ici ? Je dois juste maintenir Moineau à distance le temps que la police arrive.

D'ici, je ne vois par la fenêtre que des herbes hautes. Je pose un pied sur l'étagère la plus basse pour en tester la résistance, puis me fige en entendant la portière du pick-up claquer. Des pas foulent le gravier et je tends l'oreille pour déterminer s'ils se dirigent vers moi ou vers la véranda. Je commence à escalader la bibliothèque au moment où je vois des jambes à l'extérieur – pantalon sale, grosses bottes – et je me laisse tomber au sol.

La fenêtre s'ouvre. Un jerrycan rouge est posé devant, suivi d'un deuxième. Les bottes s'éloignent.

Je sens déjà l'essence. Autour de moi, il y a surtout des meubles en bois, le feu prendra vite.

Mallory frappe sur la cage pour attirer mon attention et je m'approche pour tirer de nouveau sur les charnières. Elles faiblissent mais tiennent toujours. Elle m'attrape le poignet et me force à la regarder.

– Je sais, dis-je, tendue. Je sais.

Elle me serre de nouveau la main et ouvre la bouche. De sa gorge sort une sorte de râle. Elle essaie de parler.

Sa bouche laisse passer deux malheureuses syllabes, ses yeux hantés exprimant parfaitement ce qu'elle tente de dire.

Cache-toi.

42

AVANT

Je me cache.

Tapie derrière le stand du pop-corn, je l'observe. Il rôde autour des toilettes. Il attend que j'en sorte, mais je n'y suis pas. Je me cache.

Je ne vais plus jouer à ses petits jeux.

C'est déjà une petite victoire pour moi.

Il ignore les claquements et les sifflements de la pieuvre métallique, l'orgue de Barbarie entraînant du manège. Un groupe d'ados bruyants le contournent et l'un d'eux renverse du pop-corn à ses pieds. Il ne bouge pas, figé comme une statue. Il m'attend.

Mais moi, j'attends Morgan. Ses parents vont me ramener chez moi. Les Fisher veilleront sur moi.

La petite sœur de Morgan apparaît sur le seuil de la porte, ses cheveux blonds luisant dans le soleil. Deux ballons accrochés à son poignet, l'un rose, l'autre jaune, bondissent gaiement derrière elle. Ça la fait rire. Elle cherche son frère et son regard se pose sur moi, derrière le stand de pop-corn.

Je me retiens de lever la main pour lui faire signe.

Moineau s'approche d'elle, sa capuche noire sur le visage. Mallory Fisher lève la tête vers lui.

Il se penche devant elle, ses lèvres remuent rapidement. Il lui montre la route qui descend vers le parking. Mallory hoche la tête, et le laisse l'emmener. Il lui arrache les ballons du poignet et ils s'envolent dans le ciel, comme par magie.

Il m'a dit qu'il avait le don de faire disparaître les choses.

Moineau jette un regard par-dessus son épaule au stand de pop-corn. Ma cachette qui n'en est pas vraiment une.

Il sait que je suis là.

Il sait que je le laisse emmener une autre fillette à ma place.

Avec un rictus de dément, il me met au défi de l'arrêter. Il veut que j'accoure pour prendre la place de Mallory.

Mais c'est encore un mauvais tour.

Je reste cachée tandis que mon Moineau s'envole.

43

MAINTENANT

Cache-toi !

La bouche de Mallory recommence, plus pressée encore cette fois. Je suis son regard vers les fenêtres de l'autre côté de la pièce. Les pas se rapprochent de nouveau, l'ombre de Moineau plane à l'extérieur. Il pose deux autres jerrycans à côté des premiers et s'agenouille.

Je scrute tous les meubles. Je ne veux pas laisser Mallory seule et exposée. Il est trop tard pour remonter dans la maison, Moineau a déjà passé une jambe par la fenêtre.

Mallory m'attrape la cuisse. Elle me montre l'armoire, la clé en cuivre dans la serrure. Je rampe sur le sol tandis que Moineau descend la bibliothèque. Il ne peut pas me voir, là où je suis, alors je tourne la clé le plus délicatement possible. La porte vernie s'ouvre, m'invitant dans ses sombres recoins moisis.

J'en ai la chair de poule. Mes poings se serrent, et je dois lutter contre ce que me souffle mon cerveau.

Je n'y arriverai jamais.

Je ne peux pas de mon plein gré entrer dans un endroit pareil…

De l'autre côté de l'armoire, j'entends les jerrycans que Moineau dépose l'un après l'autre au sol. Mallory fait mine de dormir. Elle me voit hésiter devant la porte, et quelque chose sur ses traits change : ses lèvres s'écartent, les muscles autour de ses yeux se détendent.

Un échange silencieux passe entre nous. L'inévitable.

Le renoncement.

La phrase « Je suis désolée » se dessine sur mes lèvres.

J'ai l'impression qu'elle sait à quel point je me déteste à cet instant. Elle sent ma frustration de ne pouvoir surmonter ma peur. Elle cligne des yeux, comme pour me dire *Ce n'est pas grave, Tash. Ce n'est pas ta faute.*

Non, ce n'est pas ma faute si elle est ici. Ce n'est pas ma faute qu'on ait été prises pour cibles. Ce n'est pas ma faute qu'on ait été suivies et droguées. Mais je me suis laissé dévorer par Moineau et par toutes les cruautés qu'il m'a fait subir.

Je laisse Moineau définir qui je suis.

La bibliothèque craque sous son poids alors qu'il arrive en bas. J'attrape le chandelier et adresse à Mallory un regard qui se veut rassurant.

On y arrivera. On sortira de là, ensemble.

En prenant une grande inspiration, je me faufile à travers la porte, un doigt dans la serrure pour la refermer sur moi. Cette armoire sera peut-être mon cercueil. Mon souffle et mon cœur s'emballent déjà de façon incontrôlable.

Alors que je tente de localiser Moineau, le moindre mouvement que je fais me paraît amplifié. Je crains qu'il m'ait repérée quand je l'entends jurer. C'est peut-être le son de sa voix, ou la crainte qu'il m'enferme dans l'armoire, mais ma vessie menace de lâcher. Je serre les jambes si fort que les muscles de mes cuisses brûlent.

Il apparaît devant moi, et j'aperçois son profil émacié, alors qu'il s'accroupit devant les canalisations. Après tant d'années à tenter de me convaincre qu'il n'existe pas, le voir en chair et en os est terrifiant.

Moineau ramasse un bout de cordon et lâche un autre juron. Je tressaille quand il le lance à travers la pièce et sort de mon champ de vision. Je l'entends donner un coup de pied à la cage et je dois me mordre la lèvre pour tenir bon. Il fait les cent pas. La cage tremble de nouveau. Pourvu que Mallory fasse encore semblant d'être inconsciente !

Une main fermement agrippée au chandelier, je pose l'autre sur la porte.

J'ai l'élément de surprise de mon côté. Il ne faut pas que je laisse passer ma chance.

Mon corps pulse. J'attends un instant. Son ombre passe devant la porte et je bondis. J'atterris de tout mon poids sur lui et lui fais perdre l'équilibre.

Alors qu'il tourne la tête, je baisse le chandelier, mais rate son crâne et atteins son épaule. En un clin d'œil, il m'attrape d'une main et m'arrache le chandelier de l'autre.

Il me pousse contre le mur et me cogne sur les pierres. Un voile noir me bloque les yeux et quand j'y vois de nouveau clair, son visage se tient à quelques centimètres du mien.

Sa peau est criblée de trous. Il a de profonds cernes autour des yeux. Une idée absurde me traverse l'esprit : *Il vieillit. Il n'est pas la créature sans âge pour laquelle je le prenais.*

– Alors tu es réveillée, lâche-t-il, sa paupière sursautant.

Ses pupilles sont noires et dilatées.

– Tu as aidé tata à s'enfuir ?

Son avant-bras est strié de veines gonflées, sa main plus puissante qu'une barre en métal autour de ma gorge. Je gigote contre le mur, ce qui le pousse à renforcer encore son emprise. Des taches blanches dansent devant mes yeux.

Ses lèvres s'écartent, il ouvre grand la bouche et laisse échapper un affreux grognement.

Je me raidis, asphyxiée par son souffle putride et la rage qui s'échappe de lui.

– Cette fois, tu es à moi, petite garce !

Il tourne le chandelier dans sa main.

– On joue à *ma* façon.

Il enfonce l'extrémité du chandelier dans mon ventre. Je me plie en deux, à bout de souffle. Il me laisse m'écrouler au sol. Du coin de l'œil, je vois sa jambe se lever et je n'ai aucun moyen de parer le coup. Sa botte percute de plein fouet mes côtes.

Je tourne sur le côté. Je n'arrive même pas à reprendre ma respiration pour crier. Le poing de Moineau s'approche de moi, je me ratatine, mais c'est après mes cheveux qu'il en a. Il en attrape une pleine poignée et me tire vers le tuyau.

Il me saisit un bras pour attacher mon poignet avec le cordon en plastique. Rassemblant un peu de force, je me débats. Il m'envoie son coude en plein visage. Le choc me fait saigner du nez et mes oreilles bourdonnent. Je suis tellement sonnée que j'ai l'impression d'entendre mon nom.

Je me tourne vers Mallory. Terrorisée, elle me regarde, les yeux grands ouverts.

Est-ce qu'elle a parlé ?

J'entends de nouveau mon nom, mais les lèvres de Mallory n'ont pas bougé.

– Tash, t'es où ? appelle une voix depuis l'escalier. La porte était ouverte...

Sadie.

– *Non,* dis-je en m'étouffant avec mon propre sang, au fond de ma gorge. Sadie, fuis !

Mon torse me fait atrocement mal à chaque mot que je prononce. Moineau me cogne de nouveau contre le mur et traverse la pièce. Deux jerrycans dans les mains, il s'élance vers l'escalier.

– Sadie, pars vite ! dis-je plus fort en tentant de me redresser. *Sors de cette maison ! Retourne dans ta voiture !*

Je retire la corde sur mon poignet et rampe pratiquement jusqu'à Mallory. Malgré la douleur, l'adrénaline me fait tenir.

– Mal, il faut que tu casses les charnières, d'accord ?

Elle hoche la tête, prend son élan et frappe de toutes ses forces sur le grillage, jusqu'à ce que la structure faiblisse.

– On y est presque !

Je l'aide en tirant de mon côté. À deux, on a ménagé assez de place pour qu'elle puisse se faufiler. Elle tente sa chance, mais sa tête reste coincée.

Elle recommence à frapper avec ses jambes et essaie une nouvelle fois. Je tire sur les charnières et elles se tordent encore. Encore quelques coups, Mallory pourra...

Je suis tirée en arrière par les cheveux.

Mallory pousse un cri silencieux et se ratatine. La manche trempée de Moineau pue l'essence. En haut, l'alarme incendie retentit.

Il me traîne jusqu'au tuyau et me rassied de force tandis qu'il récupère la corde orange en plastique.

Et soudain, j'ai de nouveau huit ans, mon visage dans l'eau de la crique, à la merci de Moineau. Je me suis débattue ce jour-là.

Il faut que je recommence.

Mallory passe une main à travers le grillage, et l'espace d'un instant, j'ai l'impression que c'est pour me réconforter, mais je remarque qu'elle tend le bras vers le chandelier à quelques centimètres de la cage. Je retiens ma respiration quand ses doigts en frôlent la base. Heureusement, elle réussit à attraper le bord et à l'attirer vers elle. Sans attendre, elle me le lance.

Moineau n'a pas le temps de réagir. Je prends le chandelier et le lui envoie en pleine face. Je le sens s'écraser sur sa pommette et sa tête part sur le côté. Il tombe à genoux et je lui remets un coup.

– Maintenant, Mallory ! dis-je en me jetant sur Moineau. Sors de là !

Ça a sur elle l'effet d'un coup de feu. Elle pousse sur la porte de toutes ses forces.

Je sens la fumée. J'imagine les flammes lécher les murs, dévorer les meubles d'Ally. Je ne sais pas combien de temps il nous reste avant d'être piégées définitivement. Moineau grogne sous moi. Je ne pourrai pas le neutraliser encore longtemps.

Je retombe sur lui de tout mon poids en lui plantant mon coude dans la nuque. Mallory tente de se faufiler de nouveau par l'espace qu'elle a agrandi, mais c'est toujours trop petit. Elle se retourne et frappe de nouveau la porte avec ses jambes. Moineau s'agite sous moi pour me faire basculer.

Ça déclenche une alarme dans mon cerveau.

Surtout, n'essaie même pas !

La rage m'envahit.

Il ne nous aura pas.

Après tout ce qu'il nous a fait subir, il ne gagnera pas.

Mallory essaie de passer la tête avec tellement de force que le grillage lui coupe la peau des tempes. Je serre mon bras autour du cou de Moineau. Avec ses mains, il tente de m'attraper les cuisses.

– Tu ne joues pas comme il faut, dis-je, moqueuse. Arrête de te débattre.

Je devrais savoir maintenant que son corps frêle cache sa réelle puissance. Il remue comme un crocodile, me balançant au-dessus de lui. Je m'écrase sur l'armoire si fort que la porte s'ouvre.

Moineau se relève. Je me recroqueville, prête à recevoir un coup, mais il se précipite vers les jerrycans de l'autre côté de la pièce. Il dévisse un bouchon en une seconde. Je m'attends à ce qu'il fasse couler l'essence jusqu'à mes chevilles, mais il prend le jerrycan par la poignée et l'emporte. Il remonte dans la maison ? On a peut-être une chance de grimper sur la bibliothèque et de s'échapper par la fenêtre ?

Mais non. Il verse le contenu sur la cage.

– Non, non, non, non, non, non, NON, NON, NON !

Mallory se roule en boule alors que l'essence dégouline sur elle. Je me rue sur la cage pour la protéger. Le reste d'essence coule sur mon dos, mes cheveux et j'ai même quelques gouttes dans la bouche.

Comment est-ce possible ?

On devait sortir.

Je me redresse, prête à me jeter sur lui et le tabasser avec le peu de force que j'ai encore.

Il tient un Zippo dans la main.

– Eh eh, chantonne-t-il, reculant prudemment loin de la mare qui s'étend autour de la cage.

La fumée me brûle les yeux. J'ai du mal à respirer. Je suis tellement épuisée que je n'arrive même plus à savoir ce que je dois faire.

Je passe une main à travers le grillage pour serrer le poignet de Mallory. Elle glisse sa main dans la mienne. Nos doigts s'entrelacent.

– Ne le regarde pas, dis-je en sentant Moineau repartir vers la cave.

Elle hoche la tête, ses yeux bleu glace sur moi.

– Regarde-moi, Mal. Seulement moi.

Moineau ne dit rien, aucun mot d'adieu déchirant. Aucune justification, pas d'excuses.

On n'est rien pour lui. Juste des pions dans son jeu.

Des détails gênants.

Pourtant, je continue à réfléchir à un moyen de nous sortir de là, des armes possibles, des issues. Même si la maison s'effondre sur nous, je trouverai.

Le briquet cliquette en s'ouvrant. Je ne regarde que Mallory.

– Je suis là, dis-je pour la rassurer.

Je ne sais pas quoi faire.

Ai-je l'énergie de le percuter ? De le piéger ? De tirer la cage à travers la pièce ? À la première flamme, nos vêtements prendront feu.

Mallory sanglote. Une boucle de ses cheveux lui tombe sur l'œil et suit le parcours d'une larme sur sa joue. Ça me donne envie d'entrer dans la cage pour l'essuyer. Et surtout, ça me donne une idée.

Une étincelle d'espoir.

– Attends ! dis-je à Moineau en me tournant vers lui.

Je presse la main de Mallory avant de me redresser, dans l'alignement de l'armoire ouverte.

– Tu as gagné. Tu mérites un petit souvenir.

J'ignore si son cerveau est trop atteint par la drogue pour flairer le piège, ou s'il est ravi de prolonger notre torture, mais il s'interrompt. Je cherche le sachet plastique dans ma poche. J'en sors les cheveux de Mallory et les tends vers lui.

Il s'approche, mais pas assez. Je passe un doigt dans mes cheveux et m'arrache violemment une mèche. Il fait un autre pas, un plaisir morbide sur le visage. Je dépose la boucle brune sur celle, blonde, de Mallory et les brandis.

Moineau avance lentement, son Zippo à la main tel un pistolet. Mes muscles se tendent, je me prépare à m'élancer. Il est devant l'armoire, je fonce, lâchant un cri de guerre désespéré. Je le gifle, le frappe, le tape, le griffe et finis par le faire tomber à l'intérieur.

– *C'est mon tour de magie*, dis-je en hurlant. Je sais comment te faire disparaître !

La porte se ferme enfin et en la bloquant avec mon corps, je tourne la clé dans la serrure, soulagée quand j'entends le cliquetis sauveur.

Moineau se débat dans l'armoire.

– *Je vais te buter !* menace-t-il d'une voix étouffée. *Je vais te démonter !*

Il se jette sur la porte tellement fort que l'armoire en tremble.

– Fin de la partie, espèce de malade ! dis-je en frappant le bois du poing. Et j'ai gagné !

Je me retiens de rire à l'absurdité de mes mots. Je dois être en état de choc.

L'armoire est solide et ça ne va pas être facile pour lui d'en sortir, mais ça ne veut pas dire qu'il n'y arrivera pas. Je cours vers le coin de la pièce pour pousser la commode en noyer contre la porte.

Moineau grogne, mais ses coups sont désormais moins efficaces.

– Vous allez brûler ! *Sales garces, vous allez brûler !*

La fumée est plus épaisse. Un nuage nous enveloppe. L'essence me démange et Mallory est couverte de plaques rouges.

– Bon, il faut que tu sortes d'ici. À la place de la porte, imagine-toi ce malade.

Mon idée la fait sourire et elle se met en place. Notre petite victoire a dopé Mallory. Elle attaque la porte avec une soif de vengeance évidente et après cinq coups, les charnières du bas cèdent. Je tire la porte et Mallory me tombe dans les bras. Elle m'enlace si fort que je peux à peine respirer. Mais je ne me dégage pas.

Une autre alarme incendie se déclenche. J'entends un craquement dans la cave, bien trop proche. Je tire sur le pyjama trempé d'essence de Mallory.

– Tu peux monter ? dis-je en désignant la bibliothèque.

Elle se relève et on se dirige vers les fenêtres. Couvrant les coups de Moineau dans l'armoire, une voix de garçon appelle Mallory.

– Morgan ? dis-je. *Morgan !*

Il apparaît au-dessus de nous.

– Elles sont là ! appelle-t-il par-dessus son épaule.

Il s'aplatit sur l'herbe, au moment où j'aperçois une paire de Converses à côté de lui. Je les reconnaîtrais n'importe où. Je suis tellement soulagée que j'en pleurerais.

– Sadie ? Tu vas bien ?

Morgan attrape Mallory et la hisse.

– Sadie va bien, dit-il. Elle t'a entendue crier et a vu les flammes. Elle a tout de suite appelé les secours.

– Merci mon Dieu ! Il ne lui a rien fait.

Mallory est entre nous, je ne vois pas la question sur le visage de Morgan.

– Qui ? demande-t-il. Elle n'a vu personne.

J'en ris presque. *C'est l'histoire de ma vie.*

La fumée et la chaleur sont suffocantes. Moineau tape toujours dans l'armoire, mais avec moins de hargne qu'avant.

Une fois Mallory sur l'herbe, je commence à grimper, mais mes côtes douloureuses et la fumée m'empêchent de respirer. Morgan me tend une main.

Alors que je lève la tête pour la prendre, il ouvre de grands yeux.

– Tash…

Mon cœur s'emballe.

Moineau est sorti. Il est juste derrière moi.

Mais non. Les coups continuent de tonner dans l'armoire. Je suis en sécurité. Ce n'est que le sang sur mon menton qui a effrayé Morgan. Et mes coquards autour des yeux.

M'empoignant le bras des deux mains, il me hisse à lui. Sadie l'aide à me tirer dehors dès que je passe la tête.

– Bon sang, ma belle ! lâche-t-elle d'une voix tremblante.

Elle me serre si fort dans ses bras que je grimace.

– Ce que tu ferais pas pour attirer l'attention…

Mon éclat de rire se transforme en sanglots et je m'écroule sur elle, la laissant m'entraîner loin de la maison. La fumée s'échappe des fenêtres à présent. Le salon est en flammes. Au loin, j'entends des sirènes approcher et je me demande si les secours arriveront avant que la cave soit ravagée par l'incendie.

On contourne le pick-up d'Ally, où j'aperçois deux autres jerrycans. Sadie emmène Mallory vers le camion de traiteur de sa mère pour la changer. Mallory frissonne sous le tuyau d'arrosage quand on lui lave le corps et les cheveux.

– Tash ? demande Morgan en se frottant les yeux. Ce martèlement en bas, c'était quoi ?

Je lève la tête vers le ciel où des nuages blancs épars planent tranquillement. Le soleil me réchauffe la peau. Je ferme les yeux.

D'ici je ne l'entends plus taper.

Je ne l'entends plus du tout.

– Le croque-mitaine.

44

AVANT

Papa me rejoint à côté du portail rouillé au fond du jardin de grand-mère, mais ce n'est plus le jardin de grand-mère. Il appartient à Ally désormais et à son stupide chien qui creuse des trous partout. L'herbe est plus drue que dans mon souvenir et la grenadille, le long de la clôture, plus sèche et éparse. Papa a poussé un soupir, tout à l'heure, en tapant dans la terre où auparavant poussaient des laitues et des tomates.

– Elle n'en prend aucun soin, s'est-il lamenté en regardant autour de lui.

Peut-être que certaines personnes ne savent prendre soin que d'elles-mêmes.

J'ai ramassé des marguerites et un peu d'écorce d'arbre, quelques brindilles et j'ai les poches pleines de cailloux. Papa s'accroupit devant moi. Il prend un galet gris et lisse qu'il frotte entre ses doigts comme s'il s'agissait d'un porte-bonheur. Je tends la main et il le dépose dans ma paume.

– Je vais offrir un cadeau au bébé, dis-je en étalant le tout autour de moi sur la terre. Quelque chose pour décorer sa chambre.

– Comme une maison de fées ?

– Papa, j'ai huit ans, je ne crois pas aux fées.

– Pourquoi ? demande-t-il, surpris.

– Parce qu'elles n'existent pas.

– Ah non ? s'étonne-t-il en se grattant le menton. Moi je sais très bien que les enfants voient tout un tas de créatures que les adultes ne voient pas. Tu n'as peut-être pas regardé d'assez près.

Je lui tape le genou avec une brindille, parce qu'il est tout le temps taquin. Mais je m'en fiche. J'aime bien en fait l'idée qu'il existe des créatures magiques. Si l'une d'elles vient me rendre visite, il sera le premier à qui j'en parlerai.

– Je dois y aller. On t'appellera dès que le bébé arrivera. D'accord, ma chérie ?

Il se penche pour m'embrasser le haut du crâne.

– D'accord, papa.

Il s'attarde encore une minute avant d'aller à la voiture et je me dis qu'il a peut-être changé d'avis. Il a peut-être décidé de m'emmener à l'hôpital avec maman, après tout.

– Allez, lâche-t-il enfin en faisant cliqueter ses clés. Souhaite-nous bonne chance.

– Bonne chance !

Je lui adresse un sourire sincère parce qu'il a l'air vraiment soucieux à cause du bébé qui va naître. Et moi aussi, je suis un peu inquiète de tous les changements à venir.

Les choses ne seront plus pareilles quand on sera tous les quatre à la maison.

Mais différent, ce n'est pas grave.

On s'y habitue et ça finit par être normal.

45

MAINTENANT

Le cabinet de Dr Ingrid a été redécoré depuis ma dernière visite : murs vert pâle, fauteuils modernes. Un tapis aux formes géométriques colorées réclame un peu trop l'attention. Le relooking peut avoir eu lieu n'importe quand au cours des six derniers mois, mais il semble parfaitement approprié à ce rendez-vous qui marque un tournant dans ma vie.

Distraite par un trio d'oiseaux en céramique sur le mur, je n'entends pas la question suivante.

Elle cligne des yeux, sérieuse, ses sourcils, dessinés au crayon, juste assez froncés pour exprimer l'intérêt plutôt que le jugement. Elle n'a pas beaucoup vieilli. Peut-être quelques rides autour de la bouche quand elle sourit. Mais je n'ai jamais vu d'elle que son masque de neutralité.

– Ta tante, répète-t-elle poliment. Est-ce que tu comptes la recontacter ?

Je me replace dans le fauteuil et jette un coup d'œil dehors vers les rues verdoyantes de Newcastle. De gros nuages planent bas sur les rangées de maisons et les flèches de l'église.

– Pas avant d'y être obligée. Pas avant le procès.

Dr Ingrid sait tout sur l'arrestation d'Ally. J'ai dû donner à la police l'autorisation de lire les transcriptions de mes séances avec elle, comme pièces à conviction pour l'enquête. L'affaire de l'enlèvement de Mallory a été rouverte et Ally va être accusée de complicité. Je serai sans doute appelée comme témoin par le procureur et la défense. Papa me garantit que je n'ai pas à m'en faire : il suffit que je dise la vérité à la barre.

Tout le monde a bien saisi l'ironie de ce conseil.

– Qu'est-ce que tu ressens au sujet de ta tante ?

Je hausse les épaules.

– De la pitié. Elle a réussi à foutre sa vie en l'air, en beauté.

Dr Ingrid penche la tête. Elle sait que je dis ce qu'elle veut entendre. Je n'ai pas envie de dire ce que je pense vraiment : je ne pardonne pas à Ally. Pas encore. Sans doute jamais. Le pardon me servira à aller de l'avant, j'en suis consciente. Ce n'est pas pour elle. Surtout qu'en fin de compte, elle était aussi une victime de Patrick Jonas. Mais même si j'essaie de comprendre pourquoi elle a préféré protéger son déséquilibré d'ex-copain plutôt que sa nièce, je ne pourrai jamais l'excuser d'avoir balancé une fillette de six ans dans la nature.

– Et au sujet de Patrick Jonas ?

– Ce que je ressens au sujet de sa mort ?

– Oui, si tu veux...

– Je ne sais pas quoi ressentir, dis-je en soupirant. Je n'aime pas être impliquée dans la mort de quelqu'un, si c'est ce que vous me demandez.

– Tu te sens responsable ?

– Je devrais ?

Le stylo de Dr Ingrid se fige sur le carnet.

– Tu voudrais m'en parler ?

Je regarde par la fenêtre.

– Pas vraiment.

– Pour une prochaine séance, alors, peut-être, ponctue-t-elle en griffonnant quelques lignes.

J'ai soudain envie de la presser à mon tour de questions. *Qu'est-ce que vous ressentez au sujet de Patrick Jonas, Dr Ingrid ? Qu'est-ce que ça vous fait de savoir que Moineau existait vraiment ?*

Mais je me contente de baisser les yeux sur mes mains et de me taire. Je ne vais pas laisser l'amertume me ronger. J'ai passé tellement d'années à souffrir parce que les gens ne me croyaient pas, je ne vais pas perdre mon temps et mon énergie à leur en vouloir maintenant qu'ils me croient.

Avec un petit sourire, je consulte la pendule sur le mur : il reste cinq minutes. J'ai accepté de voir Dr Ingrid pour remplir ma part du contrat avec maman : on s'est mises d'accord pour être plus compréhensives l'une envers l'autre, et envers nos inquiétudes respectives. Elle a relâché la bride suffisamment pour me laisser venir seule à la séance et passer la soirée avec mes amis à Newcastle.

– Alors quelle est la suite pour toi, maintenant ? À ta dernière visite, tu parlais de t'inscrire à l'université.

– Oui. Je vais commencer à envoyer des candidatures dans quelques mois. Je travaille sur mon book de photos, il faut qu'il soit prêt pour les entretiens.

– Tu es toujours fixée sur l'université de Melbourne ?

– C'est mon premier choix. Je cherche aussi des options plus près de la maison. Je dois parler avec mes parents avant de prendre des décisions.

– Tu m'as parlé d'un petit ami, quand tu es arrivée...

Je regarde de nouveau par la fenêtre, contente que Morgan m'attende au café d'à côté. Il ne m'a pratiquement pas lâchée depuis l'incendie, il y a trois semaines. Mais il ne m'a pas embrassée depuis. Je sais qu'il me laisse l'espace nécessaire pour gérer tout ce qui vient de m'arriver, mais secrètement, j'ai hâte qu'il arrête de se montrer si gentleman. Il me manque. La tournure que prenait notre relation naissante me manque.

– C'était un début un peu chaotique pour nous, alors on y va pas à pas.

– Très sage, commente-t-elle en rebouchant son stylo après avoir regardé l'heure. Dis-moi, lors de ton dernier rendez-vous, tu as exprimé le désir de mettre un terme à ton suivi psychologique. Est-ce que tu es toujours de cet avis après tout ce qui s'est passé ?

– Je vais continuer une thérapie, dis-je. C'est évident que j'ai des problèmes à traiter. Pas juste à cause d'Ally et de Patrick Jonas, mais aussi à cause de celles et ceux vers qui je me suis tournée et qui ne m'ont pas crue.

Elle hoche la tête.

– Bien sûr. Je pense que continuer une thérapie serait avisé.

Elle fait pivoter son fauteuil pour s'emparer de son agenda.

– Cela dit, docteur Ballantine...

Je me lève et passe la bandoulière de mon sac par-dessus les épaules.

– Pas avec vous.

***

Plantée devant le passage piétons, je me souviens de rallumer mon portable après ma séance. Un long message de Tim m'attend : il se plaint d'une séance chez le photographe précédée d'une visite chez le coiffeur supervisée par maman. J'appelle à la maison, et c'est lui qui me répond pratiquement tout de suite.

– Je ne veux pas aller me faire couper les cheveux, gémit-il après avoir tout réexpliqué. Et les photos avec maman et papa, c'est jamais cool. Et si les autres à l'école le découvrent ?

– Tu ne devrais pas te soucier à ce point des autres à l'école.

– Ils vont se moquer de moi !

– Et alors ? On s'en fiche. Qu'ils se moquent s'ils n'ont rien de mieux à faire. Ils peuvent se moquer de moi aussi s'ils en ont envie.

– Tu vas venir ? demande-t-il plein d'espoir.

– D'accord ! Je me ferai même couper les cheveux.

Je glisse une mèche derrière mon oreille, prête à tenter une nouvelle coupe. Et une idée me vient.

– Tu sais que les animaux sont les bienvenus aussi. Mouse, ça m'étonnerait qu'elle veuille, mais Benny va poser comme un champion. C'est plutôt cool, non ?

Je souris en percevant l'excitation et le soulagement dans la voix de Tim quand il appelle maman pour lui raconter. Il pose le téléphone et oublie de raccrocher. Je suis devant le café, maintenant. Derrière la vitre, Morgan, Christopher et Sadie ont une discussion tellement animée qu'ils ne me voient pas. Alice, la petite amie de Sadie, leur apporte des cuillères et des sachets de sucre. Elle me repère et me sourit. Je lui fais un signe de la main.

– Tash ? appelle maman à l'autre bout du fil. Tu es encore là ?

– Ouais.

– Je suis contente que tu viennes avec nous demain. Je n'étais pas sûre que... Enfin, je ne voulais pas insister et t'étouffer.

– T'inquiète, maman. Dis juste à Tim de donner un bain à Benny d'abord. Il s'est roulé dans des carcasses de poissons sur la jetée ce matin.

Maman rit.

– Promis. Passe une bonne soirée.

– On ne rentrera pas trop tard. Je t'écris tout à l'heure si tu veux. Pour que tu saches que tout va bien.

– Merci, Tash. Je te fais confiance. Allez, va t'amuser.

***

Une pluie fine tombe sur l'auvent en tôle ondulée du café quand je tire la porte. Déjà presque à l'intérieur, j'entends des pas rapides derrière moi.

– Attends, attends, attends ! crie une voix familière. Tiens la porte.

Je me tourne et trouve Rachael et Mallory qui courent me rejoindre sous l'auvent. Dans leurs bras, elles tiennent deux grandes enveloppes qu'elles tentent de protéger des gouttes.

– Vous les avez ? dis-je, enthousiaste en les laissant entrer devant moi. Elles sont comment ?

– Géniales ! annonce Rachael. Je te l'ai dit, cet imprimeur est le meilleur. C'est pour ça que ma mère fait appel à lui pour son agence immobilière. C'est à une heure de voiture, mais ça en vaut la peine.

Mallory lui donne un coup de coude et montre deux doigts.

– OK, c'est deux heures, corrige Rachael. Pas besoin d'entrer dans les détails...

Mallory prend un air amusé et garde uniquement le majeur levé. Rachael rit.

– Impertinente.

– Euh, c'est l'hôpital qui se fout de la charité...

Rachael m'adresse un petit sourire. On est encore en train de négocier les termes de notre cessez-le-feu. Pour l'instant on en est à communiquer poliment pour notre projet d'art et se tolérer en société quand on se voit avec nos amis communs. Un jour, il faudra qu'on mette les choses à plat, mais le mur de pierre entre nous se fissure lentement pour laisser entrevoir des filets de lumière.

Alors que notre réconciliation progresse tranquillement, Rachael profite pleinement de sa nouvelle amitié avec Mallory. Elles se sont découvert une passion commune pour les journaux créatifs. J'avais remarqué que Rachael était toujours concentrée sur un carnet au cours d'art, mais je n'avais pas compris qu'elle remplissait les pages de poésie. Après ce qui nous est arrivé à Willow Creek, en apportant des fleurs aux Fisher, Rachael a trouvé Mallory par terre dans sa chambre, entourée de carnets de dessins. Depuis, elles sont très copines.

Et c'est Mallory qui a encouragé Rachael à me montrer ses poèmes. Elle savait que Morgan et moi cherchions quelque chose à ajouter à notre projet de paysages de rêve. Rachael s'est pointée un jour devant ma porte avec un cahier, et il m'a suffi de lire trois pages pour savoir exactement comment les intégrer à notre travail. Non seulement elle s'est montrée coopérative, mais elle a même réussi à nous avoir un bon prix chez l'imprimeur.

– Pose-les ici, dis-je, en dégageant de la place sur une table libre. Je suis tellement impatiente !

Mallory va rejoindre Sadie et Alice à côté de la fenêtre.

Rachael prend les deux enveloppes et les place délicatement sur la table. Elle s'éloigne pour me laisser seule et je lui frôle le bras.

– Merci Rachael. Pour tes poèmes et pour l'imprimeur. Tu nous as carrément sauvés sur ce coup-là.

– Il paraît que tu sais très bien te sauver toute seule, réplique-t-elle avec un petit sourire. Mais j'apprécie que tu le dises.

– Le projet est terminé, alors ? demande Chris en s'approchant. Merci mon Dieu ! Peut-être que vous allez enfin faire des trucs marrants le week-end maintenant...

– Comme la foire aux ordinateurs, par exemple, termine Rachael, excédée.

Je ris.

– Je vois. Rien que pour ça, je ne te laisserai rien piocher dans mon assiette.

– Pas grave, je prendrai une pizza, ça me suffira.

J'aperçois Morgan et lui fais signe d'approcher. Il faut qu'il voie le résultat avec moi.

– T'y crois que c'est notre travail, là ? demande-t-il en se penchant sur mon épaule.

Les agrandissements sont splendides, les couleurs vives et nettes avec une finition glacée presque liquide.

– Comment on a réussi avec tout ce qui se passait dans nos vies ?

On a créé quatre photomontages de la fête foraine abandonnée avec les croquis magnifiques de Morgan illustrés des écrits de Rachael. Les images sont troublantes et terrifiantes, désespérées et lugubres. Pour moi, elles nous représentent dans notre état le plus vulnérable, juste avant qu'on sombre dans le sommeil, où on est seuls avec nos pensées noires.

La peur. La solitude dévorante. L'inquiétude de ne pas être compris.

Je prends soudain conscience que c'est ce qu'on a tous en commun. On partage tous ce besoin fondamental d'être écoutés et entendus. De compter pour quelqu'un. C'est ce qui nous relie les uns aux autres et nous rappelle que nous ne sommes jamais vraiment seuls.

– On fait quoi, maintenant ? dis-je en glissant les agrandissements dans leurs enveloppes. On va se faire un karaoké ? Ou un film, peut-être ?

– Et si on restait ici un moment ? propose Morgan.

Je tourne la tête vers nos amis qui discutent et rient de bon cœur. C'est exactement ce dont j'ai envie aussi. Avec mon projet d'art sous le bras et une soirée entre amis devant moi, je glisse ma main dans celle de Morgan, heureuse de me sentir dans un espace infini de possibilités.

REMERCIEMENTS

Tout d'abord, je tiens à remercier l'équipe de Walker Books d'avoir cru en mon écriture ; et en particulier Nicola Santilli et Linsay Knight, mes éditrices. Elles ont toutes deux compris le genre de roman que j'avais envie d'écrire et j'ai beaucoup de chance d'avoir vécu cette première expérience à leurs côtés. Merci à toute l'équipe de Walker pour l'enthousiasme à l'égard de mon roman.

Merci du fond du cœur à Fleur Ferris pour sa gentillesse et ses encouragements constants. Je remercie également Ellie Marney et Rachael Craw pour leurs critiques élogieuses.

Merci à Erika David, Janelle Weiner, Ingrid Alexandra et Rebekah Beddoe, qui m'ont encouragée et conseillée tout au long du travail éditorial. Merci d'avoir brainstormé, relu et corrigé mon manuscrit, et merci pour votre sagesse, votre soutien et votre amitié. Cela m'a aidée plus que vous ne le pensez.

Je tiens également à remercier Emily Mead et Emily Marquart qui ont relu plusieurs de mes manuscrits, chapitres et lettres au fil des ans ; merci pour leur amitié. Un grand merci à Abigail Henderson, Georgina Kinkade et ma sœur, Vicky Watson, qui ont été mes premières lectrices et m'ont encouragée à me considérer comme une « vraie autrice ».

Merci à la communauté de littérature jeunesse de Twitter et celle du Duck Pond de Jen Storer qui rendent la tâche parfois solitaire de l'écriture tellement plus amusante et inspirante.

Et aux lecteurs et lectrices, critiques, bibliothécaires, libraires, blogueurs, blogueuses et bookstagrammers et bookstagrammeuses, qui célèbrent leur passion pour les histoires inlassablement et avec enthousiasme : un immense merci. Je vous aime tellement.

À mes parents, Pat et Roy Bolton, et à mes beaux-parents, Pat et Rob Epstein, merci de votre soutien inépuisable.

Enfin, merci à Anthony Epstein, l'homme le plus patient et le plus courageux que je connaisse, et nos fils, Hugo et Harvey, qui me rendent fière chaque jour. Sans votre amour et vos encouragements, je n'aurais jamais pu aller aussi loin. Regardez, les enfants : Maman a enfin réussi à monter sur une étagère !

Cet ouvrage a été mis en pages
par DV Arts Graphiques à Saint-Nazaire

Impression réalisée par
GRAFICA VENETA
en juin 2023
pour le compte des Éditions Bayard

Imprimé en Italie